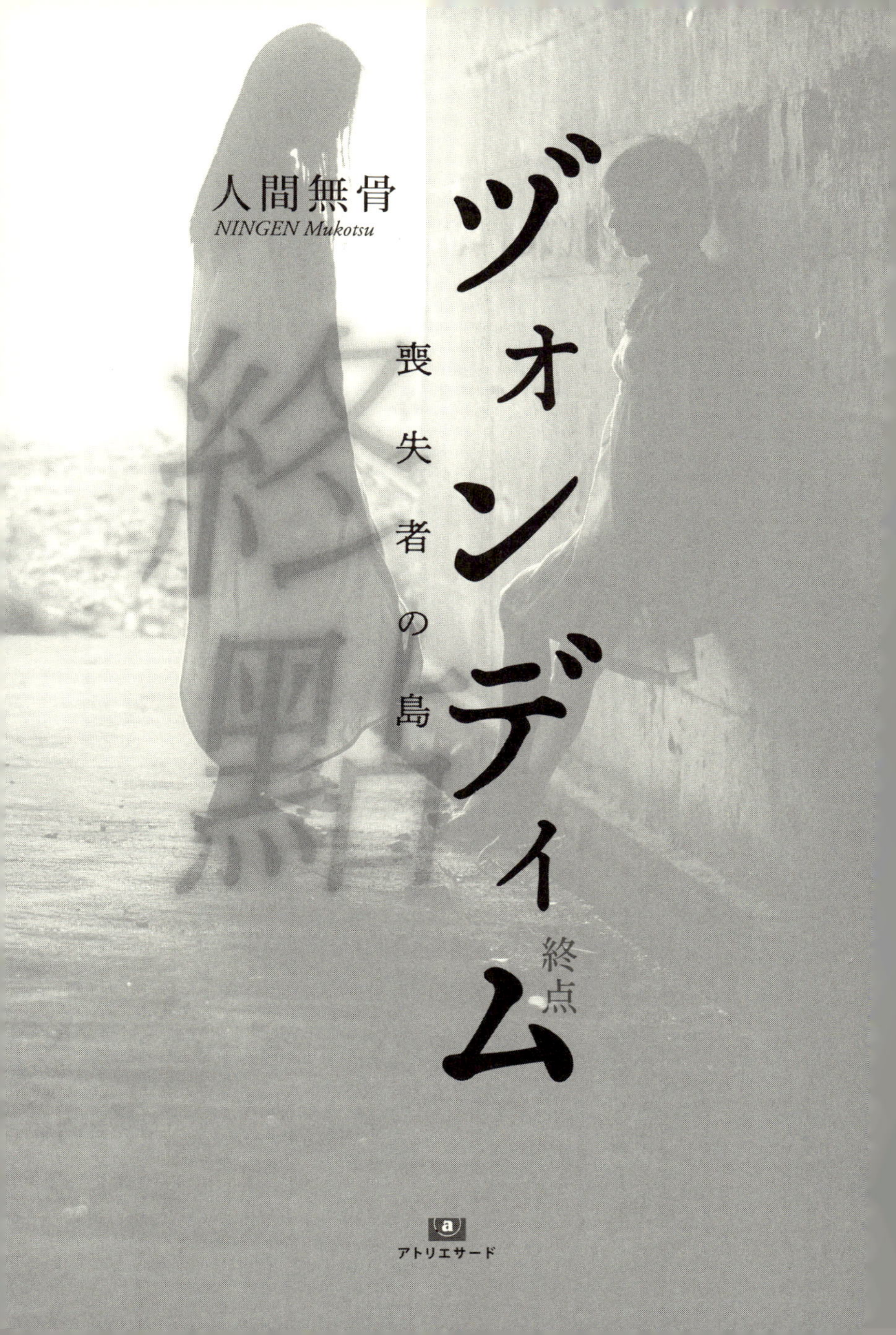

ヅォンデイム

終点

喪失者の島

人間無骨
NINGEN Mukotsu

アトリエサード

［カバー］

写真◉石井飛鳥

モデル◉楓怪髏子・鳥居志歩

ヴォンディム（終点）～喪失者の島

人間無骨

1

「こんなところで終われるかよ……！」

　さっきからずっと、そんなことを呟いている。

　深緑の羅紗が張られたテーブルを凝視しながら、その女は吐き気を堪えていた。

　彼女は、四十手前の優男の勝負を見守っていた。彼女と彼は一蓮托生だった。男は血走った目でテーブルにかじりついている。あんな悪鬼の形相では誰も、彼が大企業の若社長だなんて気付かないだろう。勝てる、大丈夫、いける、そんな言葉を彼は自分への念仏のように唱えていた。

　カジノリゾート『リューヌ・オオサカ』のＶＩＰルームは静かで、平場のカジノのように野卑なざわめきはない。空調は完璧で、真夏だというのにとても快適だ。そんな中で、女が見守っている卓は、とりわけ静寂に満ち、末期病棟のような有様だった。

　ゲームはバカラ。テーブルには大型チップ《ビスケット》が三枚。総額、四五〇〇万円のオールイン。

　勝てば倍額。

　負ければ、ゼロ。

　若社長にとって最後の勝負だった。

「自殺行為だ……！」

　若社長に聞こえないよう、女は呻く。負けが込んでからのオールインというは、諦めだ。彼はこの地獄に耐えかね、止めを刺してくれと懇願している。もっと細かく勝負しろと諫めたのに、彼は僕なら勝てるし、ここから巻き替えせると言って聞かなかった。既に狂っている。こちらとしても、彼が粘ってくれなければ、まずいというのに。

　彼女はジャンケットだった。

　カジノホテルで顧客に様々なサービスを融通する世話役と言えば聞こえは良いが、要するに間抜けを地獄へ誘いこむのが主な仕事だ。顧客がカジノで熔かした金が、ジャンケットの収入となる。

（頼む！　私のために……勝ってくれ……！）

女が念を飛ばす中、カードが配られる。

「よし、いける……いけるぞ……」

何の根拠もない呟きを繰り返しながら、若社長は繊細な手つきでカードに手を掛けた。

そして、彼はカードを搾り始める。

若社長は裏返しでテーブルに置かれたカードを縦にして、短辺を慎重に捲り上げていく。こうして徐々に捲り上げていくから、この行為を搾りと呼ぶ。要するに、人力でパチンコやガチャの演出を再現しているわけだ。

「よし、よぉおおし……」

そして、若社長は一枚目のカードを表にする。一部のカードは短辺を搾るだけで数字を特定できる。彼が手にした運命はハートのエースだった。女はため息をついた。バカラのルールは単純だ。基本的に、絵札をゼロと計算して、二枚のカードの合計が九に近付くほど強い。ここから若社長が勝つには七か八が必要になる。

「いっ、いくぞ！」

「ええ……！」

若社長に縋るような目つきで意気込まれ、女はがくがくと頷いた。この紙切れ一枚に自分の命運も掛かっているのだと思うと、前のめりになってくる。また彼はカードを搾るつもりのようだった。焦らしに焦らして、そのカードは短辺にマーク二つ《アシあり》、長辺にマーク三つ《スリーサイド》と定まる。つまり、数字は六から八で確定する。ひとまずリーチだ。

後はカードの真ん中にあるマークの数で数字が決まる。とにかく真ん中にマークがあればそれでいい、それで、勝てる。ひょっとしたら奇跡の大逆転がそこからはじまるかも。若社長も女も、一縷の望みにすべてを託す。

「付け《ティンガー》！　付けぇ……！」

バカラはマークの有る無しだけで天国と地獄が決まる。

だから、ギャンブラーたちは『マークよ、付け《ティンガー》！』だの『マークよ吹き飛べ《チョイヤー》！』だの掛け声を出して、カードを捲っていく。祈りを込めて聖句を唱えるか、あるいは気迫があれば運命を変えられると確信しているかのように。

ああそうだ、配られた時点でカードは確定してぃる。

馬鹿げていると感じる。迷信深いと思う。

それでもギャンブルをする時、人は祈らざるを得ない。

女も、人生に大逆転をもたらす奇跡を目の当たりにしたくて、この仕事を続けている。

今だって、ひょっとしたらこの煮詰まった勝負から奇跡が生まれないかと期待してしまっている。

若社長がゆっくりとカードをオープンする。

「あぁぁ……！」

二人のため息が重なった。運命的に男は負けた。大金が一瞬で消滅し、完全に息の根が止まる。女は、漏らしそうになった。

男はテーブルを叩き、血走った目を女に向けた。

「ファントム！　まだだ、まだやるぞ……追加資金だ！」

その言葉に女は無表情を装った。

怪人《ファントム》——それが女の呼び名だった。

恐ろしげな名前に反して彼女は可愛らしい見た目をしている。やや垂れ目で、肌は白く、明るい髪色のショートカットがよく似合っている。背の低さと相まって、二十代だというのに年齢よりもずっと幼く見える。

それでも彼女に怪人の名が与えられたのは、その顔の右半分が仮面で隠されているからだ。

硬質な素材で作られた白い仮面は、歌劇で用いられるもので、整った生身の顔と不気味なコントラストを作り出している。

そんな異形がオペラ座の怪人を思わせるから、彼女はファントムだった。

「申し訳ありませんが、それは……できません」

（誰が貸すか、腐れボンボンが！　負け犬はさっさと消えちまえよ！）

内心をなるべく丁寧な言葉でファントムは表現した。

ジャンケットの主な業務は二つ。カジノにやってきた顧客の世話。そして、カジノで負けた顧客への貸し付けだ。

「まだ金はあるッ！　ここで引き下がるなんて男じゃねえよ！」

　持ちこんだ種銭が尽きれば、カジノの口座へ資産を送金して勝負を再開すれば良い——のだが、送金には数十分ほどのタイムラグがあって、勝負している人間はそれが待てない。勝負のない空白が耐えがたい。賭けの熱が引けば、ますます勝てなくなると思い込んでいる。

　そこで、ジャンケットの出番となる。カジノにはジャンケットが即金で顧客への貸し付けを行うというサービスがある。上客であれば無利子での貸し付けとなるので、顧客も気軽に借りて、気軽に負ける。場が冷え切るまでの間に一財産をジャンケットから借りていることも珍しくない。

「いいえ……今日はここまでにしておくべきです」

　柔らかだが断乎とした態度でファントムは接する。

　種銭の貸し付けと取り立てはジャンケット業の重要な収入源だが、彼が相手では話が別だった。彼にはもう、取り立てられる資産がない。会社の資産まで使い込んでいる。そんな男に貸し付けなど、金を捨てるのに等しい。

　お前は奇跡を起こせなかった。

　言外の態度にその宣告を感じ取ったのか、若社長は色白の顔を紅潮させてファントムにつかみかかった。それでもファントムは冷ややかな無表情を保っていた。

「はぁあっ？　僕を見捨てるつもりか！」

　しかし、震える手が仮面に当たった瞬間、彼女は顔を歪める。力尽くでその手を振り払い、すでにトラブルに備えて待機していた警備員に声を掛ける。途端に、屈強な警備員たちが彼の肩を掴み、制止の言葉をぶつける。それで怒りが挫けたのか、彼は真っ赤な顔のままで絨毯を蹴った。

「まだご家族が助けてくれるんじゃないですか？　恥を忍んで、何が起きたのか話せば……分かってくれますよ。一度体勢を立て直して、今度こそ逆襲しましょう」

　取って付けたように、ファントムは若社長に慰めの言葉を掛ける。彼の企業は一族経営だ。パパに泣きつけば、復活の目はある。このまま使い込みが露見して逮捕という展開の方がありえそうだが、一応繋がりは保っておきたい。

若社長は不満げに唸っていたが、やがて肩を落として、体を震わせた。

「分かった……親父に話してみる……」

「必要なら代わりに話しますが？」

「いいや、親父には僕が直接話した方が効くと思う。しばらく一人にさせてくれ……」

（羨ましいね、腐れボンボンがよ）

心の中で舌打ちして、ファントムは若社長に微笑む。この男は追い詰められても、家族に助けてもらえる。どれだけ無茶しても、結局はいいとこのお坊ちゃまなのだ。優しいパパとママなんて、自分にはいやしない。

とぼとぼと消えていく若社長を見送って、ファントムは息を吐いた。乱れた上着を整え、仮面がずれていないか念入りに確かめる。騒ぎがあったというのに、VIPルームの客は彼に興味を向けていなかった。彼らにとって自分たちの勝負以上に優先することなどない。


そんな中で、ファントムに近づいてくる黒スーツの女がいた。女は百八十センチ近い長身で、がっちりとした体格をしていた。その見た目ときびきびとした歩みは軍人を思わせた。真っ黒い髪や油断のない鋭い目つき、真一文字に結ばれた口元も、そんな印象を強める。ただ、耳元で光るピアスや武骨な黒い革手袋は物々しく、女は明らかに堅気ではなかった。警備員たちは動かない。彼女も、このカジノの関係者だからだ。

「ご苦労。さっきのはどうだった」

「姐さん……」

ファントムは無意識に半歩下がった。

彼女の名は劉暁雲《リウユアン》――ファントムの属するジャンケット業者『神月遊興』の顧問にして、ファントムの姉貴分だった。こちらの家族は、若社長の実家のように甘くない。

男の勝負が終わったことで、上がりの確認にきたらしい。ファントムは言い訳を考えようとしたが、それよりも先に暁雲はファントムの目の前まで大股で近づいてきていた。

「それで？　あのバカが溶かしたのは幾らだ」

「二千万ぐらいかな……」

ファントムは大人しく今日の上がりを教えた。ジャンケットの利益は、顧客がカジノで購入したチップの総額で決まる。種銭が少なくても、勝ったり負けたりを繰り返せば、チップの総額は意外なほど高くなる。概ね一パーセントほどがジャンケットの懐に入る仕組みで、今回の儲けは二十万円ほどだった。男の資金力ならこの十倍ほどは手に入るはずだったが、男はあまりにもストレートに負けてしまった。近頃、ファントムが世話する顧客は大敗ばかりだ。負けるだけならまだいい。金を貸し付ければ利用価値はある。問題は、誰も彼もカジノに少額しか持ちこまず、おまけに取り立てるほどの資産がないということ。要するに、どいつもこいつも負け犬だった。

「話にならんな」

「ありえない弱さだよ、あいつ」

男の無様な負けっぷりを思い出して、ファントムは爪を噛んだ。

人間は一度負け癖がつくと、ありえないほど勝てなくなる。この経験則だけは確かだ。今日の勝負に備えて、ラッキーアイテムである翡翠の数珠を身につけてきたのだけれど、何の意味もなかった。

「おい！　それはやめろ。いつも言っているだろうが」

爪を噛むファントムの手を暁雲は払った。慌ててファントムは手を後ろに回した。もう何年も注意されているのだけれど、未だに矯正できない。生まれてからずっと、うまくいかないことが多すぎるからだ。

「悪かったよ」

「コレで何度目だ？　姉の忠告が聞けないのか？」

「気をつけるって、姐さん」

暁雲は大袈裟にため息をつき、そしてＶＩＰルームの出入り口であるエレベーターを顎で差した。

ここでは相応しくないことを、話さねばならないようだ。

「今から付き合え、お前に話がある」

(腐《ポッ》って《ガ》や《イ》がる……)

ファントムは広東語でぼやき、そして暁雲について行く。

エレベーターを下り、観光客でごった返す平場のカジノを抜け、そしてファントムと暁雲はホテルから出た。その途端、空気の質が変わる。真夏のうだるような暑さが身体を包み、強烈な日光にファントムは晒される。汗が噴き出してきて、シャツが肌にくっつく。もう室内に帰りたくなる。外は様々な国から来た観光客だらけだった。お好み焼き屋、たこ焼き屋、串カツ、コメディアンのグッズショップ——道頓堀を引っこ抜いて、無理矢理ねじ込んだような記号的《コテコテ》オオサカを整列させたメインストリート。関西国際空港《KIX》の人工島をさらに拡張して作り出したこの島を、政治家達はリトルオオサカにしたかったのだという。夢洲舞洲に続く形で、この島は光洲と名付けられていたが、その名前で呼ばれることは滅多にない。誰もがここをカジノ島と呼んでいる。

　ふと、ファントムはホテルの前の歩道で座りこんでいる男に気付いた。大方、朝まで延々と勝負した挙げ句に有り金をすべて吐き出したのだろう。訳の分からないままそこらをふらついて、ここで現実に押し潰されたか。背広のまま、呆然と地べたに座っているのは異様だった。そんな敗者を通行人はいないもののように扱っている。

　この島は不完全だった。華々しいリゾート地でありながら、虚飾の光が生み出す影を隠し切れていない。歩道の隅には誰かが吐き戻した吐しゃ物が生乾きになっている。耳を澄ませば、今でもカジノ反対のデモを続ける団体のシュプレヒコールが聞こえてくる。人のことは言えないが、明らかにガラの悪そうな手合いもちらほら見かける。四年経っても、この国は楽園の整備に不慣れだった。

「店まで、歩きでいくぞ」

　目的地は決まっているのか、暁雲はどんどん進んでいく。暁雲はランチタイムも仕事をしたがるタイプだ。これからのことを考えて憂鬱になりつつ、ファントムは彼女について行く。ホテルは海に面していて、歩いていると生臭くてべたついた潮風の元凶たる大阪湾やその向こうにある大阪の街がよく見える。すぐ近くで働いていながら、ファントムは本土にほとんど足を踏み入れたことがなかった。この数年、のんびりと観光を楽しむ余裕なんてありはしなかった。

×××

「もう手段を選んでいる場合じゃないぞ」

鰻屋のテーブルで手を組んだまま、暁雲は静かに言った。ファントムはしばらく黙っていたが、ゆっくりと首を縦に振った。暁雲がランチに選んだ鰻屋は高級店で、客席は座敷ごとにしっかりと区切られていた。ここでなら物騒な話題を聞きとがめられることもない。

「分かってるよ」

「もっと容赦なく締め上げろ。景気が良かった頃は今のようなやり方でも良かったかもしれないが……」

暁雲の言葉は子どもに言い含めるようだった。ファントムも小言を言われた子どものように返事する。暁雲の言いたいことは分かっている。もっと顧客を唆し、場合によっては破滅させるほど負債を背負わせろ、ということだ。

借金を返すには、もうそれしかないのだから。


「今更自分のやり方を変えられるわけないだろ？　どっちにしても時間がないよ、姐さん」

「姉の忠告は聞くものだぞ、妹よ」

実のところ暁雲はファントムより一つ年下だが、立場も貫禄も暁雲の方が遥かに上だった。暁雲は部下達の姉貴分であることに強烈な自負心を抱いていて、部下に説教したがるところがある。こういう仕事は目立つぐらいで丁度良いと、ファントムにその名を付けたのも、暁雲だった。

「とにかく客を回転させろ。それがお前の仕事だ」

(回転ね……)

それはファントムにとって飲み込みがたい言葉だった。暁雲にとってギャンブラー達はカモでしかない。彼、彼女らは奇跡への挑戦者ではなく、自分達の養分というわけだ。暁雲のように冷め切っていた方が、この仕事にはふさわしいのだろうが。

説教しながら、暁雲はどんどん鰻丼を平らげていく。タレの焦げるいい匂いが、しかし驚くほど食欲を誘わない。この状況でファントムは高いランチの味なんて感じられなかった。

暁雲は企業の実質的なトップとして、ファントムを含んだエージェントたちを仕切ってる。こうして定期的に部下と食事をともにするのも、皆を叱咤激励、もとい監視するためだ。

「だけど、やりすぎて騒ぎになっちゃまずいだろう？ 日本は特にうるさいしさ……」

日本でカジノ法案が通り、この島が本格的にカジノ島となったのは、ほんの四年前だ。

当初、日本のカジノはジャンケット業者を排除する方針で進んでいたそうだが、結局、その方針はすっかり骨抜きになっていた。カジノを円滑に運営するという名目でジャンケット業者への規制は緩められ、邪なものがその隙間から島に入りこんだ。とはいえ、未だにカジノに対して拒否感を抱く日本国民は多く、ジャンケット業者も慎重にならざるを得ないのが実情だ。

妹の反論に暁雲は鼻を鳴らした。

「素人相手ぐらいどうとでもなる。連中にとっても、カジノで負けて金を借りたなんて恥だからな。内密に片付けたがる……」

「そりゃ……そうだけど」

ファントムだって、これまでに客の破滅を承知で資金の貸し付けたことは何度もある。しかし、これ以上むしり取れば首を吊るしかないという相手にだけは、どれだけ哀れに懇願されても金を貸したことはなかった。善人ぶるつもりはない。ただ、処刑台のボタンを押すのが怖かっただけだ。それに、情けを掛けたギャンブラー達が戻ってきて一発逆転を起こしてくれるかも、という期待もある。今のところ、その期待に応えてくれた者はいないが。

「お前はヌルすぎる……甘ったれのガキみたいにな」

暁雲はため息をついた。そのまま考え込むように腕を組み、目を瞑ってしまう。ファントムは早くこの時間が終わることを祈る。とはいえ、もしも上司が暁雲でなかったら、この程度では済まないだろう。何事にも厳しい暁雲が自分に対して、わずかに態度を和らげているのを彼女は知っている。暁雲にとって、ファントムは最古参の部下で、苦楽をともにした妹だった。

「いいだろう、まだ取り立ては待ってやる。これが最後のチャンスだ」

だからこそファントムは知っている。

暁雲は自分と違って一線を越えられる人間だ。その時が来れば、たとえ妹分であっても容赦はしない。

暁雲が目を開き、改めてファントムをまっすぐに見つめた時、彼女の纏う気配は急激に変貌していた。ファントムは黙ったまま、手のひらの汗を上着で拭う。爪を噛もうとして、やめる。

一瞬のうちに暁雲はスイッチを切り替えていた。

「信じてもいいんだよな？　我が妹よ」

ファントムは全身を緊張させた。

暁雲は首を切るという言葉を比喩として使わない。姉が不正を働いていた部下を『懲戒処分』した時のことをファントムはよく覚えている。

暁雲の名刺には『神月遊興　経営顧問』とだけ記されている。

ジャンケット業者の幹部。それは暁雲の一面に過ぎない。

香港黒社会《マフィア》『蒼月幇』澳門《マカオ》支部坐館《チョーグン》にして大阪府指定暴力団『神永組』客分、劉暁雲。それが彼女の名刺に書かれていない肩書きだった。

暁雲とファントムの姉妹関係も、黒社会の儀式によって結ばれたものだ。その繋がりは、普通の家族よりもずっと強い。

——……これで私とお前は血を分けた姉妹だ。当然、私が姉だからな。

——それじゃ、これからはお姉ちゃんって呼んだ方がいいのかな？

——馬鹿、もっとかっこいいの《呼び名》にしろ。姐さん、とか。

不良少女の二人組が姉妹になった瞬間のことを、ファントムは今でも思い出せる。

香港の黒社会では入会の儀式が存在する。五つの果物を食べたりとか、会員の血を注いだ酒を回し飲みするとか、そういうものだ。

当時から時代錯誤で廃れつつあったそれを、暁雲はできるだけ踏襲しようとしていた。お前は初めての妹だからと暁雲は言っていた。

薄暗い倉庫で二人きりになって、お互いの血が零された盃を交わした日から、二人は姉妹だった。

「お前も、流刑地に骨を埋めたくないだろう」

この国で、暁雲達に安息の地はない。

ジャンケット業者の規制が緩められた時、真っ先にカジノ島へと潜りこんだのが日本の暴力団だった。遙か昔から賭博に親しんできた彼らは、速やかにカジノに縄張りを確保し、その利権を貪ろうとした。とはいえ、新たな利権に群がるのは国内の組織だけではない、海外の組織もまた、そこに食いこもうと画策していた。

暗闘の中で迅速に行動したのが、大阪を拠点とする老舗団体『神永組』だった。神永組はこれまでにも取引があり、すでに澳門でジャンケット業者をフロント企業としていた『蒼月幇』に働きかけ、暁雲達を日本におけるジャンケットのアドバイザー、客分として迎え入れていた。

その采配は新天地への栄転という名目の、追放だった。

堅気風に表現するなら、本社勤務のエリート社員がいきなり部下ともども業務提携している海外のちっぽけな企業に出向となったのだ。この処遇を暁雲は執務室で至極穏やかに部下達に伝えたが、彼女の机は椅子が叩きつけられたせいで変形していた。

「笑って故郷に帰りたいものだな？　ええ？」

衰退国家にさしたる市場価値なし――それが『蒼月幇』の見解だった。それでも暁雲一派が派遣されたのは、当時急速に力を付けていた暁雲を、組織の幹部が牽制しようとしたからだった。そして名目上は客分だが、神永組にとっても暁雲達は怪しげな余所者でしかない。

「あと半月だ。お前の価値を証明してみせろ」

暁雲は復権を目指し、荒野を進み続けている。ついて来られない者は容赦なく、斬り捨てられるだろう。

ファントムは改めて、借金の総額を思い浮かべる。必要なのは一五〇〇万円。澳門時代から少しずつ膨れていった死の病巣。全額が、ジャンケットのライセンス料だ。

この島のカジノのルールは、澳門のそれに習って構築されている。

ジャンケット業者はカジノでの運営ライセンスを維持するのに莫大な資金が必要となる。そうした様々なコストを分担して背負わされているのが末端のエージェント達だ。彼、彼女らは定期的に所属業者へライセンス料を支払うよう義務づけられている。

　ファントムは数ヶ月分のライセンス料を延滞していた。ここ最近ろくな稼ぎがないのだから、どうにもならない。澳門でジャンケットをしていた頃、ファントムは一晩で一〇〇〇万HKD〔約一億五千万円〕を稼いだこともあった。そうした成功体験《ジャックポット》のせいで、彼女は堅実に客を回転させるより、一晩で大勝負をしてくれる誰かと巡り会うことを求めていた。狂喜する客の横で、自分も乱舞する——それがベストだ。

　しかし、例の感染症からケチが付き始めた。

　あの頃から、中国の賭博規制が更に厳しくなった。澳門の主要顧客は中国の金持ちで、規制は澳門の懐を直撃した。さらにインドやシンガポールもカジノリゾートとして台頭を始め、金持ち達は澳門に寄りつかなくなってしまった。カジノ産業に頼っている澳門の経済は死病に罹ったも同然だった。それからというもの、業界は小さな顧客を掻き集めて、必死に生きていくほかなかった。

　そんな生活も、いよいよ限界になりつつある。

「……美味いんだから冷める前に食えよ」

　これからどうするか、鰻丼を睨みながら考えていると、ファントムは暁雲に声を掛けられた。この状況で食欲が湧くと思っているのだろうか。ファントムは申し訳程度に箸を付け、結局手を止めた。全然味がしない。

「食わないのか」

「ああ……」

　対応に窮して、ファントムは胡乱な返事をした。

「……ご馳走を粗末にするなッ」

　ライセンス料延滞を申し出た時よりも強い口調だった。有無を言わせず暁雲は丼をむんずと掴み、自分の側に持っていってしまう。

「腹を減らしたまま、戦えると思っているのか」

　二杯目を平然と平らげながら、暁雲はファントムを睨みつけた。

　ファントムは黙ったままだった。

　姉のように割り切って生きることはできなかった。

2

この島の娯楽はカジノだけではない。ギャンブラーたちの家族や恋人、あるいは愛人も楽しんで滞在できるようにホテルは様々な工夫を凝らしている。

今、ファントムがそぞろ歩いているホテルではゲームの世界なるものを模したグランドフロアにブランドショップがずらりと並んでいる。最新鋭のホログラム技術によって店から店へとニンテンドーのキャラクターが飛びまわり、床に投影されたタイトルロゴは複雑に姿を変え続ける。グランドフロアにいるのは一般人の観光客だけだ。ゆえにファントムの徘徊は何の利益も生むことがない。

ファントムは何もしていなかった。何もできなかった。

顧客がつかない。内臓をとろ火で炙られている気分だった。

どうやら顧客もファントムが落ち目だと知っているようで、誰もが別のエージェントにアテンドされることを望んでいる。ファントムにはその気持ちが良く理解できる。誰だって勝ち馬に乗りたいものだ。負け癖がついた者を賭博の立会人にはしない。

徘徊しているのは、エージェントの控え室で座っているのが耐えがたかったからだ。

歩きながら、ファントムはまたスマホを確認する。

この三日間、顧客を融通してもらえるよう、同僚のエージェントに頭を下げてまわった。無意味だった。そんなお人好しはジャンケット業者にならない。

スマホを凝視していたせいで、ファントムは往来を走っていた子どもとぶつかった。隣の母親が我が子を庇い、ファントムを睨む。

（なんなんだ、畜生め！）

そんな母親相手にファントムは低く唸った。仮面の女に凄まれても、母親は引き下がろうとしない。フロアを全力疾走していた娘の方は親に隠れながら、ファントムを馬鹿にするように唇を突き出している。

（親を盾にしてんじゃねえよ！）

子どもは嫌いだ。いざという時は、守ってもらえると思い込んでいる。

そうはならないかもなんて、考えもしていない。

（腐ってんな《ポッガイ》、私は……）

子ども相手に本気になりかけたことを、ファントムは恥じる。結局、ファントムはそそくさとその場から立ち去ることにした。

この場にいる誰も、数日中にここにいる女が埋立地の底に放り込まれている運命にあるなんて考えたこともないのだろう。そう思うと、ファントムにはなにもかもが妬ましく感じられた。

爪を噛む。

仮面の下が、じくじくと痛む。

「まだ生きてる、まだ時間はある……私はまだ負けてない……」

かつて捨てたはずの弱気が背中を這い上がっている。自分が弱っていることを感じ、ファントムは端末を握りしめる。

逃げるという選択肢は彼女の中にない。暁雲は必ず自分を見つけ出すだろう。

だが、ファントムの心構えと関係なく、圧倒的な現実は峻厳として彼女の前に立ち塞がっていた。もはや彼女には手札がなかった。

（いっそ、自分で勝負しちまうか？）

追い詰められた末、その考えに至ってファントムは歯を食いしばった。

（……勝てる気がしねえ）

かつて、決定的な大敗を味わったことでファントムは自ら勝負することができなくなっていた。テーブルに座ると気が竦み、体が怖じける。仮面の下が焼けつくように痛む。

故郷を捨てて裏賭場に流れ着き、今度こそ大逆転してやろうとして、ファントムは自分が骨の髄まで負け犬となっていることに気付いた。それを認められず、一日中、他人の勝負を眺めていたのを見咎められたのが、蒼月幇の使い走りだった暁雲との出会いだった。

今でも、賭けている誰かにファントムは賭けている。その相手が、自分の分まで勝ってくれると信じて。

彼女がこの仕事に携わっているのは、ギャンブルへの未練からだった。

（誰か来いよ……来てくれよ……ッ！）

ジャンケットとして勝負を見守っている時のように、ファントムはしきりに翡翠の数珠に触れる。こんな時に役に立たないで、何が開運グッズだ。

八方塞がりの中、唐突に端末が鳴った。

着信音を聞きながらファントムはいよいよ幻聴が聞こえ始めたのかと怖くなった。しかし端末は鳴り続け、画面には同僚である久保田の文字が踊っていた。この彼にも、顧客を紹介してほしいと頼んであった。この土壇場で、一番役に立たない相手のはずだったのだが。

久保田はエージェントでありながら、自身もギャンブル中毒者だ。中毒症状の赴くままに勝負できるのがファントムには羨ましかった。彼は常に金がなく、同僚から金を無心したことすらある。体も、行動も、万事にだらしない。このあいだ彼に離婚歴があると知って驚いた。そもそも結婚できるとは思えなかったからだ。そんな相手にまで、ファントムは頭を下げていた。

（下らない用件だったらブッ殺してやる）

液晶を割れんばかりの勢いでファントムは通話ボタンを押した。

「ファントム！　鯨や！　鯨を見つけたわ！」

久保田の野太い関西弁がファントムには天使の歌声に感じられた。

奇跡だった。

カジノの売り上げを支える大富豪、その中でも特に大金をもたらす者は鯨と呼ばれる。ジャンケットとして、すべてを犠牲にしてでも捕らえたい獲物だ。

久々に聞いた鯨の報告に、ファントムはそれだけで呼吸を乱した。

「そりゃすごいな……それで？　まさか自慢のためだけに連絡したわけじゃないよな？」

「ああ、お前に鯨のアテンドを任せたいんやけど」

今ならあいつの靴を舐めてもいい。その誘いにファントムは跳び上がったが、すぐさま現実に戻った。いくらなんでも話がうますぎる。鯨を見つけたのなら自分で狩れば良い。困っている他人にチャンスを譲るなんて麗しい精神を、この業界の人間が持つはずもない。

「お前がそんなお人好しだとは知らなかった。もう先がないから、せめて善人として死にたいってわけだ」

「客がそう言うとるんや。アテンドされるなら女がええって聞かへん。おれみたいなデブは好かんのやろ」

「女を指名……？　そいつ、ジャンケットを回遊魚だと勘違いしてないか？」

回遊魚――ホテルで客を取る娼婦の隠語だ。着飾った魚たちがフロアをゆらゆら回遊する風景は、かつての澳門でそう例えられた。その手のことにやたら潔癖な日本はもちろん、現代の澳門でもとうに駆逐された存在だが、それでもエージェント達の間で回遊魚は現役の隠語だった。望まれたら、用意するからだ。

ファントムは品性まで金に換えた連中の顔を思い浮かべた。ファントムを口説く手合いはこれまでにもいた。腐った人間にとっては、仮面なんて気にならないらしい。当然、彼女はすべて一蹴してきた。勝負が進めば回遊魚の稼ぎなど馬鹿馬鹿しく思えるほどの金が手に入ったし、そもそもカジノに勝る快感などありはしない。女と金のことしか考えていないようなタイプほど、少し煽るだけで、あっという間に資金を溶かしてくれた。

「まぁ……それもいいさ。奴等の接待旅行気分をぶち壊してやるのも楽しいからな」

ファントムの口調は自然と軽々しくなっていた。鯨を釣り上げたとなれば、暁雲もこちらを軽率に埋めるわけにはいかないだろう。生き残りの道筋が見えてきた。

「鯨が隣にいるんやから、怪体《ケッタイ》なこと言うなや。お前は勘違いしとるけどな、鯨は女やぞ」

「は？」

「今回の鯨は女！　銀座のクラブママ。男が隣にいると、仕事してるみたいで気が休まらんのやと」

スマホがデータの受信を知らせる。

「随分と高い店で飲んでるんだな」

「タダ酒やわ。ご機嫌伺いにお得意さんに同伴してん。で、カジノの話をしてたら、そこのママが興味を持ったってわけやな」

　鯨のプロフィールを確認する。氏名、年齢、職業。浅い情報しかない。賭博歴があるなら、カジノのデータベースが夕食で残した食材まで教えてくれるのだが。

　とはいえ最も重要なのは、見た感じ与し易《チョロ》そうな相手だということ。

　ファントムは身体中に血が巡っていくのを感じた。濁りきっていた頭が冴えてくる。

「分かった。任せろ。仲介料は？」

　ファントムはＶＩＰルームへと走りながら、久保田との話をまとめにかかる。まずはこの男をねじ伏せて、有利な条件をもぎ取りたい。

「あー……即金で五〇〇。そんでもって……今後、三回分の上がりの半分でどない？」

　久保田の交渉は弱気だった。流れが来ているんだから、もっと強気に勝負しなくては。ファントムは心の中で忠告した。自分と同じように彼が金に困っていることを察し、ファントムは強気になった。

「冗談だろ、前金はナシ。礼金も初回限りで七対三ってとこだ」

　鯨を譲るというなら、遠慮なくまるごと奪い取るのが礼儀だ。久保田が豚のような泣き声を上げた。

「あかんあかん！　最初のアテンドだけにしても、半々が仁義やろ。取り立てに困っとるんちゃうんか？」

「お前ほどじゃないね。そっちはライセンス料だけじゃない、闇金からも摘まんでるそうじゃないか」

　相手に頭を下げるときは、その足元をしっかり見ておいたほうがいい。

　ファントムは久保田の窮状を把握していた。彼はそこら中から金を借りていて、闇金融にまで手を出していた。エージェントでありながら、彼は借金の恐ろしさを理解していない。

「何言うとるんや？　勝手に人を火達磨にすんなや」

「神永組直系、萬邦興業がケツモチのＢＰファイナンスから五〇〇万。他でもいろいろ摘まんでるけど、一番デカいのはそこだろ？　利息ですげぇ額になってるよな？」

それを口にすると、久保田は哀れにも息を呑んだ。

「居候してる組の財布に手ェ突っ込むなんて良い度胸してるよな」

「ゆっ、ユーサンが困ってるなら助けたるって……」

「親切な人だなぁ。きっと殺す時も苦しまないようにやってくれるだろうよ」

　誰だか知らないが、要するに、豚の癖して鴨にされただけだ。久保田の間抜けさに、ファントムは心の中で手を合わせた。遅かれ早かれ、彼は消えるだろう。その前に精一杯役立ってもらわなくては。

「確かに私もヤバい立場さ。でもな、お前の葬式に顔を出すぐらいの余裕は残ってるよ」

　ブラフだった。ファントムにも時間の猶予はない。久保田と合同葬儀になってもおかしくないほどだ。

　だが、久保田が自分の状況を知っているはずがない。ファントムはそう踏んでいた。そもそもが、口約束。久保田は焦りから保険を用意しておく知恵もない。

「早く決めたほうがいい。隣に鯨がいるんだろう？　潜っちまう前に片をつけようじゃないか」

「しゃあない……せめて六対四で堪忍してくれ。娘に土産ぐらい買わせたってくれや」

「いいとも」

　歯を剥き出しにしてファントムは笑った。彼女はさっそく暁雲との交渉を考えはじめていた。

　延滞金を全額用意できなくとも、鯨を確保したことや纏まった金を用意できたことは手札になる。今月分だけでも工面できれば、殺されることはないはずだ。

「はぁ……おれの紹介料はもうええけど、鯨のアテンドにはくれぐれも気ぃつけてな？」

「なんで」

　ファントムは眉をひそめる。この哀れな鴨豚は今更何を伝えるつもりなのか。

「鯨は……神永組長の愛人なんや」

　久保田が声を潜める。

　奇跡かと思ったものは、紛い物だった。

　ギャンブルではよくあることだ。ついに流れが来たかと思ったら、そこから更に負けが込むパターン。普通に負けるよりもずっと堪える。

「最重要事項じゃねえか！　脳が腐ってん《ポッガイ》のか！

最初に言えよ、鴨豚野郎……！」

通話だと、相手を殴れないのが歯がゆかった。

そのことはさっきのデータには書いていなかった。

「か……かもぶた？」

「なんだよ、どういうことだよ」

「どうもこうも、そのまんま。お前がアホなことをして、組長にチクられたらおれもヤバい。丁重にもてなしたってな？」

既に大敗した気分になって、ファントムはまた爪を噛んだ。

自分たちは神永組に預けられた身で、ゆえに今の親分はその組長、神永傑《まさ》である。親の愛人の世話をするなんて、カスだ。勝負なんて二の次、気分良く遊んでもらわなくては、後でどうなるか分かったものではない。

「接待ギャンブルなんてできねーぞ。それぐらいは伝えてあるんだろうな」

ジャンケット業者はカジノでの勝負に一切関与できない。イカサマしているという風評を、カジノは最も嫌う。カジノ従業員とジャンケット業者が親しくならないよう、ホテルでは控え室やスタッフ用の通路も完全に分かれているほどだ。

「向こうもそれはかまへんって。でも、ちょっとしたヤンチャ程度に済ませてやらにゃ……」

ファントムが予想したとおりの言葉が返ってくる。

結局のところ、『お姫様』がカジノにのめりこまないよう手綱を握ってやれということだ。

小金が行ったり来たりするだけのお遊戯では、上がりも高が知れている。デカい勝負、天井を突き破る勢いの熱戦をしてくれなきゃ、借金を返せないのに。

「腐《ポ》って《ッ》や《ガ》が《イ》るなぁ……」

ちらついた希望があっさりかき消えて、ファントムは本当にその場でへたり込みそうになった。久保田があっさりと引き下がったのも、大した儲けにならないと分かっていたからだろう。

砂時計のように寿命が目減りしていく中で、これから自分は、いい歳したお姫様のカジノ観光に付き合わされるわけだ。

「もういい。アテンドは任せろ。じゃあな」

久保田との会話を打ち切り、ファントムはスマホを叩きつけようとして腕を振り上げ、しかし気を取り直して端末をポケットに突っ込んだ。

どうあれ、客がついた。儲けは少なくても、上手にご機嫌を取れば組長とのコネも作れるかもしれない。

ファントムは肩で風を切って、控え室に戻る。

死ななければ、どうとでもなる。打ちのめされたって、諦めなければ勝てる。

そうすりゃ、最後の最後に、奇跡が起きるかもしれない。

エージェントになってから、ファントムはその信条をよすがにしていた。自分の人生が負けっぱなしであることを、認めないために。

×××

午後八時、関西国際空港。

お姫様の上陸地点。

「沈めてやりてぇ……」

空港のロビーに現われたお嬢様を一目見て、ファントムはそう呟いた。

資料よりも小柄な印象を受けた。年齢よりずっと幼く見えるのは、いかにも無知な雰囲気を纏っているからだ。その振る舞いには一切陰がなく、ファントムを苛立たせる。ヤクザの愛人なんてやっているようには見えなかったが、それでも、その後方では彼女の様子を伺っている若者と中年男の二人組がいた。ボディーガードというよりは監視役だろうか。

「あなたがファントムさん？　初めまして！　久保田さんからあなたのこと、聞いているわ」

鯨《クジラ》はファントムを見ても平然としていた。これまで初対面の相手は、大抵ファントムの仮面に好奇の視線を向けてきた。相手が隠そうとしてもファントムはそうした目をありありと感じ取れた。勝手に憐れんで、腫れ物あつかいする者。異貌を道化と蔑み、居丈高になる者。鯨はそのどちらでもなく、ファントムは彼女への評価をわずかに上方修正する。多少は知性があるらしい。

「わたしは知奈、朝日奈知奈よ。よろしくね」

ファントムを見上げて知奈は微笑む。あっという間に距離を詰められてしまい、ファントムは面食らう。まるで十年来の親友に出会ったかのような親愛にあふれた態度だ。知奈への一方的な嫌悪感が拭い去られそうになるほどの。

「……こちらこそ、よろしくお願いいたします」

儀礼的に頭を下げると、何が面白いのか、知奈は満面の笑顔になった。

「まぁ！　綺麗な声ね！」

声を褒められるのは幼少期以来だった。あの時の母の猫なで声がファントムの頭の奥で響いた。

「そう……でしょうか。ありがとうございます」

「やっぱり素敵。こんな方にエスコートしてもらえるなんて、運が良いわ、縁起が良いわっ！」

とにかく知奈はにこやかだった。それに耐えきれずファントムは背中を向ける。もう少し話してからホテルまで案内するつもりだったが、もう限界だった。正面から接していると、冷静ではいられない。彼女の態度が心を乱してくる。彼女は明るい。愛人として、何一つ不自由のない生活をしてきたせいなのか。ファントムは小さく舌打ちした。


「朝日奈様、空港やホテルへの手続き等はすでに終わっています。このまま荷物を預けて散策もできますが……やはりまずは――」

「カジノね！　それがお目当てで来たんだから」

「わかりました。さっそくＶＩＰルームにご案内します」

知奈はあっさりと誘いに食いつき、無邪気にもファントムについて行く。

（楽な相手だ。愛人じゃなきゃ、簡単に沈められるのによ……）

空港を出てリムジンに向かう間、どの程度なら彼女の財布から抜けるのか、ファントムはずっと算盤を弾いていた。

「もっとお話ししましょう？」

空港からリムジンに乗りこむと、知奈は気安い調子でファントムに顔を寄せた。リムジンに監視役は同乗していない。知奈が、それを拒んだのか。

手のひらを重ねられ、ファントムは辟易とした。なれなれしいのは苦手だった。

「あー……どうしてカジノに興味を？　日本だとカ

ジノに良い印象をもっている方は少ないのですが」

今になっても日本人はカジノに対して偏見を抱いていることが多い。カジノ絡みの報道も概して否定的だ。脳みそは緩いくせにお堅い連中だよ、と暁雲もぼやいていた。客の話を聞いたからといって、翌日にやってくる行動力は珍しい。

「ん……気分転換がしたかったの。それに、どうせお金も余っているし」

(金が余ることなんて無ぇよ)

心の中でファントムは忠告する。こそばゆいことを言うものだ。些細な悪事を武勇伝として語る子どもを見ている気分になる。

「ねぇ、ジャンケットのお仕事ってどういうものなの。久保田さんから世話役だと説明はされたけれど」

「世話役というと堅苦しい感じがしますが、要するに何でも屋です。朝日奈様がカジノで楽しむことに集中できるよう、私がその他すべての手続きを請け負い、あなたを支えます。どうぞ、ご自由に無理難題を」

「頼もしいのね、うふふっ！　お店じゃ頼られる方だから、新鮮だわ」

「いいママなのですね」

ファントムの返事は僅かに嘲りを含んでいた。知奈が周囲から頼られるというのは想像できなかった。オンオフの切り替えがはっきりしているタイプなのだろうか。

「そうよぉ、お店のみんなは大事な家族だもの。助けてあげなくっちゃ！　ファントムさんも、東京に来た時はぜひわたしを頼ってね？」

知奈にとっての家族という言葉はファントムのそれと違う意味を持っているようだった。ファントムは暁雲を思い浮かべた。ファントムにとって家族とは暁雲の取り仕切る組織であって、知奈の言葉の中にあるような心温まる何かはない。

「良いお店なんですね」

ファントムの返事は言葉少なだった。

「ご家庭より居心地がいいなんて言ってくださるお客様もいるの。お店としては嬉しいけど、ちょっと寂しいわよね」

(私もどっちかというと客の側だな……)

店の嬢《キャスト》と酒を飲む店には顧客との付き合いで稀に行く程度だ。ファントムは胸や喉元にささくれができたように感じた。知奈は日向にいる人間だ。日陰者にとっては、光が目や肌を焼いてくる。

「あなたはどう？　家族のこと、大事にしてる？」

「ああ……」

職業の割に、不用意な発言だ。それだけ浮かれているのだろう。知奈はファントムの見えない傷跡を踏んでいた。

心の中で這い回る痛みをプロ意識で押し隠し、ファントムは照れたような笑みを浮かべる。

「あははは……私は職場が家みたいなものですから。まぁ、怖い上司《ねえさん》にゃ可愛がられてますよ」

ファントムは父を知らない。母は彼女を溺愛し、そして最後には見放した。ファントムも十四年前に家を捨ててから、故郷には戻っていない。それから誰かと本当の家族を作ったこともない。十四年前からずっと、ファントムにとっての家はねぐら以上の意味を持たなかった。

「真面目なのね！」

知奈の反応は愚かしいほど素直だった。

本当の身の上を話しても意味がない。知奈は己の不用意な発言を詫びるだろう。そして、空気が死体のように重くなるだけ。仮面を被るのには、とうに慣れた。

そして、リムジンが停まる。ファントムは知奈をエスコートして、彼女をホテルへ招き入れる。ホテルのロビーはとても広く、レストランやブランドショップも揃っているが、二人は真っ直ぐカジノへと向かう。

空調が強くなり、うっすらとかいていた汗が一気に引いていく。受付の向こうからざわめきが聞こえ始める。無意識の緊張で、ファントムは全身に力をこめていた。

「賑やかねえ……！」

「こちらは平場《ザラ》のカジノです。レートが低いので、一般人向けですね」

ＩＤを見せて、フロアに足を踏み入れた瞬間、そこは別世界となる。派手な電子音やアナウンスが二人に降り注ぐ。筐体はことあるごとに煌めき、ただチップを掛けて勝負するだけでファンファーレが鳴り響く。

未知の世界に興奮する知奈を先導しながら、そのやかましさが苦手なファントムは顔をしかめていた。平場のカジノでは大勢の客を捌くために専用の筐体でテーブルを生中継しているギャンブルも多い。ディーラーと対面で遊べない代わりに、勝ち負けの演出はやたらと派手だ。現金が絡むだけあって、客のテンションも高い。客もまた、カジノの一部だ。その熱気に当てられて初めての客も賭けに飲みこまれていく。VIPルームは平場のカジノからさらにエレベーターで高層階に上がった先にある。警備員に通行を許可されるのは選ばれた人間《セレブ》だけ。知奈にも、その権利がある。

「カジノへようこそ、朝日奈様」

エレベーターの扉が開いた時、ファントムは改めて知奈にお辞儀した。

苦難の時を経て、ついにファントムはVIPルームに帰還を果たした。一足先に赤絨毯を踏みしめて、カトリックは知奈を恭しく迎え入れる。

緊張しているのか、知奈はさっきよりも落ち着いた様子でファントムについていく。地上三十階にあるガラス張りのフロアは、テーブルから顔をあげれば街の景色を楽しむこともできる。リラックスして勝負できるようにテーブルの数は少なく、そこでギャンブラー達が大金を溶かしている。中央にはキャッシャーがあり、客ごとの入金に応じてチップを払い出している。テーブルでも購入は可能だが誰もが最初は、キャッシャーで自分の現金をチップにする。札束《ズク》でいっぱいの紙袋がカウンターに置かれることも珍しくはない。

「カジノのVIPルームなんて初めて。意外とカジュアルな方も多いのね」

「お気に召しませんか」

セレブばかりが遊んでいるため、社交場として機能しているカジノも確かに存在している。ただ、基本的にVIPルームでは人品なんて問われない。しかるべき金額を入金すれば誰でも招待される。寝間着にパーカーといった格好で勝負しにくる中毒者が大企業の御曹司なんてこともよくある。

カジュアルな雰囲気は嫌いだろうか。久保田の情報では、とにかく気楽に遊びたいというのがオーダーだったが、鯨はわがままで移り気なものだ。

「いいえ！　素のままでいられるからこっちのほう

がいいわ。かしこまっていい女になっているのは、仕事だけでお腹いっぱい……」

「なによりです。もう入金はお済みのようですから、カジノのルールを説明しましょうか」

「勉強は得意よ！」

意気込む彼女は、やはり少女のようだった。

「それほど難しくはありません。カジノのキャッシャーに入金されたお金はノンネゴシアブル《ノンネゴ》・チップとして払い出されます。これは再度換金できません」

「たくさんチップを買ってしまうと後で後悔するかもしれないってことよね？」

「ええ。一度ノンネゴチップにしてしまうと、そのチップはカジノで使い切るしかありません。使った分だけ、ホテルでサービスは受けられますが……。ノンネゴチップで勝負に勝つと、勝った分は通常のチップとして払い戻されます。例えば十万円を賭けて、二十万円勝った場合は換金可能な通常のチップとノンネゴチップが十万円ずつ払い戻されるってわけです」

ファントムの収入はノンネゴチップが購入された総額《ロールオーヴァー》で決定される。知奈がカジノに長く留まり、ノンネゴチップを購入すればするほどファントムは潤うわけだ。

知奈の入金は一五〇〇万円。彼女はお遊びでその額を好きにできる身分にある。勝ったり負けたりを繰り返して、ゆっくりと資金を使い切れば、総購入額が一億円ほどとなる。ここから更に、知奈が勝負に嵌れば、更なる儲けも夢ではない。『お姫様』にとっては道楽だが、ファントムにとっては生死を分ける勝負が始まろうとしている。

「さて、朝日奈様……どの地獄《テーブル》から始めましょう？」

クラップス、ルーレット、大小。ＶＩＰルームには様々なゲームが揃っていたが、ファントムからすればすべて同じだった。

どのゲームも、最後にものをいうのは運だ。

ギャンブルの本質とは奇跡に挑むこと。

そして奇跡とは起こらないものだ。

たとえ勝ったとしても、もっと賭けておけばよかったと思うのが人の性。負けが込んでも次こそはいけると信じるのが人の業。そうして、現実感も金も理性も熔け、誰もが破滅を迎える。カジノではそれさえも快楽になる。

ファントムが見たいものはカジノの理《ことわり》の外にあるものだった。

「バカラってどれかしら」

「へぇ……」

はじめから心に決めていたらしく、知奈の質問にファントムは短く息を漏らした。若社長の最期を思い出す。今アレをやるのは、どうにも縁起が悪い。

「久保田さんも、あの人のお客様も楽しそうにバカラの話をしてたの!」

久保田も、彼の顧客の大半もバカラ狂いだ。バカラはゲームの女王だと語るギャンブラーは多い。あのゲームには強い魔力がある。

要するに、アレは一番金が熔ける。

「案内しましょう。でもその前に、チップを用意しましょうか」

ファントムが促すと、知奈はそっと頷いた。

「まずは……七〇〇万円で遊んでみるわ」

「お任せを」

ファントムが手続きし、キャッシャーが一枚、百数万円となる大型チップ《ビスケット》を七枚、知奈に払い出す。カジノでは一財産が手のひらに収まるサイズになる。知奈は大型チップを珍しそうに手に取って眺めていた。そんな彼女を先導して、ファントムはバカラテーブルに向かう。VIPルームの中でもとりわけ人が集まっていて、華やかな地獄。

テーブルの頭上では、派手派手しいモニターに罫線《ケーセン》が表示されている。これまでの勝負を記録するもので、バカラには欠かせない。ギャンブラーは誰もが女王のご機嫌を仰ぎ見ることになる。

「ルールはご存じですか?」

「久保田さんから聞いたわ、九に近い方が勝ちなのでしょう?」

「それだけ知っていれば問題ありません」

バカラのルールは非常に単純なものだ。客は、親《バンカー》と子《プレイヤー》と書かれたテーブルのエリアのどちらかにチップを置いて、賭ける。勝ち負けは親子に配られた二枚、または三枚のトランプの合計数によって決定される。トランプに書かれた数字の合計の内、十の位を除いた一の位の多い側が勝ちとなる。絵札はすべてゼロとして扱うので、最弱がゼロ、最強が九となる。

配られるカードが二枚になるか、三枚になるのか、その条件だけはやや複雑なルールがあるものの、客はその判定に介入できない。初めに配られた二枚のカードが明らかになった時点で、自動的に決定されるからだ。

「ここに座っても？」

「ええ。良いタイミングですよ、新しいゲームが始まるところのようです」

大型チップを握りしめて、知奈はテーブルについた。ちょうど、テーブルではカード台にセットされたカードを入れ替えるタイミングだった。それを区切りに、ゲームを止めたり、食事に向かう客も多い。参加するにはうってつけのタイミングだった。

「あなたが決められるのは親と子、どちらに幾ら賭けるのか……という点です。八倍の配当が付けられる引き分け《タイ》に賭けることも可能ですが、おすすめしかねます。最小《ミニマム》ベッドは一五〇万円からスタート、上限《マックス》は五〇〇〇万円ですね」

「ありがとう、結構高いのねぇ……」


ファントムが説明している間にも準備は進み、いよいよ新しい勝負が始まろうとしていた。ファントムは知奈から大型チップを一枚受け取り、それをより細かいチップに両替した。いきなり資金の七分の一を投下するのは賢明ではない。知奈には末永く勝負してもらいたかった。そちらのほうが、勝ち逃げしにくい。

「勝てば二倍です。親側に賭けて勝つと、手数料を取られますが……」

バカラにオッズは無い。勝てば賭け金と同額の配当が付けられ、負ければ全額が没収される。

常にゼロか百か、その分かりやすさも人気の理由だが、なによりもバカラのおそろしいところは勝負に一切の技術を必要としない点にある。

ブラックジャックには定石が存在し、ポーカーはブラフで戦える。どんなゲームでも、強豪プレイヤーが存在するものだ。しかし、バカラには純然たる偶然だけがある。善人も悪人も、愚者も賢者も、平等に無価値となる。

ファントムにとって、バカラは究極のギャンブルだった。大勝すれば、運命を支配する、神の領域に至ったような全能感に溺れることができる。頭が真っ白になる快楽が、緑の羅紗には咲き誇る。人の血を養分にして。

「初勝負ね！　ふふ……緊張するわ、新人の頃に戻ったみたい」

そして知奈も自分の運命に挑もうとしていた。どんな顧客を相手にしていても、この瞬間だけはファントムも身を固くして、勝負に備える。特に今回は本当に命がかかっている。この魂がひりつくような感覚に、ファントムは息を吐く。彼女もまた、十四年前からこのギャンブルに魅入られた一人だった。

「まずは最小ベットで勝負してみようと思うの！　それでいいかしら」

「小手調べにはちょうど良いでしょう」

「ふふっ、楽しみだわ」

一方で知奈はまったく無防備で、裸のまま運命の前に立っていた。テーブルについた他の客に比べても、明らかに素人で、一〇〇万円以上を賭けて勝負しているという雰囲気が欠けていた。それでも、ファントムは彼女が勝つか負けるか分からなかった。それは彼女の運命だけが知っていることだった。知奈がチップをプレイヤーのエリアにベッドする。これで賭けは成立した。周囲では一千万円、二千万円を賭けている者もいた。

そしてカードが配られ、最大ベッドの客に搾《スクイーズ》りの権利が与えられる。頭髪の薄い中年男性が、背広の袖で手を拭ってから繊細な手つきでプレイヤー側のカードに触れる。

「あれは？」

「搾りと言って、もっとも金を賭けているお客様が、配られたカードを表にできるんです。この場の全員から注目を集めるので、目立つために大金を賭けるような方もいますね」

あの若社長と同じように、権利を与えられた男も「付け、付け」と声を出しながらカードを搾っている。自分に関係の薄い勝負だと、アレを見てもさっさと捲れよとしか思えない。

「なるほどね！　歌舞伎みたいで素敵だわ……あんな風に、掛け声をだすと気持ちいいのよね」

「……なかなか、ユニークな喩えですね」

やがて中年男性は叩きつけるような勢いでカードを明らかにした。

バンカーは四、そしてプレイヤーは八。

プレイヤーの、知奈の勝利だった。プレイヤー側からは小さな歓声が上がり、バンカー側からはため息が漏れた。

「勝ったわ！　見て！」

最小ベッドの勝ちで知奈は椅子から立ち上がった。ファントムの腕に抱きつき、彼女にもよく見るように促す。

「あー……弾みがつきましたね」

呆れ気味にファントムは頷いた。これまでの客のほとんどは一千万円クラスの勝負でも涼しい顔をしていて、知奈の反応には懐かしさを感じた。

「次！　次いってみましょう！」

知奈は先ほどのキャッシュチップをすべてノンネゴチップに換え、三百万円分のチップを再びプレイヤー側にベットする。躊躇いのない行動で、ファントムは見ていることしかできなかった。

「最小ベットから少し増えただけでしょう？　勝てば四倍よ！」

何か言いたげなファントムに、知奈は笑う。彼女の言うとおりだった。金額が大きく増えたわけでもなく、負けたところで痛くはない。ただ、少々、向こう見ずだ。

そして、カードがオープンされる。

バンカーは五、プレイヤーは八。知奈の二連勝だった。

「六枚！」

知奈は上機嫌で百万円のチップを並べた。そして、また、プレイヤーにオールイン。

「三度目ですね」

「これまで、プレイヤーが強い数字で勝っているでしょう？　次も来そうだと思うの！」

「ふむ」

ファントムは罫線のモニターを仰ぎ見る。勝敗の記録から流れを読むのが、バカラの攻略法とされている。

「あのモニター、勝敗を記録してるの？」

「はい。今はプレイヤーが二連勝ですね、これがどこまで続くのか……」

運に支配されたバカラですら、人は定石を見出してしまう。

喧嘩と博打はツラを張れ——それが、ギャンブラー達の蜘蛛の糸だ。バカラや丁半博打には連目《ツラメ》、同じ目が連続する瞬間が存在している。コインを百回投げてすべてが表だったとしても、一〇一回目にどちらが出るのかは誰にも分からない。それでも、人は次も同じ目が連なると信じて、賭け続ける。そんな無策で無為で無謀な行為が報われる、報われてしまう場面をファントムは何度も見てきた。勝負における流れは、存在する。

長丁場のどこかで現れる確率の揺らぎ、女神の前髪、運命の流れ、そこに躊躇いなく自分の身を委ねることができる者が、神の領域にたどり着ける。

「大丈夫、一緒に見ていてね」

知奈の言葉は力強く、他の客に開けられるカードを見守る視線は熱い。

（こいつ、勝ちそうだな）

なんの根拠もなく、ファントムはそう思った。強気になるだけで勝てるなら苦労しないが、不思議なことに弱気だと絶対に勝てなくなるものだ。知奈はそのことを理解しているらしい。

バンカーのカードが先に明らかになる。数字は八。強いが、最強には一歩届かない。

ならば、勝ち目は充分すぎる。

プレイヤーのカードが開かれる。

「……勝ちだわ」

チップが八倍になる。流れるように、知奈はそれをプレイヤーのエリアに置く。ファントムはそろそろ冷静さを保てなくなる。知奈は四連勝を狙っているらしい。

「コレは、ビギナーズラックってやつね！」

突如振り向かれて、ファントムは身体を震わせた。

「ねえ、そんな顔しないで？」

どんな表情をしていたのか、ファントムには分からなかった。

勝負するごとにベットが二倍。まるでマーチンゲール法《クソバカのやること》だ。それと決定的に違うのは、知奈が連勝しているのにベットを倍増させ続けていること。

「今のあなたなら、きっと……まだ勝てます」

お世辞ではなく、本心だった。ひょっとすると、彼女は本当に何かを持っているのかもしれない。自分が望んでも絶対に手に入らない、神の寵愛のようなものを。

このテーブルでファントムだけが大津波の前触れを感じていた。

予定調和のように、知奈は四連勝を達成する。

「次も……？」

「ええ、プレイヤーに全額投入！」

これまでの勝利が造作もなく賭けられる。すでに、知奈は種銭よりも多くのチップを手にしている。

（私なら勝ち逃げだな……）

賢しらな理屈を口に出しそうになって、ファントムは己を恥じる。客を乗せずして何がジャンケットか。

「今夜は浴びるほど飲めますね」

先ほどと同じことが繰り返されて、五連勝。チップは三十二倍に膨れた。知奈は、ただ、楽しそうだった。流れるように再度の全額投入。

罫線はずっとプレイヤーの勝利を記している。連目に気づきだしたのか、他の客もプレイヤーに流れていく。

ファントムは後ろからついてきた連中を追い散らしたい衝動に駆られた。知奈の五連勝は偶然だ。誰がどれだけ賭けようがバカラは不変のままで、淡々と運命を決定する。それを理解しているのに、有象無象のチップが知奈のチップに混ざるのは勝負を濁らせる気がした。

だが、そんなものはすべて杞憂だった。

六連勝。六四倍に膨れ上がったチップを知奈は手元に引き寄せる。

「あら、なぁに？」

知奈が七度目のオールインをしようとしたところで、流れが止まった。ディーラーが彼女を制止したせいだった。ファントムは知奈に耳打ちする。

「最大ベットを超えているんです」

「なるほどね？」

テーブル全体がどよめく、すでに知奈が六連勝を遂げたことは誰もが気づいている。彼女は幸運の女神だ。

これ以上ベットできないというのは、流れを淀ませる行為だった。

「……お待ちください、朝日奈様」

ファントムはディーラーに目配せする。カジノのスタッフであるディーラーとジャンケット業者の接触は禁じられている。それでもファントムの意図は伝わったらしく、ディーラーは責任者であるピットボスを呼んで相談を始める。

「交渉次第で最大ベットを引き上げることは可能です。今回ならおそらく……」

ピットボスとの話を終えたディーラーは重々しく頷き、知奈からすべてのチップを受けとる。当然だ。ここで水を差すわけがない。

場が急に熱を持ちだし、他の客も次々と有り金をプレイヤーに投じる。他のゲームに興じていた客もじわじわとバカラテーブルに集まり始める。他のゲームに熱中していても、彼らは勝ちの匂いにだけは敏感だ。

青天井になるのは予想できていた。一度の勝負で四億円が投じられたテーブルに、ファントムは同席したことがある。場合によっては最大ベットがそこまで達する可能性だって、ありえる。

今の知奈であれば、それは――

そして、罫線はさらに二度、プレイヤーの勝利を刻む。

歓声が爆音となってフロアを包んだ。

ＶＩＰルームが今や平場のように猥雑な喧噪に満ちていた。

六戦目から知奈はカードを搾る権利を与えられていて、毎回、彼女はカードを搾ることなく、事も無げに表にしていた。彼女は祈りを必要とせず、自らの判断を揺るぎなく信じているようだった。

知奈の目線を、手つきを、賭ける場所を人は追った。ファントムも例外ではなく、かぶりつきで連勝を見守っていた。心臓が爆音を鳴らしている。

「マジックモーメント……」

ファントムはたった一言だけ、呟く。

奇跡。何をしても勝つ、賭博における神の領域。魔法のひととき。蛇口全開の脳内麻薬で脳が酩酊していてもおかしくないというのに、知奈はまともに見えた。その異常な勝利を前にして怯えるのは傍観者であるファントムの方だった。

（私が見たかった奇跡ってのは、こういうものなのか？）

ファントムはずっと奇跡を、奇跡を起こしてくれる勝負師の到来を待ち望んでいた。

しかし今のファントムを支配しているのは恐怖だった。もし自分が同じ立場ならこれほど完璧に狂いきれない。絶頂しつつ、腰を引いてる。勝負は続けるだろうが、ここいらでチップを減らしてしまう。知奈のようには、なれない。

マジックモーメントそのものは、誰にでも起こり得る。だが知奈は、すべてオールインで勝負している。全資金を運任せの勝負に投入するなど、自殺行為だ。知奈はこれまでに八回、命を放り捨てて、助かっている。ファントムは先日の若旦那を思い浮かべる。彼のようにオールインの末に死んでいく者は後を絶たない。それとも知奈は二五六倍になったチップを前にして、まだお試しだと言うのだろうか。

「全額、プレイヤー」

それを合図にしてプレイヤーにチップが殺到する。

ファントムでもそうするだろう。彼女の運に逆らえるものはいない。ファントムは胸に手を当てる。自分の鼓動が周りにまで聞こえている気がする。知奈のイカサマを一瞬だけ疑ったが、すぐさま否定する。ありえない。知奈は単なるヤクザの愛人だ。

ＶＩＰルームにいるほぼ全員に囲まれていても、知奈は遊ぶ。物珍しそうにバカラテーブルを見渡し、勝負に齧り付いている人々を観察している。

「やだ、なんで泣きそうなの？」

他には目もくれず、知奈は横にいるファントムに声を掛ける。すでに手元にはカードが配られていて、勝敗が明らかになるのを待っている。

「あなたはどこまで……」

ファントムは言葉が思いつかなかった。裏返しになっているカードは、ファントムの言葉一つで簡単に姿を変えてしまうように思える。自分ごときがこの勝負に触れてしまうのが、怖い。

「見ていてね」

返事を待っていた知奈は、微笑み、カードに触れる。造作も無く、いともあっさりと九が作られる。もはやバンカーに賭ける者は皆無で、ディーラーがオープンすると、当たり前のようにバンカーが負ける。九連勝。五〇〇倍以上のボロ儲け。あまりにも現実離れした状況に、ＶＩＰルームは困惑に包まれつつあった。これほどの注目を浴びながら、平常心ですべてのチップを運否天賦の勝負に賭ける。

（この人は一体どこまで行く気だ？）

ファントム以外のギャンブラー達だって同じことを考えているだろう。

十戦目も、当然のように知奈はオールインを考えているらしく、またしてもチップをディーラーに押しやっている。ここまで来ると、カジノとしても最後まで付き合う腹を固めたのか、天井を突き破ったベットに一々口出しもしない。

静寂の中で、ファントムはちょうど自分たちと反対側の席のあたりに暁雲がいることに気づく。この騒ぎを聞きつけて様子を見に来たのか。暁雲もじっと勝敗のゆくえを見守っている。知奈を中心として、カジノのすべてが引きつけられている。

知奈がカードを開ける。

一枚目が明らかになった時点で、ファントムは口を押さえた。もう許してくれと、叫びそうだった。あれほど待ち望んでいた奇跡のきらめきは、ファントムを焼き尽くそうとしていた。

プレイヤーが七、バンカーが六。

数十分で、知奈は十数億円を手にしていた。

耳がキンと鳴り、ファントムは周囲の歓声が聞こえなかった。

オールインの十連勝で資産を一〇〇〇倍に増やす。常軌を逸したそれは、不吉でさえあった。それでも知奈は穏やかだった。

「朝日奈様……ッ」

そっと知奈に耳打ちする。ファントムは限界を迎えていた。

十一戦目に向けて、知奈は一億円を平気で投じようとしていた。観衆からも、どよめきと悲鳴が上がる。ファントムは震えが止まらなかった。ロシアンルーレットをなんども見せつけられている気分だった。擬似的な死と、そこからの生還。知奈の賭けがもたらす究極の振れ幅はファントムを完全に打ちのめしていどちらの可能性も平等だった。平等でなければならなかった。

相変わらず、知奈は造作も無くカードを開ける。

負けるな、負けるな——ファントムは頭の中で唱える。

「あら……」

刹那、カジノが鳴る。

悲嘆、憤怒、驚愕、諦観、呆然、絶望。死に際に訪れるもの全て。テーブルをとりまく全員から漏れ出た魂。

知奈の連勝は、十で打ち止めだった。


た。

「どうして、こんな」

「どこまでいけるのか、試してみたの……」

「これ以上、オールインする必要はないでしょう。半分程度に留めて勝ち逃げするのは」

「そうかもね……でもせっかくの大勝負よ？　最後まで、見ていって下さる？」

もう止めにしたいというのは包み隠さぬ本音だった。このまま勝ち続けられるなんて、信じられない。こんな勝負は見届けられなかった。ここまで積み上げた金を、運命を変えるような金をあっさりと手放すつもりなのか。最後とは何だ。つまりは、負けるまで続ける気なのか。それとも、宇宙の果てまで勝ってみせる気なのか。

なおも引き留めようとしたところで、ベットの時間が締め切られてしまう。もちろん一億ＨＫＤは盤面に出たままだった。

知奈の元にカードがやってくる。

十連勝したのだから、次も勝てる。

十連勝したのだから、もう負けるかもしれない。

3

「良い呑みっぷりねっ、あはははは っ！」

知奈はソファに座ったままでころころと笑い、またワインを呷った。グラスが空になったのを見て、ファントムは慌てて身体を起こし、再びグラスを満たした。

「いつもとは逆ね……ふふふっ！　こっちもお願い！」

繰り返し目にしてきたのだろう。知奈は煙草を口に咥える仕草をしてみせる。そこでファントムはすぐさまライターで、そこに火をつけるふりをした。

「上手！　そうよねっ、あなたも接客業だもん……同業者よねえ！」

また知奈は笑い、そしてワインを飲む。もう何杯目か分からない。見た目のわりに相当強い。彼女に釣られて潰されないよう、ファントムは意識してペースを抑える。夕食後からぶっ続けで酒盛りしているものだから、そろそろ危うくなってきた。ジャンケットが客の世話になるなんて、情けなさすぎる。

バカラの魔法が解けた後も知奈は勝負を続けた。彼女は色々なゲームをつまみ食いして、いちいちファントムに解説をせがんだ。自分の口出しで連勝を台無しにしたファントムは内心穏やかではなかったが、どうやら知奈は本当にあの敗戦を気にしていないようだった。結局、チップをほとんど使い果たしてカジノから出た後も彼女はファントムを連れ回していた。

「今日は、本当に楽しかった……こんなに楽しいのは久しぶりよぉ」

「なによりです」

今、ファントムは知奈に招かれて、ホテルの彼女の部屋で酒宴に興じていた。

（不用心すぎるだろ。女同士とはいえ初対面だぞ……）

知奈が組長の愛人ということもあって、ファントムは部屋の前で別れるつもりだったが、結局押し切られてしまった。バカラの件で負い目があるし、なによりファントムは知奈に好意を抱いてしまっていた。

知奈の連続オールインという異常なベットによって、ファントムの儲けは莫大なものになっていた。賭けた金の総額《ロールオーヴァー》は、およそ十数億円。その一パーセントがファントムの上がりだった。たった一日で、延滞していたライセンス料をすべて返済できる金額を手にしたのだ。カジノから出ても、しばらくの間ファントムは自分が救われたことに気づかなかった。そんな些細なことは、頭から吹き飛んでいたからだ。

一発逆転。ギャンブルの代名詞であるそれは、しかし、ギャンブルで成し遂げることが最も難しい。ファントムがジャンケットという立場でギャンブルに接しているのも、奇跡を望みながら、その実在を信じ切れないというねじれた心が原因だった。

そんなファントムにとって、知奈は奇跡そのものであり、そして救いの女神だった。どうして彼女を無碍にできるだろう。

「昔ね、オンラインカジノもやってみたことがあるの。でもやっぱり、実際にやってみると全然違う……周りに人がたくさんいて、みんな本気になってて……いいわねぇ」

知奈の心に残ったのは、直にチップを置いて勝負することではなく、ギャラリーの存在らしかった。連続オールインでも揺るがない胆力は、こうした性格のおかげなのか。ファントムは愛想良く相づちを打つ。カジノの話題に戻った瞬間、ファントムは心の中で身構えておく。ここからいきなり、お前のせいで負けてしまったと絡まれる可能性だってある。大切なのはこれから先も、知奈という鯨をアテンドすることだ。何があろうと良好な関係を維持しておきたい。

「でもね、一番の思い出はあなたよ」

(来たな?)

ファントムは臨戦態勢になった。

「バカラの時ね……私が賭けると、ファントムさんってば、びっくりしたりおろおろしたりして……小さい子みたいで、すごく可愛かった」

「は……」

予想外の攻撃を受けて、ファントムは硬直する。

ビビってたのは認めるが、そんなにも態度に出ていただろうか。自分ではよく思い出せなかった。覚えているのは羅紗に積まれていく金、そして運試しで何度も身投げする知奈の姿だけ。

（ギャラリーを観察する余裕まであったのかよ……）

ギャンブラーとして、完敗だ。

「わたしが勝つと、あなたは、ぱっと笑って、喜ぶの。それが面白くて……。何度でも言うけど気にしなくていいわ。私なりに最後までとことん遊べたから、満足してるの。あなたの反応も含めてね」

「ええと、その……楽しめたのなら、なによりです」

酔った頭で考え抜いたすえに、ファントムはぎこちなく笑ってみせた。

「あの時の笑顔の方が、良かった……」

知奈はまた、グラスを飲み干した。

「あなたとは、もっと仲良くなりたいわ。ねえファントムさん、本当はなんてお名前なの？　わたしにだけ、教えてよ」

ファントムはそっと両手を包まれ、硬直した。触れられたせいではない、本当の名前を、聞かれたからだ。

――ああ、■■。私の■■。あんたがきっと、お父さんを呼び戻すんだよ。

何度も聞かされた母の言葉を思い出す。それは呪いだった。あの女はファントムを使って、自分を捨てた男を取り戻そうとしていた。可憐に育った娘がいると知れば、彼も帰ってくるはずだと。

（ああ、腐ってやがる《ポッガイ》な……）

忌々しい記憶を追い払う。仮面の下が痛む。ファントムはうっかり爪を噛まないように両手を握りしめ、今度こそ知奈に気に入られるように笑った。

「本当も何も、これが私ですよ。私は『ジャンケットのファントム』です。つまらない名前よりも、ファントムの方がこの島じゃ相応しいでしょう？」

ファントムは本名を暁雲にしか教えていなかった。名前なんて単なるラベルだ。それなのに、■■と呼ばれると、心がざわつく。

「あら、ごめんなさい。無粋だったかしら」

「いえいえ。変わった名前をしていると、こうした質問もよくありますから。どうか長くこの島に留まって、謎を探ってください」

知奈に会わせて唇を湿らす程度に酒を飲み、営業しておく。こちらにも隙があったと、ファントムは自戒する。知奈に対してもっと心を閉ざすべきなのに、今、自分はここで酒を飲んでいる。

「仲良くなれば、チャンスがあるの？」

「そうですね、ええ」

どれだけ仲が深まろうと——そもそも仲良くするつもりはないが——ファントムは本名を明かすまいと決めていた。その名前はもう呼ばれたくない。あの頃の自分とは決別した。

「それなら、ファントムさん。東京でわたしの仕事を手伝ってみない？　仕事で色々と忙しいのよねぇ。補佐役の人がいてくれると、とっても助かるわ」

「ず、随分と気に入ってくださったようで……光栄です」

「だって、あなたのおかげで私はあれだけ勝てたわけでしょう？　きっとあなたは幸運の女神なのよ！」

猛烈な勢いで距離を詰めてくる知奈に戸惑い、ファントムは身を引いた。


「私のせいで、最後に負けたのに？」

自爆だった。これまで蒸し返すまいとしていた、悔恨の言葉。それを聞いた知奈は首を振った。

「結果なんてどうでもいいの。あなたがいたから、心ゆくまで楽しい勝負をできたことが、わたしには大事なんだもの。だから、ついてきてくれない？　いいでしょ？」

ファントムは無意識に知奈の手を取ってしまいそうになり、慌てて畏まった。こんな言葉を本気にしてどうする。全部酒のせいだ。

「ですが……」

「あなたは自分の仕事を頑張って、わたしはわたしの勝負を頑張った……それでいいじゃない」

知奈の言葉は、あまりにも甘すぎた。拒まなければ飲みこまれてしまいそうだった。

「わたしと家族にならない？」

「家族だなんて……私には必要ありませんよ」

こうして、本気の返事をしてしまうのも、全部酒のせいだ。

「朝日奈様が言うほど、私には家族というのが良いものとは思えません。実家はひどいもんでしたし、今は職場が家族みたいなものですが……そこだって……」

一度口に出してしまうともう止まらなかった。

さらに酒を飲むのは、言葉も一緒に飲みこみたいからなのか、舌を滑らかにするためなのか。

今の家族にあるものは使命としがらみだ。自分を拾い上げ、助けてくれた暁雲に感謝はしているが姉のように組織こそが自分のいるべき場所だとは思えない。

「それでも、私を好きにしたいなら……」

ファントムは知奈をじっと見つめた。そして彼女の真剣な顔で、ファントムは自分が話しすぎたことに気づいた。アルコールでぽかぽかになった頭が急激に冷えていく。

（脳が腐ってんな！　初見の客に何言ってんだ！）

やはり飲みすぎが原因だ。最近控えていたのもあって、羽目を外してしまった。自分からこぼれ落ちた汚いものをかき集めて、元のように納め、ファントムは派手に笑った。

「なぁんて……色々言ってますけどね！　結局はアレですよ朝日奈様。私にはここでの仕事がありますから……！　私は社畜なんです！」

それもまた、本音ではあった。黒社会からは簡単に抜けられない。まだ、そこまで狂えない。一時の感情で出ていくなんて、家族は許さないだろう。酒の勢いで口走ったことを真に受けられるものか。

「そう……？　ま、しょうがないわね！」

その言葉で、知奈も少し困ったように笑ってくれた。

「本当にっ、申し訳ない！　顧客のお願いは絶対というのがジャンケットなのですが！」

ことさら大きな声を出して知奈は笑い、ことさら大袈裟にファントムは詫びる。それでこの話はおしまいだった。

「私……シャワーを浴びてくるわ」

会話が一段落したのを悟ったように、知奈は急に立ち上がった。酒量のわりにしっかりとした立ち振る舞いだった。

「ねえ、東京は無理でも、お風呂ならどう？」

それは、今度こそ冗談だった。分かっていても仮面の下に痛みが走り、ファントムはゆっくりに首を振る。

「そんなに酔っていては危ないように思いますが……」

「平気よっ、心配なら洗ってくださる?」

また軽やかに笑い、知奈はファントムに手を振って脱衣所に消えていく。一人残されたファントムはソファに座ったまま、ぼんやりとしていた。

「これでお開きだな……」

うまく回らない頭でファントムは知奈が戻ってきたら帰ると決め、彼女を待つ。朝を迎えても借金の期日に怯える必要はないのだと思うと、心が軽い。向こうでシャワーの音が聞こえる。水音を聞いているだけで、なんだかとても眠たくなってくる。

「う……」

ほとんど室内で過ごしたとはいえ、夏場のせいか体はべたついている。いっそのこと知奈の冗談に乗ってしまいたかった。

顔の右半分を剥がされていなければ。

ファントムの仮面の下は、おぞましい醜貌となっている。

十四年前、賭けの代償に顔の皮を剥がされ、切り刻まれたのだ。

そこは専門知識に基づいて意図的に破壊されている。現在の技術でも完璧な治療はできず、仮面の下に押し込めておくしかない、敗者の刻印。

あの日の対戦相手はファントムより少しだけ年上の少女だった。

素性は分からない。アジア系で、確実に非合法組織の一員、それも幹部クラスの娘か愛人だ。自由にできるカネをたんまり持っていて、それから性根の腐ったクズ。あの女は周囲すべてを見下していた。貧乏人の小娘でしかなかったファントムとの勝負を受けたのも、追い詰められた弱者を踏みにじってやりかったからだろう。事実ファントムは敗れ、可憐だった容貌と、そんなものよりもっと大切だったものを打ち砕かれていた。

ファントムにとってその女は仇である以上に、不運の象徴だった。

十四年前、ファントムは己の境遇を一転させる奇跡を望んだ。それが果たされなかった今も、彼女は奇跡はあるのだと信じている、そう信じたかった。

あの日はたまたまツイていなかっただけで、勝てていればすべて上手くいっていたはずだ。

ちょっとした揺らぎがあれば、奇跡は起こっていたはずだ。

でなければ、何もかも失った十四年前の自分がただただ愚かだったことになってしまう。

たっぷりのアルコールで緩みきったファントムの脳裡では知奈の連勝がリピートされていた。あれはまさしく奇跡だった。ずっと見たかったものだった。

きっとこれから先なんども、今日の勝負を、彼方にある『最後』を目指した知奈のことを思い出す。

「うぅー……ん」

シャワーの音が止んだのを合図に、ファントムはソファから立ち上がった。やっぱり知奈が戻る前に帰るべきだろう。うかうか残っていると、いつまでも付き合わされそうだし、今の精神状態だと彼女にサインでもねだってしまいそうだ。飲み過ぎでふらついたファントムは壁にもたれ、それから身体を引きずって外のドアへと向かった。

×××

その夜、ファントムはいつもと同じ夢を見た。

夢はいつも、生家の錆びた玄関の扉を開けるところから始まる。不摂生で体を壊した母のために、働きに出るのだ。

ファントムは、まだそう名乗っていなかった頃の、愚かな少女に戻っている。

家を出て、最初にファントムを出迎えるのが、団地の汚れきった廊下だ。

家の前では、昨晩避けて通ったゴキブリの死骸が思い切り踏み潰されていて、汚泥やゴミで詰まった側溝には誰が使ったのか分からない避妊具が生々しい光沢を放っている。住民が家のゴミを廊下に捨てるせいだ。ここでしたのか、うっすらと小便の匂いが漂ってくる。ひょっとすると、どこかに大きい方もあるのかもしれない。

そういうものにうんざりして視線を手すりの向こうに向けると、更に気が滅入るのだ。

どの建物も古いのに建て直されることなく、手入れされることもなく、褪せた灰色をしている。看板は日焼けして色あせ、どれもこれも文字が読めない。取り壊された建物は新しい使い道がないのか、瓦礫にネットを張るだけで放置されている。往来にぽつりぽつりと見える人や車はどれものろのろと動いていて、死にかけた虫のように感じる。

福建省久安市郊外、銀峰鎮。どこにも行き場がない、静かでのっぺりとした灰色の絶望。

そんな風景の中で、宮殿と見紛うような西洋建築の豪邸がぽつり、ぽつりと建っている。

蛇頭のお屋敷だ。

ファントムはぼんやりと屋敷だけを眺める。灰色の建物の群れに混じって白亜の城があるのは異様だった。それは、蛇頭が密航ビジネスで儲けた金をつぎ込んだ、成功者の証だった。密航が盛んな福建省で蛇頭の存在は公然の秘密だった。

夢の中で必ず、ファントムは豪邸での暮らしに焦がれる。使用人に世話され、腕利きの医者が手配され、何一つ苦労のない母。食堂で何時間も働く必要の無い私。そして、贅沢三昧の母を、やっと迎えに来た顔も知らない父。

ファントムはため息をついて、職場である酒場に向かった。毎週休みなく働いて、胡散臭い漢方に消える泡銭を得る生活がこれから先も永遠に続くはずだった。

金がほしかった。母を、自分自身を救えるほどの奇跡的大金が必要だった。それが幾らになるのかさえ、彼女には分からなかった。

だから、ファントムは職場の酒場に屯《たむろ》していた蛇頭に勝負を挑んだ。

ちょっとした余興を装って勝負を誘い、自分自身の身体を勝負のテーブルに乗せて、密航の代金を稼ごうとした。

対戦相手は、日本から来ていた極道だったと後から知った。

これが夢だからなのか、相手は同じでも、勝負の内容は毎回変わり、そして必ずファントムは敗北する。

それから先は、お決まりの展開だ。

手術台。動けない自分。見下ろす人々。迫る刃。そして、失敗面という嘲り。

だけど本当の苦しみはその後にある。

血肉に汚れた包帯で覆われた顔を手で押さえながら、やっとの思いで家に帰った時。

母は破壊された娘の顔を見て、ばけものと呟いた。

あの言葉がずっと耳の中で響いていて、ファントムに安息を許さない。

ファントムは、ただ母に認めてほしかった。物心ついた時から、ずっと母は自分に何かを背負わせてきた。だから、一度だけでもよく頑張ったね、と抱きしめられたかった。それが甘ったれた望みだと分かっていても、彼女はかつての願いに焦がされ続けている。母が自殺したせいで、願いはもう二度と叶わないのに。

実のところ、ファントムが見ているのは夢ではなかった。それは浅い眠りの中で、壊れたレコーダーのように記憶が延々と同じ部分をリピートしているだけ。

そうやって冷静に分析できるのは、いつだって起きた後。

慣れているのに新鮮な苦痛がファントムを襲い、夢は手術台の場面にさしかかる。彼女は叫ぼうとする。大暴れして、拘束から逃れようとする。普段であれば無駄な抵抗に終わるそれらは、出し抜けに別の結果を招いた。

何か、熱のあるものが身体を通り抜け、いつも絶対に解けない拘束からファントムは解放されていた。そして彼女は手術台から身体を起こし――

――そこで、目が覚めた。

「うぅぅっ？」

寝入るまでの記憶が思い出せず、ファントムは唸る。真っ暗で何も見えない。しかし、隣に誰かがいるのは分かった。闇の中でも人の肌は薄白く浮き上がり、ファントムは目の前にあるのが女の大きな胸だと気づく。極めて柔かい頭を動かすと、相手の腕が耳や頬を擦った。彼女の吐息がつむじ辺りにかかって、ファントムはひゅっと声を漏らす。

ファントムは身体を丸めた格好で、知奈に抱きしめられていた。心音だって聞けそうなぐらいだ。

「おぁぁっ……！」

飛び出しかけた悲鳴をどうにか飲みこむ。

『何か』があったのかと、自分の着衣を確かめるが、上着が脱がされているほかは特に変わりない。仮面も付けっぱなしになっている。頭の芯が痛む。酒を呑みすぎた。一方で知奈は薄い寝間着だけを纏っていて、良い匂いを漂わせていた。周囲は暗く、エアコンの稼働音がうっすらと聞こえる。時刻は深夜らしい。

（潰れちまったのか！）

痛む頭で必死に考え、ファントムは状況を理解する。知奈は自分を介抱してくれたのだろう。記憶はどろどろになっていて、よく思い出せない。なにやら余計なことを喋りすぎてしまったという、家の鍵を閉め忘れたような不安だけが頭に残っている。

知奈は健やかに寝息を立てて、動かない。その腕は緩やかにファントムを捕らえ、彼女を悪夢から守っていた。

（腐ってやがる《ポッガイ》！　今すぐ抜け出さねえと……！）

組長の愛人と寝たと知られれば、全指切断《ブタエンコ》だって寛大な処分だろう。脱出は簡単だ。そっと腕を外し、ベッドから降りて、頭痛をなだめながら、しょんぼりとねぐらに帰ればいい。知奈ならば、この失態も笑って許してくれるはずだ。

なのに、ファントムは動けなかった。知奈の無防備な寝顔をじっと見つめ、それからゆっくりと目を瞑る。彼女の手が頭を撫でた気がした。ファントムは夢の続きが、悪夢から解放された後の世界が見たかった。それはおそらく知奈の腕の中にしかないものだった。

結局、ファントムは朝まで夢を見なかった。

夢なんて見ないほどに深く、穏やかな眠りを与えられたから。

4

日本も香港も、裏社会の一家は上下関係に厳しい。上司と部下は親分と子分であり、親に逆らうことは許されない。

とりわけ一家の長を裏切るような行いは論外だ。例えば、その愛人に手を出したりすれば――

「がひゅ……っ」

肝臓に拳がめりこみ、ファントムは息を吐いた。彼女は腹を押さえたまま、崩れ落ち、額を執務室の床にこすりつける。二日酔いの身体に、この一撃は殺人的だ。涙が溢れ、内蔵が昨晩に食べたものを吐き出そうとする。粘りつく涎が口の端から垂れる。鼻から、ちょっと飛び出したかもしれない。暁雲の格闘術は、素手で相手を殺せるほど鍛え抜かれている。その力が容赦なくファントムに振るわれていた。

「吐いたらお前の舌で掃除させるぞ」

「んぐっ、ん、んっ！」

暁雲の言葉を聞いて、ファントムは涙目で頷く。すでに口の中にまで溢れたそれを気合いで飲み下す。吐瀉物の臭いに打ちのめされて、また胃が暴れ出す。ファントムは手のひらで口と鼻を覆い、耐える。追い打ちが来ないのは暁雲の優しさだとしておく。自分のしたことを思えば、本当ならこれぐらいでは済まない。

「居候先の親父の愛人と朝帰りとは良いご身分だな。借金と一緒に脳味噌のネジも飛んでいったか？」

知奈とホテルで別れてから、ファントムはすぐに暁雲のオフィスへ向かっていた。起き抜けにチェックしたスマホには呼び出しの履歴が行列を作っていて、知奈と過ごした夢のような気分は一瞬で霧散した。

そして、執務室に通された瞬間、ファントムを出迎えたのは暁雲の鉄拳だった。

「なっ、なにもなかったって！　ただ、あの人に付き合わされて、潰されちまって……」

汚れた手をとりあえず尻で拭って、返事する。

ファントムは知奈の腕や胸の感触を、その匂いや息遣いを生々しく思い出した。

嘘は言っていない。飲みすぎて立てなくなっただけ。

「なんにもなかったんだよ、姐さん！　ありゃ魔法のひととき《マジックモーメント》だったんだ。奇跡みたいに勝ったんだぜ？　ちょっと羽目を外して盛り上がったって……」

余計な考えを振り払って、ファントムは改めて暁雲に訴えた。

「くだらん。十連勝の確率なんてのは所詮千分の一だ。客が大勢いれば、一人ぐらいはそんな風に勝てる。奇跡だの魔法だの、そんなものには客だけ酔わせておけ！」

（姐さんはそう言えるだろうけどさぁ……！）

ファントムは反論を飲みこむ。

暁雲はギャンブルを好まない。彼女にとって、ジャンケットとはギャンブラーの管理者だった。

勝負とは始まる前に結果が決まっているものであり、運否天賦に燃えているギャンブラー達は皆、その時点で負けている――それが姉の哲学だ。

「客を酔わせて操るのがお前の仕事だ。お前まで酔っ払うなんてのは論外だろうがッ」

暁雲の一喝で、ファントムは重々しく頷いた。あの場にいても、暁雲は何も思わないだろう。ただ無感動に知奈が回したチップを計算しているに違いない。

「お前達が随分と盛り上がったのは、神永組も当然把握している。火遊びで家を燃やすな！」

ファントムはうずくまったまま、暁雲の話を聞いていた。鉛のような痛みはまだ続いているが、吐き気はどうにか収まっていた。

「もし神永組と面倒なことになったら……私はお前を助けない。お前を刻み、へし折り、神永組が好きに処理しやすい形で向こうに引き渡してやる」

ファントムは渾身の力で立ち上がり、暁雲に向き直る。彼女の圧力はすさまじく、ファントムはまた吐きそうになった。

「分かっているさ。後のことは私に任せてくれ。もっと鯨とデカい勝負をやって、姐さんを儲けさせてやるから」

「デカい勝負なんていらん。あの女は適度に遊ばせてさっさとお帰りいただけ。お前はまだ分かってないようだ」

「ああいや……うん。そうだな、その通りだよ姐さん」

ファントムは慌てて頷いた。圧力がわずかに和らぎ、ファントムは危機が去ったのを悟った。

「……朝食が遅れた。お前も食ってないよな?」

ファントムはそっと後ずさった。さっきまで自分を叱り飛ばしていた上司と同じ食卓に着きたがる者がいるだろうか。彼女なりに、まだ信頼していると伝えているのだろうが。

「いや……鯨が朝からゲームしたいって言ってるんだ。そっちに、向かうよ」

ファントムはそっと、スマホを差し出す。メッセージアプリには、お昼までもう一勝負したいという知奈の言葉が表示されている。慌ただしく別れてから、暁雲の元に向かうまでの間に届いたメッセージだ。

「行け。働いてこい。冷静にな」

暁雲は憮然とした顔で、ファントムを手で払った。


暁雲も知奈が上客であることは理解している。ファントムと知奈が一線を越えず、ただひたすらにカジノで金を熔かすだけの、健全に不健全な関係であるうちは介入してこない。ファントムがすべきことは知奈から離れることではなく、知奈の価値を示すことだった。

そそくさと執務室から退散したファントムは、自然と足を速めていた。妙な期待を抱こうとしないようにしても、昨晩のような魔法のひとときが訪れるような気がして、その足取りは弾む。鼻をひくつかせ、彼女の肌から漂った、あの心穏やかになる甘い香りをまた嗅ぎとろうとする。

5

ＶＩＰルームに向かうとメッセージを残していたのに、知奈はホテルのロビーにいた。その理由はすぐに分かった。彼女はスマホで通話していた。不正防止やプライバシーの保護のため、カジノ内は電子機器の使用が制限されている。厳重なところでは、あらかじめロッカーに預けることが求められるほどだ。堂々と通話なんてしていたら、追い出されてしまう。

知奈に挨拶しようとしたファントムは、中途半端なところで手を止めた。彼女の様子がおかしい、誰と何の話をしているのか、かなり感情的になっている。

「やめてほしいって言ったのに！　あの人たちには帰ってもらったから、責めたりしないで。……嘘をつかないで。あなたはただ、私を押しこめておきたいだけでしょ？　いい人のふりはやめて、最初から私を監禁でもしておけば？」

どうも穏やかではない。ホテルの客も知奈に視線を送っている。ファントムはそっと知奈に近づき、彼女の肩を叩いた。

「もう話すことなんてないわ。さよなら」

知奈も自分が不必要に目立っていることに気づいたようで、急に声を潜めそのまま通話を打ち切ってしまう。ちらりと見えたスマホの画面は、さきほどまでの通話に特殊なアプリが使われたことを示していた。一般的に広まっているメッセージアプリとは違い、通話履歴が消去され、後から調査できなくなるものだ。アプリ自体は合法でも、それを愛用しているユーザーの大半が詐欺や密輸に手を染めている。知奈もまた、行動を隠す必要がある相手と繋がりを持っている。彼女の立場をファントムはあらためて認識する。

「ごめんなさい、恥ずかしいことをしたわね」

「いいえ、ここと違って本土は無粋ですから……」

「……それじゃ、改めて、おはようファントムさん。ふふっ、今日二度目の挨拶ね」

「おはようございます、朝日奈様」

知奈の言葉を受け流して、ファントムはお辞儀した。そうやって昨晩熔けてしまった線を引き直す。今朝はとても慌ただしかった。知奈への挨拶もそこそこに部屋から飛び出そうとするファントムを、彼女はのんびりと見守っていた。

——うなされていたけれど、大丈夫？

部屋から出る間際、投げかけられた問いにファントムはありがとうございます、とだけ返した。介抱した相手がうなされているからといって、普通は抱いたりするなんてありえない。なぜ知奈がそこまでしたのか、ファントムは分からないままだった。酔った勢いということにしてしまいたかった。

「さっきのはね、あなたのボス……わたしの飼い主よ」

誰かに話を聞いてほしかったのか、知奈はぎこちなく笑った。

「護衛を付けるっていうから断ったの。カジノに行くのだって、反対されたんだから」

これまで、知奈の立場に反して露骨に護衛が出張ってくることはなかった。確かにボスの愛人という立場であれば、もっと人がついていてもおかしくはないだろう。

「過保護というか……結局、お人形がほしいだけなのよね。知ってる？　あの人って世界中から人形を集めてるの。芸術品だとか言ってるけど、生きた人間が嫌いなのでしょうね。身内は、あの人の思った通りに動かないから……」

ファントムは黙ったまま知奈の話を聞いていた。この愚痴には余計な口を挟まない方が良い。ただ聞き役に徹する壁として使ってもらえれば幸いだ。

「護衛なんていなくても、あなたがいるのにね？」

「た、確かに」

ファントムの返事はぎこちなかった。知奈が大事な立場であることを思い出す。島やカジノの案内ならできるが、荒事はさっぱりだ。いざという時は自分が身体を張って知奈を守らないと、結局あとから神永組に殺されてしまうだろう。

「昨晩は付き合ってくれてありがとう。ごめんなさいね、つい……飲ませすぎてしまったわ」

「お気になさらず。こちらこそ酔って失礼を……」

ファントムは再び夜のことを思い出した。知奈と同衾したのはもちろん、その前の会話もまずかったように感じる。細かく思い出せないが、ひどく個人的な、自分の内面を曝け出すような話をした気がする。ひょっとすると自分は裸を見せつけるより恥ずかしいことをしたかもしれない。

「そんなことないわ！　わたし、もっとあなたと話がしてみたい。また飲みましょう？　今度はセーブして！」

どこまで覚えているのか明かさないいまま、知奈は笑った。

「さ、そろそろ行きましょう！　朝ご飯はカジノで食べられるって聞いたけれど……」

「ええ、用意させます。食べながら勝負ってのも悪くないですよ」

寝食を忘れて勝負に没頭する中毒者も少なくない。平場のカジノでは設定されている営業時間も、ＶＩＰルームでは公然と無視されている。合流するまでの間に、あえてこの形式を提案したのは、知奈にささやかながら、鉄火場の非日常を味わってもらうためだった。

「あら、お行儀が悪いのね」

クラブママという仕事はお上品に振る舞うことが求められるし、ここでも知奈は監視されている。食べながらゲームに興じるというちっぽけな逸脱も、彼女にとっては冒険だろう。

「ここじゃ特別ですよ。例えばサンドイッチは、トランプしながら食事するために発明されたんだとか……」

そんなことを話しながら、ファントムは知奈を連れて、ロビーの奥にあるＶＩＰルーム直通のエレベーターへと向かおうとした。もう、知奈相手に失敗するなんてありえない。知奈だって、口にしないだけで羽目を外しすぎたことは分かっているはず。高層階のＶＩＰルームに着いた時、二人の関係はジャンケットと客になっている。知奈の顔を見るだけでホテルのスタッフは彼女を奥の通路へと通し、そこでエレベーターを待つ。

ファントムも知奈もエレベーターの位置を示すラン

プをじっと見つめて、これからの勝負のことを思っていた。ランプは順調に下っていき、ここに着くのは間もなくだった。

「よーお！　探したぜ、義母《かあ》ちゃん」

到着を知らせる軽やかなベルの音に重ねるように、二人は背後からの呼びかけられる。からかうような、見下すような、脅すような、呼び声だった。

振り向いた瞬間に、ファントムは眉をひそめた。

「やっと会えたなぁ？」

見知らぬ女だった。金があるせいで色々と勘違いしたチンピラ――それがファントムの第一印象だった。纏っているジャージやTシャツは高級品だったが、だらしなく着崩している。ごてごてと指輪を付けた両手や、目に刺さるような明るい金髪、そして首筋や袖口から覗く洋彫りは彼女がどういう存在なのかを明白に伝えていた。彼女はまともであることになんの価値も見いだしていないようだった。軽薄そうな笑顔がかえって警戒心を刺激する。

（なんだ？　こいつ……）

ホテルのスタッフはなにをしているのか、この異常者を摘まみ出そうとしてくれない。

背後でエレベーターのドアが開く。

「萬邦《ばんぽう》さん……」

そう呟いた知奈は明らかに怯え、動揺していた。知奈を庇い、ファントムは知奈の前に立つ。その特徴的な名前から、ファントムは不審な女が神永組の関係者だと気づく。

「おい」

萬邦と呼ばれて、女は声音を変えた。敵意がむせかえるほどに濃くなる。萬邦と呼ばれた女はファントムより小柄だったがその立ち振る舞いは明らかに鍛えられた人間のものだった。

「あたしのことは名前で呼べよ」

ファントムを脇に押しのけて、萬邦は知奈を見上げた。壁にぶつかったファントムに目をやって、それから躊躇いがちに知奈はその命令に従った。

「ユウ、さん」

姓と名が揃ったことで、ファントムは目の前の無礼な女が誰なのか、ついに理解する。

当局の締め付けが厳しくなるにつれて、他の組員に姿や足取りを晒そうとしない極道も増えた。萬邦興業もそうした組織の一つで、下っ端にすぎないファントムは萬邦興業についてほとんど情報を得ていなかった。神永組の若頭が率いる直系の幹部団体であり、組のカジノ事業にも相当出資しているということ。最近になって組長が急死し、その妻が組織を仕切っていること——それが萬邦興業についてファントムの知りうる全てだった。

（萬邦ユウ……名前からして、こいつが今の萬邦興業の頭か）

ファントムは警戒心を強めて、二人の様子を伺う。

「昨日、バカラで馬鹿勝ちしたヤツがいるっていうからさ……誰かと思えば義母ちゃんだろ？　スポンサーの一人として、鯨に挨拶しとかないとな？」

「そ、そうだったの……でも義母ちゃんだなんて……」

知奈は明らかにその呼び名を嫌がっていたが、ユウは虫の脚をもぎ取る子どものように笑っていた。

「エレベーター、来てるじゃん。乗れよ。勝負しに来たんだろ？　続きは上がりながら話そうや」

押されるようにして知奈はエレベーターに追いやられる。ファントムは振り向いて、警備員に目で訴えたが、彼はユウに手出しできないようだった。やむを得ずファントムもエレベーターに飛び込む。エレベーターのドアは無慈悲に閉まり、逃げ場がなくなる。ロビーからＶＩＰルームまでの時間はいかほどか。ファントムは一刻も早くユウを知奈から引き離したかった。

「傑さんの……組長の、娘よ。これまでほとんど会ったことはなかったけど……」

知奈に耳打ちされてファントムはぎょっとした。この女は神永組長の娘だというのか。だとすれば、確かに組長の愛人である知奈はユウにとって義理の母のようなものだろう。

これから何が起こるか分からず、ファントムは拳を握りしめた。

「……にしても臭えな」

エレベーターが上昇を始めた途端、ユウは鼻をひくつかせた。もちろん臭いなんてしない。ユウはじっと知奈に狙いを定めていた。

「……っ」

知奈は身を固くして耐えていて、ファントムはじっとしてはいられなくなる。

「狭いところにいると籠もるんだよ、[redacted]液の臭いがよ！　ちゃんとしゃぶった後に口ゆすいだか？　東京から出してもらいたくて、オヤジに何発出してもらった？」

知奈が息を呑む。一線を越えた言葉だった。ファントムは無言でユウと知奈の間に割って入り、ユウを押し出そうとした。しかしユウはびくともせず、そのままファントムは突き飛ばされた。手すりで背中を打ち付け、ファントムは呻く。

「オヤジ、あたしがあんたに近づいたら殺すって言ったんだぜ？　ひでえ話だ！　娘が母親に近づいちゃならねえなんてよ」

「そう、だったの」

「だからさぁ、一度会って話がしてみたかったのよ。そんなに大事なオ[redacted]ホがどういうモンなのか知りたくてさ」

知奈は目を瞑って、ただ耐えていた。

エレベーターはのろのろと進んでいる。まだ、ＶＩＰルームに着かないのか。

親父への憎悪か、その愛人への侮蔑か、ユウは知奈への悪意を隠そうとしていない。

「でもまぁ、あんた、やっぱ思った通りだな。ニコニコへコへコ媚び売ってるだけの肉穴。チ[redacted]カス食ってる寄生虫。カジノもアレだろ？　ディーラーのをしゃぶったか？」

「失礼、萬邦様」

ファントムは決意を固め、一歩踏み出した。ユウの肘打ちに耐え、彼女をにこやかに見つめ返す。もう限界だった。この女は知奈を侮辱し、昨晩の魔法のひとときまで貶めようとしている。顧客が快適にゲームを楽しめるよう力を尽くすのがジャンケットの仕事だ。知奈は黙ったまま震えている。その姿を見てしまうと、もう、ファントムはいてもたってもいられなかった。これも流れだ。暁雲にどやされてサガったせいで、こういうのが寄ってくる。自分が、流れを変えなくては。

「あ?」

「朝日奈様は正々堂々とギャンブルを楽しみ、驚くべき勝利を成し遂げられました。萬邦様が想像されているようなことは、一切ありえません」

言い切ったところで、脇腹に拳がめりこんだ。全身がびっくりしている。本日二度目。またかよ、という言葉がネオンサインのように頭の中で点滅する。

「吠えんな、犬《ポチ》。手ェついて床舐めてろ」

お次は顔面殴られる。あまりに早くて、最初は何が起こったのか分からなかった。ファントムはよろめき、エレベーターの壁にもたれかかった。鼻血が切れた唇からの血と合流する。知奈が悲鳴を上げ、ファントムに寄り添う。

それでもファントムは止まらなかった。

「あなたのことは存じ上げております。旦那様は……たしか相当お年を召されていましたね。あなたこそ、女《オンナ》使って、老人のシモの世話をして、まんまと組長代行の座を掠め取ったんじゃあないですか? ねぇ、代行」

急死した萬邦泰国は、たしか七十代だった。組長の神永と若頭の萬邦の間でどのようなやりとりがあったにせよ、大きく年の離れた神永の娘が萬邦の元に嫁いだのは間違いない。知奈への侮辱にきっちり返礼するつもりで、ファントムは下衆な勘繰りを投げつけてやる。

ユウが怒りを露わにするのを拝むより先に、ファントムの意識は飛び、気づけば彼女は床に倒れていた。何が起きたのか考えるより先に続けて側頭部を蹴り上げられる。靴の爪先がファントムのこめかみを捉え、彼女の視界は真横に急ハンドルを切る。凍りついている知奈が見えた。

「はい論破ってか? スカッとしたか? どうだ?」

ユウの問いかけはごく静かだった。

「ほら、もっと物知りなとこ見せてみろよ」

「テメェは——」

——爺に股を開いた腐れマ[redacted]コだろうが!

最後まで言う前に、ファントムは顔面を踏みつけられた。

ぱきっ、という音が鳴ったのは骨ではなく、仮面が砕けたせいだった。

「う……」

挑発する時点で覚悟はしていた。それでもファントムは咄嗟に素顔を庇う。

ユウはファントムの胸ぐらを掴み、一息にその身体を引き起こした。ジャージの裾から覗く筋肉は怒りで漲り、そのままファントムを絞め殺そうとしていた。

「んだよ、その失敗面！　こんな出来損ないがひと様を舐めたってのか？」

人が醜いものを見た時の反応は二種類ある。蔑むか、憐れむか。こんなやつの反応なんてどうでもいい。だけど知奈はこの顔を見て何を感じるだろうか。きっと知奈は取り繕おうとするだろうが、それでも彼女は壊された顔の女と心の距離を取るだろう。

「で？　このあたしが、爺ィをしゃぶって成り上がったって？　そこの便器に言え、そういうのは」

「便器なのはテメエの汚ねえ口だろうが！　マジックリン飲んで死に腐《ボッガイ》れよ！」

ユウが広東語を理解できるのか、ファントムには分からなかった。ただユウは、ふぅんと呟き、また右拳を振り上げた。

そこでやっと、エレベーターの扉が開いた。

入り口には暁雲、そして警備員がずらりと並んでいた。

「おやめくださいお客様」

暁雲がきっぱりと言い放つ。

そういえばエレベーターには監視カメラがついている。

それが分かっていて、ユウはここまでやったのか。

ユウが手を離したことで、ファントムは床に落下した。全開になっていたアドレナリンが落ち着いたのか、耐えがたい痛みが顔面を襲う。それでもファントムはまず最初に顔の右半分を隠そうとして身体を横倒す。焼けつくような感覚に喘ぎながら左目だけで暁雲とユウの様子を伺う。

「あんた、犬のシツケを忘れてんぞ。食うために飼ってるだけか？　それとも見世物小屋用か？　コイツはよ」

もぞもぞしているファントムをよそに、ユウと暁雲は睨み合う。

「お客様がいかなる立場であろうと、ここでは相応の振る舞いをしていただきます。……お前こそ親の躾がなってないな、お嬢ちゃん」

暁雲はユウが何者か知っていた。

今度は、ちゃんと見えた。ユウが黙ったまま拳を振るう。明らかに訓練された動作で、さっきはあの一撃に昏倒させられたのだとファントムは悟る。

「スタッフにまで暴力行為とはな。話は別室で聞かせてもらう」

しかし暁雲はユウの拳を手で受け止め、そのまま尻込みする警備員にユウを囲ませた。

「お仕事熱心だなあ、居候」

ユウは半ば警備員を引き連れるようにしてエレベーターから出ていった。

ユウが去ってしまったことで、またファントムは脱力した。こちらの世話をするよう言いつけられたのだろう、警備員が困ったようにこちらを見下ろしている。指示を出したいが、今は声を出すのも辛い。

(失敗面……あの声、あの言葉遣いは……)

冷静になったことで、激痛の最中でも思考力が戻ってくる。

記憶よりもずっと凶相となっていたが、ユウは、まさか。

「ファントムっ」

ファントムは思考を中断した。知奈が呼んでいる。ユウが絡んできたからとはいえ暴力沙汰に巻き込み、なによりこの顔を見せてしまった以上、知奈のアテンドもこれで終わりだろう。

なにせ母親でさえ、この顔を見て、自分を見捨てたのだから。

痛みとは違う苦いものがこみ上げてきて、ファントムは表情を歪め、顔の半分を隠した不自然な体勢で、知奈に目を向けた。

「どうして……！　あんな危ないことを！」

叱られて、しまった。

知奈は目を瞑っていた。

恐ろしかったのだろう、閉じた目にはうっすらと涙がにじんでいた。

「朝日奈様……」

絞り出した返事を聞いて、知奈はおろおろと首を振った。

「ごっ、ごめんなさい……責めるつもりじゃないの。ただ、わたしなんかを庇うためにあなたが傷ついてほしくなくて……私が我慢すれば、それで良かったのに」

「あんなの、受け入れちゃダメだ！」

蔑みは、すぐに拭わなければ染みになる。自らの顔にかけられた言葉は、もう消えなくなってしまった。反射的に返事すると、知奈はそうかもね、とだけ呟いた。

「その、どうして目を？」

沈黙を恐れて、ファントムはさらに言葉を続ける。

「仮面が壊れてしまったでしょう？　きっと……あなたはわたしに見てほしくないだろうと思ったから」

知奈の言葉には揺るぎないものがあった。

ファントムは拭われたと感じた。

警備員が救急箱を携えて近づいてくる。それを、ファントムは手で制した。

もう少しだけ知奈と話していたかった。

「待ってて」

そのまま知奈は、自分のスカーフを解き、広げる。

彼女の白い首筋にはうっすらとした跡があった。しばらく観察して、ファントムは気づく。それは化粧で隠された銃創だった。知奈にも、傷がある。

「頭に触れても、大丈夫？」

「お願いします」

ファントムが頭を差しだすと、知奈の手がふわりと髪に触れた。知奈の手が動いている間、ファントムは不動だった。スカーフの柔らかな生地が顔をくすぐった。やがて左耳の上でスカーフが結わえられ、知奈の手が離れたのを彼女は感じた。

「うまく隠せているといいのだけれど」

「ああ……」

顔の右半分を覆うスカーフにファントムは触れる。眼帯のような形で、それは確かに仮面に代わってファントムの顔を隠していた。

守られている。そう思うだけで、痛みが和らぐ。大きく息を吸って、顔を上げる。知奈はいつものように微笑みを浮かべ、ファントムを見つめていた。首元の傷を晒したまま。

「こんなことしかできなくて、ごめんなさい」

やっと、知奈が目を開く。

「いえ……ありがとうございます……ありがとう……知奈さん」

警備員に助け起こされるまで、ファントムは知奈に見つめられていた。

×××

「どうぞ、おかけになってください」

暁雲に促されるまま、ファントムと知奈はホテルにある暁雲のオフィスのソファに腰掛ける。暁雲は包帯の上から巻かれたファントムのスカーフを一瞥したが、何も言うことはなく、ただため息をついた。

騒動の後、医務室で簡単な手当を受けてから二人は暁雲の執務室に通されていた。朝に来たばかりなのに、逆戻りだ。すでにユウは追い出されたのか、そこに姿はなく、渋面の暁雲だけが対面のソファに座っていた。机の上にはタブレット端末が置かれていて、何かを見せようとする意図が感じられる。

ファントムは神妙な顔をして、今の状況を考える。隣で毅然としている知奈が、この騒動の責任を取らされる可能性はないと信じたい。彼女は被害者だ、何の罪もありはしない。問題と責任は自分にある。萬邦ユウがいかに無礼で見下げた人間だとしても、彼女は神永組直系団体の長であり、神永組の若頭だ。下っ端のカスが幹部に喧嘩を売ったとなれば、どのような罰が下されるか。蒼月幇では上に背いた者は袋叩きの後、腕を切り落とす。日本式でも似たようなものだろう。

「今回の件で、お二人と話をしたいという方から連絡がありましてね。こちらをどうぞ」

返事を聞く前に、暁雲はタブレットを起動させ、二人の前に置いた。タブレットはすでに通話画面となっていて、ほどなく、豊かな白髪を後ろに撫でつけた和装の老人が映し出される。

「傑さん……！」

知奈が驚愕の声を漏らした。

流石にこの男のことはファントムも知っていた。この男こそは、組織の長。神永組組長神永傑だ。

「画面越しですまねえな」

「ご連絡いただき、ありがとうございます」

ファントム達の横に立つ暁雲が深々と頭を下げる。

自分も同じようにするべきか迷って、ファントムはとりあえず座ったまま頭を下げた。知奈だけは不動で画面を睨み、遠く離れた神永組長と無言で何かをやり取りしていた。

「いいよ、楽にしてくれ。ウチのがやらかしたッてのは、もう聞いた。アレはとんだ出来損ないでな……女のくせに極道気取りで、俺に恥をかかせやがる。素直に女らしい幸せを見つけりゃいいのによ……」

神永組長は、すでにユウの狼藉を聞きつけているようだった。

「どうして、あの人がカジノ島に?」

知奈だけは臆することなく、神永組長に迫る。知奈は明らかに彼を歓迎していなかった。

「アレはお前を嫌ってた。がさつなあいつは女らしいお前が、気にいらんのよ。だから近寄らせんようにしてたんだが……わざわざ網を張ってまで押しかけるたぁな。女ってなぁ執念深い……。一応、俺たちゃ家族なんだぜ？　もっと仲良くしないといけねえよな。アレが女らしくしてれば、一家団欒だってできるはずなんだ。お前と一緒に料理を作ったりよ……」

神永組長の愚痴を遮るように、暁雲は深々と頭を下げた。

「ともあれ、神永組の若頭に私の部下がちょっかいをかけたのは事実です。ケジメはつけさせていただきます」

暁雲の言葉にファントムは爪を噛みたくなった。相手が仕掛けてきたとはいえ、組織のナンバーツーに喧嘩を売ったのは否定しようがない。ファントムは画面を凝視する。知奈もそっとファントムの手を取り、二人は神永組長の返事を待つ。

「止してくれ、劉の若い衆《し》は俺の女を守ったんだ。そんなことさせちゃ、また知奈がぴぃぴぃ喚きやがる。むしろケジメをつけるのは、あの極道気取りよな」

「ですが、組長」

ファントムは内心胸を撫で下ろしていたが、暁雲はまだ食い下がる。そんなに妹を痛めつけたいのかと、ファントムは彼女を揺さぶりたくなった。

「こうして話してんのも、そっちが欲しくもねえ小指を持ってこないようにするためよ。こりゃ組じゃなくて家族の問題だ。始末は俺がきっちりやらせてもらう」

「……感謝いたします」

また暁雲が神妙な顔でお辞儀する。ファントムもぎこちなく彼女に続く。どうも、組長と若頭は微妙な関係にあるらしい。ユウの振る舞いを見れば、どの組織でも彼女を持て余すのは察しがつく。そんな人間が代行とはいえ若頭の座にいるのは、よほどユウが優秀なのか、あるいはすでに神永組が腐敗しているのか。

「それで……まだ島に留まるつもりか、知奈」

「いけないのかしら」

知奈の返事は早かった。その言葉はざらついていて、隣のファントムを落ち着かなくさせる。

「早く帰ったほうがいい、厄介事に巻き込まれんうちにな」

「お人形は自分の手元に置いておかないと、安心できないって素直に言えばいいでしょう？」

神永組長は困ったように首を振り、自分の白髪を撫でつける。和服の袖から覗く腕には青と赤で龍の刺青が彫られていた。

「ケチな博打で目腐れ金を行ったり来たりさせてどうする……ガキじゃねえんだから、お遊びはほどほどで止めにしろ」

知奈だけでなく、ファントムも頭を煮え立たせた。どいつもこいつもあの勝負を目の当たりにしていないから、知奈の勝負を軽々しく語るのだ。

「なぁに？　お仕事していたら文句を言うのに、遊ぶのもいけないの？　私に、ずっとお家でにこにこしていろってこと？」

「女ってのは、男の帰る場所を守るのが役目だ、それが女の幸《さいわ》いだよ。あの馬鹿娘も、お前も、どうしてそれが分からねえかな……」

神永組長は怒りを見せず、ただ疲れ切ったように再び白髪を撫でつける。飼い犬にでも手を焼いているかのように、彼はうんざりしていた。

神永組長は知奈を説得するつもりなんて、ない。こんな簡単なことがなぜ分からないのかと、彼女を軽んじている。そのように感じ、ファントムは靴で床を擦る。

「分からないわ！　もう、あなたのことなんて、何も……分かりたくない……」

「俺ァただお前が……いや、いい。こんなもん、ヨソ様に見せるもんじゃねえ。手間かけたな、劉」

かぶりを振った神永組長は、おい、と呼び掛けた。すると紺色のスーツの腕だけが画面外から伸びてきて通話を終わらせた。ぷよん、という間の抜けた切断音が執務室に尾を引く。暁雲はファントムに何か言いたげな、尖った視線を投げかけていて、知奈は俯いて押し黙っている。この状況で行動を起こすのは、勇気が必要だった。

「行きましょう、ファントム。私、勝負したい」

最初に動いたのは知奈だった。彼女は立ち上がり、ファントムに手を伸ばした。

ファントムはいそいそと知奈の手を取り、彼女を出口へとエスコートする。古傷も新しい傷もまだ疼いていたが、ここにいるよりはましだった。

「お気遣い感謝します。ええと……劉さん。そろそろ、私達はカジノへ戻ろうと思います」

「日常を忘れるための当ホテルで、大変ご迷惑を……。ですが、ファントムには残っていただきます。業務上、確認したいことがありましてね」

空調が効いた部屋だというのにファントムの背中に厭な汗が伝った。

「あら……それは、どうしても必要なことなのかしら？」

知奈がほんのりと語気を強める。庇われているのだと気づき、ファントムは身を縮こめた。

「ええ、今後の快適なアテンドのためには欠かせないことです。何卒、ご理解いただきたい」

暁雲は表情を一切崩さなかった。

「……先に行って、待っているから」

「ええ、朝日奈様」

置いていかないでくれ、と叫び出したくなるのを抑えてファントムは知奈に頷く。

心の叫びが通じたのか執務室の扉に手を掛けたところで、知奈は振り向いた。

「ファントムは私の名誉を守るため、私の代わりに怒ったのです。それだけは覚えておいてください」

「もちろんですとも」

こちらに振り向くまでに、貼り付けたような暁雲の笑顔が一瞬で消えていくのをファントムは見た。またしても殴打されるのではと、ファントムは身を固くする。

「朝日奈知奈が神永の愛人である以上、お前はあのドラ娘の侮辱を見過すわけにはいかなかった……そこは、理解しよう」

そこまで考えず、衝動的にやったことは黙っておくことにする。

「だが今後は考えて立ち回れ。下手を打てば戦争になりかねん」

「大袈裟だろ……今時のヤクザが戦争なんてさ」

余所者で下っ端のファントムでも、日本のヤクザの現状は知っている。年々厳しくなる当局の取り調べと、組織の老化で、ヤクザはかつての勢いを失っている。そんな状態で戦争なんて起こせば、死期を早めるだけだ。

しかし、暁雲は苦々しくため息をついて、懐に手を入れた。とりだしたのは個包装された飴玉だ。片手で個包装を潰し、ぱちっと音を立てて飛び出した飴玉を彼女は口に含む。うっすらと漂う爽やかな香りで、林檎味だと分かる。

場違いな振る舞いをファントムは特に気にしない。あれは彼女にとって煙草の代わりだ。ガムは味がなくなるのが嫌なのだという。

「アレはやる女だよ。萬邦ユウについて、何を知ってる」

「旦那が死んで、そのおこぼれに預かった痴線《チーシン》だろ?」

ユウこそが自分の皮を剥いだ女かもしれない。そのことをファントムは暁雲に伝えなかった。この状況で彼女に因縁があると知られたら、知奈の担当から外される。それとは別に、ファントムはユウが戦争を起こすような女とは思えなかった。あんな狂った振る舞いでは、旗を振ったところで誰もついてこないだろう。

「あの女と結婚した途端、萬邦興業の前の組長は病気になった。突然寝たきりだ。そうなってから、組織のことは全部あの女が仕切ってた。痩せ細った旦那が死ぬ頃……旦那の派閥だった組員も相次いで逮捕されるか、事故死するか……萬邦興業が潰されていないのを見るに、手際がいいらしい。実際、今の神永組じゃ萬邦興業が稼ぎ頭だしな」

「なんでそんな奴に若頭やらせてんだよ……」

呆れたものだ。余所者が知っているのなら、当然神永組でも明らかになっているだろう。

「表向きはあくまでも病死、手土産に旦那が密かに溜めこんでた裏資金を差し出し、上納金も二倍とくれば、制裁は難しい……」

ユウが根回しする姿をファントムは想像できなかった。

「とにかくアレはキレてる。さっきは素直に追い出されたが、また何かしてくるぞ。それを頭に叩きこんでおけ」

暁雲はごり、と音を出して飴を噛み砕いた。彼女が二つ目の飴玉を取り出す前に、ファントムは姉貴分から距離を取っていた。

「分かったよ……注意深く行動する。あの人の勝負はほどほどでやめてもらう。姐さんのために一生懸命働くさ」

「足りん」

何を、と聞き返しかけて、ファントムは自分で姉の懸念を理解する。

「ああ、それと……朝帰りもしない」

「行け、今度こそ働いてこい」

今朝と同じ言葉を口にして、暁雲はファントムを追い出した。足早にカジノに戻りながら、ファントムはユウのことを考える。少なくともあの女は、自分の顔を見ても何も思い出していないようだった。あの件とは無関係なのか、あるいは大勢を剥いできたから、一々覚えていないのか。どちらにしてもユウが知奈と自分をマークしたのは確実だった。様々な成金をアテンドしてきて、ファントムは学んでいた。肥大したプライドを保つ方法は、それを傷つけようとした相手を徹底的に排除することだ。

「腐《ポッガイ》ってやがる……」

爪を噛み、ファントムは知奈の元へと急ぐ。廊下の途中でファントムは自分がスカーフを巻かれたままなのだと気づく。暁雲の声が頭の中で響く。深入りは許されない。

さらさらとした手触りの良い生地にそっと触れる。

指先に残ったその感触をぐっと握りしめてから、ファントムは更衣室に替えの仮面を取りに行った。

6

VIPルームには焦げた空気が漂っていた。

燃えているのは、知奈の脳。

ファントムが合流する前から、すでに彼女は勝負を始め、瞬時に一億円を溶かしていた。これまでの戦績を聞く前から、ファントムは知奈の大負けに気づいていた。

この仕事をやっていれば、見分けられるようになる。魂が焼け焦げている人間の背中を。スカーフの礼を言う暇は、なさそうだった。

「ファントム」

知奈がファントムに気づき、声を掛けた時、すでに勝負は始まっていた。

(こりゃダメだ!)

カードがめくられる前から、ファントムは感じていた。

二人が見守る中、バカラテーブルのカードが開かれる。

プレイヤーが八。バンカーが九。紙一重でバンカーの勝ち。

知奈が賭けていたのは、プレイヤーだった。

没収されるチップを知奈は静かに見送っていた。ユウに絡まれ、神永組長と揉めて、知奈からは神が離れていた。バカラにテクニックは存在しない。だからこそ、純粋に魂のあり方が試される。運命を掴みたいのなら、心構えをしておく必要がある。その点で考えれば今の知奈は最悪だった。焦り、苛立ち、負けるために戦っている。

ファントムがやってきたことで多少は落ち着きを取り戻したのか、知奈は何も言わず、深呼吸した。再び一千万ほどを賭けようとしたが、ファントムの深刻な顔を見て思い直し、彼女はチップを減らして羅紗にのせた。熔けることには変わりなかったけれど。

それからも勝負は続いた。

「ああっ……畜生……」

波に乗りきれない。首をかしげる知奈を見て、ファントムは苦しげに零す。一勝、二勝を挟みながら細かい連敗が積み重なっていく。二人はチップが目減りしていくのに耐えるしかなかった。

「……チップが足りないわ」

カードが補充されている間に知奈はファントムの方に振り向いた。ファントムは揺れる。勝負を続けるべきか否か。その見極めができない。ジャンケットであるなら勝負させるべきだが、しかし——

「ええ。先程の負けで、底になります」

「もう少し続けてみてもいいかしら……」

知奈はファントムに手をのばした。

結局、仕事に対する義務感が勝った。と、言うより勝たせなくてはいけなかった。

ためらいがちに、ファントムは専用の端末を持ってくる。知奈の指が端末に触れ、指紋と静脈で彼女を認証する。

「一億……」

タッチペンで知奈が希望金額を書き込むと、端末が軽く震えた。

今の時代、専用の端末を使えば簡単に顧客へ資金を貸し付けることができる。昔は細かい手続きがあったのだが、もはやそれすら不要だ。端末には様々な規約が書かれているが、それに目を通す顧客はいない。

ファントムは罫線を確認する。大きく賭けているわけではないのに、とにかく負けが先行する。借金自体は知奈の資金力を考えれば、問題ない額だ。しかし、彼女が借金するのはこれが初めてとなる。ペースを乱せば、波には乗れない。知奈の代わりにチップを受け取りに向かいながら、ファントムは打開策を考える。

浮かんでくるのは逃げの手ばかりで、ファントムは弱気を実感する。力関係は完全に知奈のほうが上だ、撤退を提案したところで、彼女は続行を望むだろう。

「ここから巻き返しましょう。耐えれば……流れは来るはずです」

テーブルに戻ってから口にできたのは空虚な励ましだった。ファントム自身がそれを信じていなかった。ただ、黙ったままで知奈の連敗を見守るのは心が軋んだ。


「もちろんっ、そのつもりよ」

知奈は気長に、バカラの流れに乗ろうとしていた。神がかりのない知奈はツラ目を狙うが、一向に時が来ない。

数十分で、貸した一億円が消え去る。気にする風もなく、知奈はファントムの端末を求める。これで止めにしたい。密かにファントムは窓口を閉じる。もう限界だった。貸し付け自体はまだ可能だが、どうしても勝てない日は存在する。知奈には分かってもらうしかない。

(この金も熔けそうだ……)

ファントムの予想は、外れた。

耐え続けていた甲斐あって、テーブルではようやく波が訪れていた。バンカーが四連勝。知奈も、そこにしっかりと乗っていた。

五連勝のかかった局面で知奈は動く。

「バンカーにオールインですか?」

「ええ!」

ファントムは息を止めた。勝負所だった。大きく賭けるにしても、資金の半分程度に留めるべきだ。それでも、ファントムは知奈の勘を信じる。知奈は自棄になっていない。テーブルに勝利を見出して、踏み出した筈だ。それに口出しなんてできない。

彼女ならば——そんな期待はあっさり打ち砕かれた。

「うぅうう……っ!」

ファントムと知奈の呻きが重なる。結果はプレイヤー。二人は女神に見放されていた。

「ファントム……!」

また知奈が振り向く。彼女はすっかり『あったまって』いた。

知奈に神が憑いていたのは、執着がなかったからなのだろうか。昨晩の連勝は、本当に一〇二四分の一の確率にすぎなかったのかと、ファントムは不安になった。

「お願いです。どうかここは……仕切り直しを」

「どうして?　いけるところまでいけないと!

……いえ、そうね。その方がいいかも」

ファントムの顔を見て、知奈は落ち着いたようだった。そっとバカラテーブルから立ち、彼女を連れて出口へと歩きだす。

「わたしのお金なのにあなたの方が辛そうだわ」

「私も熱くなりすぎたようです」

「おかげで頭が冷えたわ。ほら、もうそんな顔しないで?」

そんなに険しい顔をしていたのかと、ファントムは眉間を揉んだ。知奈に入れこみすぎているのは事実だ。それが何故なのか、うまく説明できない。相応の立場にあるとはいえ、ほぼ一見の客に三億円は貸しすぎだろう。きっと暁雲は渋い顔をする。だって知奈はスカーフを巻いてくれたから——そんな理由で、彼女は納得してくれない。

「もう夕方?　カジノにいると時間の感覚がおかしくなるわね……」

冷えすぎたフロアから出て、知奈はホテルのロビーでぐっと伸びをした。きらびやかなロビーの外は既に夕闇が迫り、どことなく気だるげに見えた。人心地ついて、ファントムはほっとする。この程度で脱出できて良かったと思うべきかもしれない。あのまま死んでいくギャンブラーをこれまで山ほど看取ってきた。

（休憩ぐらいじゃ流れは変わらないか？　知奈さんを説得して、今日はやめにした方が……）

喧噪から遠ざかりながら、ファントムは知奈よりも真剣に仕切り直しの勝負をするべきか考えていた。

×　×　×

「ああもう！　どうして勝てなかったのかしら！」

知奈は苛立ちを食欲に昇華していた。勢いある口調のまま、彼女はフライドチキンに齧り付き、骨までぼりぼりと噛み砕く。ファントムは一本目の肉だけを平らげたところだったが、彼女はすでに二本目を骨まで完食していた。体格はまったく違うのに、暁雲並みの健啖家だ。

食べてストレス発散できるのは羨ましかった。爪を噛んだり、おまじないに頼るよりずっといい。

「よく食べますね」

思わず漏れた言葉だったが、知奈は照れ隠しのように紙ナプキンで指を拭った。

「お行儀が悪いでしょ」

「まぁ……骨まで食べるのは、あまり見ませんね」

二人はホテルの一階にある、フライドチキンのチェーン店に腰を落ち着けていた。気楽なジャンクフードがいいと知奈が望んだからだ。夕食の時間ということもあり、店は客で雑然としている。カジノ特有の熱を吹くような騒がしさではなく、脱力したざわめきが心地良い。ロビーの空調が強すぎるせいか、店内の空調は生ぬるさを感じる程度に留められていた。ぎりぎりの人数で回しているのか、テーブルにジュースのべとつく染みが残っていたことや、合皮のソファに煙草を押しつけたであろう焦げ跡があることには目を瞑ることにする。

「東京では、仕事で嫌なことがあったら……上がった後にラーメンを食べに行ってたの。日付が変わるぐらいの時間に、大盛りでニンニクも多めにしちゃったりして」

想像だけで胃がもたれそうになり、ファントムは腹をさすった。

「それでね……昔、行きつけの店に傑さんを誘ったの。そしたら、あの人、女がラーメンなんて粗末なもんを食うじゃねえって、わたしを寿司屋に引っぱっていったの。そういうことじゃないのよね！」

ファントムは聞き役に徹する。敗戦の一端が神永組長にあると感じているのか、その話題は組長のことだった。

「今日、あなたも話して分かったでしょう？　あの人は何から何まで、自分の考えることが一番いいと思っているの。女の意見なんて聞く価値がないって決めてかかってる。昔はね、そういう自信満々なところに頼りがいを感じちゃったんだけど……」

空虚な相槌を打つ。人付き合いのことは、正直よく分からない。ファントムにも、かつては恋人と呼べるような相手がいた。それは酒や煙草、食さえもを苦手とする彼女にとって逃避の手段でしかなく、いずれも長続きはしなかった。こちらばかりに気を遣わせると、誰もがそんな捨て台詞を吐いていた。改めて繋がりのある相手を考えてみると、暁雲しか浮かばず、ファントムは憂鬱になった。

「あの人、自分は滅多に東京まで来ないくせに、しょっちゅう家に居るよう言ってくるんだから。働いてるのが気に食わないのね。この旅行だって、大変だったのよ？　一泊するだけでも、必死に交渉しなきゃ駄目だったんだから。明日の晩にはここを離れるって、誓約書を書かされたの。馬鹿みたいでしょう？」

ファントムは肩をすくめてみせた。通話だけの印象だが神永組長は嫉妬深いというより、とにかく神経が細いらしい。

「……見てよ、ファントム」

愚痴を吐き出してすっきりしたのだろうか、不意に知奈は言葉を切り、小声になった。

「あんまりじろじろ見ないでね。一番近くの自動ドアに、男の人達がいるでしょう？」

言われるままにその辺りをうかがうと、確かに最寄りの出入り口付近に、派手なシャツの男と黒服の男の二人組が突っ立っていた。スマホを弄りながら、時折フライドチキン店に目をやっている。空港のロビーでも見かけた二人組だ。

「見覚えがあるの。傑さんの部下だわ。きっと私を迎えに来たのね。あの人が、すぐに連れ戻すよう指示したに決まってる……」

束縛の強い男なら、トラブルを知って、予定を勝手に切り上げることもありえるか。ファントムは二人組から視線を外し、知奈を見つめる。彼女が望むのなら、いくらでも力になるつもりだった。

（顧客の世話をするのは当然だし、最後に嫌な思い出を残せば、再訪も望めなくなる。これはジャンケットとして当然の行動……！）

ファントムは、とっくに乗り気だったが、一応自分を納得させる。

「私が帰るのは明日の晩よ。そういう計画書を、あの人に渡したの。予定通りにしろって言うなら、それより早く帰ってなんかあげないんだから！」

知奈は新しい勝負を見つけていた。

ファントムにとっても、その勝負は今夜に限りバカラより魅力的だった。

「ねえ、ファントム。わたしを攫ってくださる？」

「仰せのままに」

芝居がかった調子でファントムは返事した。

「あら頼もしい。でも、どうする？」

神永組の使いとおぼしき二人組は、ガラス越しにこちらを見張っている。警備員をけしかけるという手も思い浮かんだが、あの二人組以外にも見張りはいるかもしれないし、知奈の個人的な事情にどれだけホテルが寄り添うのか、怪しい。ファントムの手札にはもっとスマートな方法があった。

「こちらへどうぞ」

トレイを手に取り、ファントムは立ち上がる。楽しげな知奈を連れて、彼女は店から出た。危機感が足りないかもしれないが、ヤクザを出し抜いて客を脱出させるという非日常にどうしても心が浮き立つ。そっと様子を伺うと、自動ドアのあたりで待ち伏せしていた二人組もこちらへ近づこうとしている。やはり狙いは知奈らしい。

人混みに紛れるようにしてファントムと知奈はロビーを歩き、そして、ファントムは目的地に到着する。通路に目立たないよう設置された鉄扉、その横にある端末にスマホを近づけ、ロックを外す。そのままファントムたちはロビーから消えた。鉄扉の閉まる重い音に続いて、再びロックされる音をファントムは聞いた。これで連中は完全に知奈を見失った。

「ここは？」

二人が立っているのは、ホテルが覆い隠している現実の世界だった。空調の電気代を節約しているせいで蒸し暑く、ほこりっぽい。緑のリノリウムの床には車輪や靴による細かな傷が道を作っていて、白塗りのコンクリートの壁はくすんでいる。通路ではワゴンを押す清掃員やどこかへ早足で歩いていくスタッフが行き交い、明らかに浮いた見た目の知奈に訝しげな視線を送っていた。

「ホテルの裏側ですよ。関係者用の通路なら、相手も私達を追えないでしょう？」

顧客を裏道に案内するのは初めてではない。記者や家族、あるいは借金取りに見つかりたくない顧客のために、ファントムはこの裏道を提供していた。

「では朝日奈様、どちらへお連れいたしましょう」

「このままあなたの思うところへ、行けるところまで！」

知奈は歌うように答え、ファントムの手を取った。

ファントムはその手を引いて、煌びやかではない空間を軽やかに駆ける。

舞踏会から急ぎ帰るように地下への階段を降り、地上階よりさらに狭くて汚れた廊下を抜ける。出口には年配の警備員が人の出入りを監視しているが、シルバー人材センターから派遣された彼が置物同然なのをファントムは知っている。その先の錆びた扉を開ければ、むっとするような空気が流れこんできて、業者が出入りする地下駐車場にたどり着く。夏の熱気と地下に澱んだ排ガスの臭いにファントムは顔をしかめるが、それでもまだ隣の知奈は笑っていた。坂になった車道を上り、二人はホテルの裏手、外へと抜け出す。

「お忍びのはずだったのに、とっても目立っちゃった気がする！」

知奈の言うとおり、ホテルのスタッフは自分たちを目の当たりにしている。追っ手も、すぐに足取りを掴むだろう。ここからさっさと移動する必要があった。

「そうですね、ここからはこっそりといきましょう」

そう言いながら、ファントムは仮面の下に痛みを感じた。ファントムの仮面は人目を引く。人に紛れるなら、知奈一人だけの方がいい。

「そうね、行きましょう！　ファントム！」

だが知奈はそんなことを考えもしていなかった。二人は裏通りから、光り輝く表通りに出る。まだこの時間でも、人通りは多くて、隠れるには丁度良かった。ファントムは念のため周囲を見渡す。今のところ、追手はいないようだ。

「次の目的地はどこ？」

「さて、どうしましょうか……」

ファントムは表通りから見える橋に目を向けた。本気で逃げるのなら、この島から出る必要がある。もっとも、この逃避行は明日になれば必ず終わる。真剣に考える必要なんて、ないのだけれど。

「それ、良くないわ」

「え？」

「爪を噛むの、癖になっているんじゃなくて？」

「もっ、申し訳ありません」

ファントムは慌てて手をひっこめた。無意識のうちにやってしまっていた。客の前では我慢していたのだが、脱出できて気が緩んだようだ。


「決めたわ、賑やかなところに行ってみましょ！」

今度はファントムが腕を引っ張られる側だった。知奈は彼女を連れて、橋とは反対側の島の中心部へと向かう。塔が近づくにつれて街はますます賑やかになり、ファントムは目がくらみそうになる。思えばこの島に来てから、観光なんてしたことがなかった。顧客は観光よりギャンブルを優先させたし、プライベートの時間は自宅に籠もりがちだった。なにより、いくら気にしないように努めても、やはり、仮面に向けられる視線が苦痛だった。

しかし、今、知奈に連れられたファントムは平静を保っていた。仮面の下に痛みはなく、彼女の肌はただ夜の浮かれた空気を感じていた。

7

萬邦興業の事務所は静まりかえっていた。

事務所といっても、カジノ島で借りている小さなオフィスはペーパーカンパニーの名義になっていて、萬邦興業の関与は隠されている。神永組と冷戦関係にある萬邦興業は、カジノ島に縄張りを持つことが禁じられているからだ。

そこは、萬邦ユウとその側近達による蛇の巣だった。神経質なまでに掃除が行き届いているのは、ユウの厳しいチェックゆえだ。

萬邦興業の中でも極秘とされている空間に今、神永組の組員が二人、招かれている。黒スーツの中年男と、派手なシャツの青年。二人は安物のソファに腰掛けたまま、微動だにしない。瞬きするのさえ勇気が必要だった。迂闊なことをすればその瞬間、目の前の怪物に食い殺されるか、あるいは自分たちを取り囲む構成員にリンチされるに違いなかった。ユウの手下は年若い者が多く、中には子どもに見える者まで混じっている。だがいずれも規律正しくユウの指示を待っていて、単なる破落戸《ゴロツキ》ではないと言いたげだった。

「はじめてのおつかいは失敗かぁ」

机を挟んだ向こう側にいる萬邦ユウの口調は明るかった。それがかえって恐ろしさを掻き立てる。

それでも青年達は介錯を望むように頭を下げた。身体の震えが止まらず、青年はズボンの上に汗を落とす。寒いのか暑いのか、自分でも分からない。萬邦ユウの噂は組員なら誰でも知っている。代替わりしてから、萬邦興業は裏で断頭興業と陰口を囁かれている。

——萬邦ユウは生まれる時代を間違えた。あの女はヤクザに見せしめや戦争が必要だった時代に生まれるべきだった。

そんな感嘆まじりの悪名を聞いていて、それでも兄貴分と萬邦興業に奔ったのは神永組に未来がないからだ。警察の取り締まりは、もはや完全にヤクザの生存を許していない。だというのに親父は何も手を打とうとせず、時代と共に消えることを受け入れているようにさえ思える。ナルシズムさえ感じる。それでいて吸い上げは厳しいのだから、やってられない。老い先短い連中と違って、青年と中年男は生き延びる必要があった。ヤクザの看板《しがらみ》を捨てて完全な非合法組織に脱皮しようとしている萬邦興業は、未来を賭けるに足る組織だった。

「汗まみれじゃねえか。真夏のクソ暑い中、ウチまで走ってきたんだよなぁ？」

二人はまだ、頭を上げない。思えば、この兄貴分とは、つまらないことで上役によく怒られた。彼を兄貴分としたのがケチの付き始めだったのかもしれない。

「おい、アレ持ってきな」

ユウが手下に呼びかける。

アレとは何か――青年が拳銃や拷問器具を思い浮かべるなか、目の前に置かれたのはアイスクリームだった。半球のバニラアイスが涼しげな硝子の小さな器に収まっていて、薄っぺらな木のスプーンも添えられている。

「まぁ、これでも食え。遠慮して残すなよ？　高級品なんだぜ？」

ユウの意図を図りかねて、彼らは依然として動けなかった。出し抜けに、それも仕事で失敗した者にアイスクリームを振る舞う理由が分からない。

「うす、いただきます」

しかし、彼女から出されたものを無視するわけにもいかず、先に青年がゆっくりとスプーンを手に取った。ほんの少しだけアイスを掬い、口に含む。高級品というのは本当だった。ミルクの濃厚な味わいと甘い匂い。鬼に取り囲まれた状況でなければ、気持ちも和むのだが。

中年男も隣に触発されて、アイスを食べ始める。もしかすると、先に完食した方だけを許すというユウの戯れなのかもしれない。そんな可能性を感じ取ったのか、中年男はアイスを半ば丸呑みにした。それを見た青年も一気にアイスを貪る。こうなった以上、生き残る確率を少しでも高めたいというのが、互いに共通した思いだった。いつだったか、青年は中年男にラーメンを奢られたことを思い出す。隣の男は握り箸だった。今もスプーンを逆手に握りしめている。

そんな様子をユウは無表情に眺め、それから、再び口を開く。

「気持ちは落ち着いたか？　もっと良く味わえばよかったな。お前らにとって、最後の晩餐なんだから」

青年はスプーンを取り落とした。

「お前らは証を立てられなかった」

ユウの声が頭に入ってこない。隣の兄貴分も哀れに呻いていた。兄貴分はずっと度胸のない男だった。だから使い走りばかりで、同じく一番若手の自分とよく組まされていたのだ。

「証って分かるか？　結婚したら指輪を着けるし、試験に通ったら免許を貰えるよな？　戦国時代は大将を殺せば首を獲るし、雑兵なら耳やら鼻を削ぐわけだ。お前らには、そういう証がない。自分たちが役目を果たして信頼できる奴だって証明するものが、なーんもない」

神永組を捨て、萬邦興業に受け入れられる条件が、神永組長のお気に入りである知奈を連れてくることだった。頭の足りない女を騙して、車に乗せるだけ——とても簡単な仕事のはずだったのに。

「このままじゃあ、お前らは萬邦興業の組員じゃなくて単なる裏切り者だよ。困ったなぁ？　爺ィに裏切り者がいるって、教えてやらないとなぁ？」

ユウが笑っている。こんな女が萬邦興業のクーデターを成功させ、上納金を倍増させた手腕の持ち主だと信じられない。どこかがキレていなければ、この世界では成功できないのか。ならば、ヤクザでありながら、まともさが捨てきれない半端者の自分は堅気として生きるべきだったのか。青年は己の取るに足らない過去を見つめる。

「どうした？　お前ら。手が止まってるぜ」

内臓を溶かすような沈黙がどれほど続いたか、ユウの言葉に青年は顔を上げた。

「折角出してやったものを、残すってのか？　どういうシツケされてきたんだ」

咄嗟に青年は硝子の器を掴み、わずかに残ったアイスを啜る。兄貴分も続いた。犬のように器を舐め、スプーンも舐る。昔こんなことをやって母親に怒られた。

そうして二人して唾液で汚れた器をユウに差しだす。

「臭えもんを近づけんな、呆け共」

これでは足りない——青年は直感した。これは最後のチャンスだ。ミスした部下を悶死させるだけの女なら、誰もついてこないはずだ。そういう手合いは小学生の頃からいたが、どいつもこいつも嫌われ者で、最後に必ず裏切られた。きっとユウは違う。

願望に縋りつく青年は器を凝視して、気付いた。

ユウは残さず食べろと言った。

まだ出されたものは残っている。

青年は自分が狂ったのだと思った。恐怖のあまり、ありえない発想に辿りついただけだと、自分を正気に戻そうとした。

ユウは飽きたのか、スマホを弄り始める。

人垣が狭まる。暴力の予感が全身を舐める。兄貴分がすすり泣き始める。

「わぁあぁ！」

「な、南雲？　どうしたんだよ……」

青年は絶叫した。静かな事務所でいきなり大声を出すのは、かなり間抜けだった。兄貴分以外、誰も反応を示さず。冷ややかな目つきで青年を見守っている。

「うおぉおおぉおぉ！」

もう一度、青年は叫んだ。今度は腹の底から声が出た。

狂わなければ、この場で生き延びられないと彼は理解していた。

その勢いのまま青年は硝子の器を両手で掴む。

そして、彼は大口を開け、器を噛み砕いた。

口の中で異様な音がした。

錆びた鉄棒を鼻に突っ込まれたような、血の臭いが鼻を貫く。

思い切り舌を噛んだ時のような感触があり、間もなくその痛みが何千倍にも膨らむ。

止まれば、それきりになる。だから青年は硝子の器を齧り続けた。

よく噛めば喉は傷つけずに済むかと思ったが、口を動かすと肉が斬り裂かれた。ガラス片はある程度細かくすると噛み砕けず、頬や顎の内側に埋めこまれる。舌の先が裂け、口の幅も広がっている気がする。もう感覚が残っていない。

「ぐぶ、ぶぶ」

涙と涎と血の混ざりものがテーブルに落ちる。事務所を汚すわけにはいかず、袖で拭き取る。鼻から血塗れのガラス片が飛び出したので、抓んで食べる。激痛で壊れた思考のまま、ひたすら上顎と下顎をくっつけたり離したりして、最後にスプーンも口に放りこむ。木は硝子より楽だった。

「ぶふっ、ふぅぅぅ……」

後は、飲みこむだけ。しかし青年はどうしてもそれができなかった。痛みは冷静さを呼び戻し、こんなものを飲み込めば体がどうなってしまうのか考えさせてしまう。

「イカすじゃん！　それがあんたの謝罪の証なんだな」

顔を掴まれ、正面を向かされる。

「根性見せたからな、飲みこむのは許してやる。ほら、ペッ！　していいぞ～？」

ユウは満足げだった。そのまま抱きしめられ、背中をぽんぽんと叩かれる。

「ごふっ、ごふ……！」

許しを得ると同時に、青年は血肉と硝子片を吐き戻す。ユウは青年の体液でシャツが汚れるのも、お構いなしに彼を抱きしめていた。

心からの安堵で、青年は脱力し、ユウに助けられながらソファに倒れこんだ。息をする度に血の飛沫が吹き出す。隣ではうだつの上がらない中年男が漏らしていた。

（あいつにはもう無理だろう）

青年は心の中で手を合わせた。自分だって何も知らないからこそ、できたのだ。自分がガラス喰いでどうなったのかを見てしまえば、小心者なこいつに真似なんてできない。

「あんたも兄貴分として良いところを見せてくれよ」

今度は中年男の肩を叩いて、ユウは彼に語りかけた。中年男は器を手にとって、軽く噛み。それからテーブルに頭を擦りつけた。

「かっ、勘弁してください！　もう、二度と……二度としくじらないんで……どうか、もう一回だけやらせてくださいよ！　代行ぉ！」

その言葉が出た瞬間、沈黙の質が変わったことに、青年は気付いた。

「面上げろ」

「はいぃい？」

ユウは中年男の髪を掴んで、テーブルに叩きつけた。鈍い音と、中年男の息を漏らす声が聞こえた。反射的にソファから転げ落ちて逃げようとした中年男をユウの手下が掴み、またソファに引き戻す。またユウが彼の頭を金槌代わりにする。

青年の目の前で、ユウは休み無く、繰り返し、彼を叩きつけた。その音と共に、青年に萬邦興業の掟が打ちこまれていく。

「あたしは、萬邦興業の組長だ！　組長代行っててのはなぁ、あの爺ィが女のあたしから席を取り上げたいから、勝手にそう言ってるだけなんだよ。分かったか！　返事しろよ！　あたしが誰の代行なんだ！　えぇ？」

「ぎ、ぎっ……」

青年の目の前で、中年男は顔中にガラス片を埋めこまれていった。右目からガラスが生えている。もう顔色が白い。中年男の残された左目と目が合い、青年は自分がこれまでの道から外れて、戻れないのだと理解した。

「組長！　別のカジノで張ってたコイツも空振りです！　やっぱ女は外で間違いありません」

兄貴分だった男から目を逸らし、青年は入り口に目を向けた。

ユウの手下が、豚のように太った男を連行していた。

背後で鈍い音がした。転がって倒れた中年男とソファが視界に入ってきたことで、青年はユウがソファを蹴り飛ばしたのだと知る。もはや痙攣するだけの中年男を、ユウの部下が部屋の隅へ引きずっていく。丸めたカーペットでも扱うような、ぞんざいな扱いだった。

怒りが収まったのか、ユウの表情は再び明るくなった。

太った男は既にすすり泣いていた。

「よぉ久保田。汗まみれじゃねえか。真夏のクソ暑い中、ウチまで走ってきたのか？」

8

そして夜遅くになるまで、ファントムは知奈に付き合った。観光スポットのネオンやイルミネーションを眺め、路上のパフォーマーに拍手し、チキンの後だというのに屋台で買い食いする彼女はひどく健全だった。

（カジノなんてやめて、観光だけしてりゃいいのに）

きらめく時間の中で、ファントムは無意識にジャンケットにあるまじき思いを抱いていた。一歩退いたところで知奈に付き合うファントムは、はしゃぐ母親を見守る娘のような気分になっていた。恋人なんてとんでもない。観光している間ずっと、気に掛けられていたように感じる。催し物が見えやすい場所を譲ろうとしたりだとか、お腹が減ってないかと心配されたりだとか。世話を焼かれるより世話を焼きたいというのが、彼女の性分なのだろう。

現に今も、ファントムは風呂上りに爪を塗られている。観光の最中、ファントムは知奈にマニキュアをプレゼントされていた。結構な高級品だった。爪を噛むのをやめるのには、これが一番良いのだと彼女は笑っていた。普段、ファントムは客からのプレゼントなんて受け取らない。顧客とはあくまでビジネス上の、ドライな関係が一番。今だってそう思っているのに。

ファントムの手を取り、知奈は己の魂をこめるかのようにその短く整えられた爪を美しくしていた。これではどちらが主なのか分からない。

「よく似合ってるわよ。今度、あの怖そうな上司の劉さんにも見せてあげて？」

「驚きますよ、きっと」

それはもう衝撃を受けるだろう。

言いつけを守らない愚妹に。

暁雲の警告を思い出す。入れこみすぎるなと彼女は言っていたのに、結局ファントムは知奈と島の外れにある安ホテルに泊まっている。別々の部屋を取ったが、知奈はファントムの部屋に上がりこんでいた。既に暁雲は二人の脱走を把握していて、ファントムのスマホには、『プロとして振る舞え』とメッセージが送られていた。

「まずは右手！　素敵よ、ファントム」

「おお……」

手を軽く握り、爪を眺める。トップコートまで塗られた爪は艶やかな光沢を放ち、指先を飾っている。癖を矯正しようと自分で塗ったこともあるが、真剣味《モチベーション》の違いがそのまま仕上がりに出ている。確かにこれを噛むわけにはいかない。

「手元は自分でもよく見る部分だから、そこが綺麗なだけで元気が出るの。さあ、左も……」

言われるままにファントムは左手も差しだす。知奈が柔らかく自分の左手を握り、じっと見つめているのを感じる。左手を委ねながら、ファントムはまだ自分の塗られたばかりの爪を見つめていた。知奈が帰った後も爪を見る度に、ぬくもりのある色彩と思い出で心は鈴のように揺れるだろう。視線を知奈に移す。彼女は熱心に爪を塗っていて、話しかけると邪魔をしてしまいそうだった。沈黙に気まずさはなく、ファントムは息を吐いた。ホテルの素っ気ない部屋着にすっぴんというコーディネートでも知奈は綺麗だった。

ただ一点、首に走る痛々しい傷跡を除けば。

そこを隠していた化粧は落とされたままで、赤い引き攣れは顎の下あたりから後頭部にまで伸びている。その傷跡は、どれだけ明るく振る舞っていても彼女が訳ありなのだと烙印を押しているかのようだ。

「銃創よ。三年前、撃たれたの」

視線を感じたかのように、知奈は表情を変えることなく傷の記憶を語る。ファントムは思わず左手を引っ込めそうになった。首の傷は彼女にとって隠すべきものだと思っていた。仮面の下が疼き、ファントムは目を瞑った。

「私が聞いても、いいのですか？」

こちらが黙ったまま、知奈に続けさせるわけにはいかなかった。その話を聞くことは逃避行の共犯になることや、観光に付き合うことよりもずっと深く、知奈と繋がりを持つ行為だった。もしかすると、知奈にとって首の傷はすでに終わったことなのかもしれない。それでも未だ痛む傷を抱えたファントムにとって、他人の傷に触れるのは重大な意味を持っていた。

「いいの、構わない」

「分かりました……」

マニキュアが塗り終わり、解放された手を机に置いたまま、ファントムは頷いた。

「待って、弾みを付けるから……」

ファントムが神妙な顔をしているのを見て、知奈はだしぬけに椅子から立ち上がった。そして彼女は冷蔵庫から缶ビールを取り出し、ぐっと飲み干す。相変わらず良い呑みっぷりだった。

「あなたもどう？」

突き出されたビールに、ファントムはやんわりと首を振った。素面のままでは耐えられないような、告白なのか。ホテルの売店で酒を大量に買い込んでいたのはこのためだったのかもしれない。知奈の決心を受け止めようと、ファントムはますます身を固くした。そうしている間に、知奈は二本目も一気飲みしていた。そしてさらに三本目に。ファントムは彼女に病んだものを感じていた。平然としていても、何かにとことん耽溺しなければ、不安に殺されてしまう。ギャンブルでも、アルコールでも、チキンさえ、彼女は行けるところまで行こうとする。

（……ひょっとしたら、私も依存先か？）

知奈にとって自分は都合の良い世話焼き相手。自分でなければいけない理由なんて無い。その方が気楽で助かるはずなのに、傷ついたような気分になるのは何故だろうか。

ファントムの思いも知らず、知奈はどっかりと椅子に座り直していた。

「……傑さんと付き合いだして、一年ぐらいたった頃よ。その頃はまだ、あの人がこんな仕事をしているって知らなかった。金融業だなんて言ってたかな。とっても紳士だったから、気づかなかったの。馬鹿だったわ」

ほんのり赤くなった首の傷跡に触れ、それから知奈は語り始める。

「その日、わたし達は横浜で食事したの……。いつもみたいに食事して、軽くお酒も入れて、それから外を散歩したわ。まだお昼すぎで、街には他の人たちも沢山いた。だから……わたしはなんにも思わなかった。わたし達の隣を、バイクが走り抜けても」

ちょうど今夜のようにかつての神永組長と知奈も街を歩いていたのだろうか。ファントムは苦い顔になる。

「妙な運転はしてなかった。ただ車道を走っていただけ。私と傑さんはなんにも気にせず、おしゃべりしていた。だけどバイクはしばらく先で停まって、運転していた人が歩道に降りたわ。おかしいなって思うより先に、そいつは何かを取り出したの……」

(護衛は……つけてなかったんだろうな)

神永組長は、堅気のように振る舞いたかったのだろう。その我が儘が、知奈にこの傷を刻む結果に繋がったのだろうが。

「……そこから先は良く覚えていないの。ただ、肩を思い切り掴まれて、それから首が熱くなって……立っていられなくなったのに、倒れることもできなかった。どうしてだか分かる?」

その言葉に込められた憎悪に、ファントムは身を固くした。その問いかけの答えが分かる気がした。丸腰で銃を持った相手と対峙した時にすべきことは、手近な障害物に隠れることだという。

そして、周囲に障害物がなければ——

「殺し屋に気づいた傑さんが、私を盾にしたからよ!」

ヒットマンを前にした神永組長に考える時間はなかったのだろう。

知奈はまた自分の首に触れ、それからお腹を撫でた。

「次に気がついた時には全部終わっていた……闇医者のベッドに寝かされていて、側にはあの人がいた。起きて最初にお医者さんに聞いたのはね、わたしの中にいた赤ちゃんが無事かどうかだった……」

「そんな……」

その日の夜、あの人にも伝えるつもりだったの。

知奈はそう呟いて、見えない赤子を胸に抱いた。ファントムは彼女の腹から足下に赤黒い染みが広がっていくような気がした。

知奈が何でも突き詰めたがる理由に、ファントムは気付いた。

(知奈さんは、死んだ子どもの分まで物事を味わうつもりなのか?)

なんでもかんでも、一人だけでは溢れるほどに求めるのは、何一つ与えられずに終わった息子への弔いか。知奈の背中を押し続けているものが、ファントムには見えた気がした。

「今でも自然と想像するの。あの子が……聖が生きていれば、どうしていただろうって」

ファントムは躊躇いがちに手を伸ばし、知奈の手を取った。こんなことは慰めになるとは思えないが、それでも何かせずにはいられなかった。それでも知奈は微笑んでくれた。

「自分のことを話したのって、久しぶり。こんなこと、お店の子には話せないもの」

「どうして……私なんですか?」

気がつくと、ファントムはその問いを口走っていた。

今、ファントムが与えられたものは、知奈の心がえぐり取られ、二度と戻らなくなるまでの物語だった。顔の傷跡が痛む。ファントムはそれが失われることの意味をよく知っている。ファントムは決して、自分の欠損を他人に語らなかった。姉である暁雲にも、詳しいことは伝えていない。自分が壊れかけであることなんて知られたら、必ずそこに付け込まれ、さらに失うことになる。『私は脳が熔けていて、破滅寸前です』だなんて対戦相手に伝えるヤツはいない。全財産の入った金庫の鍵を他人に預けるような真似と言ってもいい。

(それなのに、この人は――)

ファントムにじっと見つめられて、知奈は彼女の手を握った。

「だってあなたは、本気で庇ってくれたんだもの」

「そんな……」

そんな些細なことで、知奈は良かったのか。

「……星雨《セウ》です」

ファントムは――星雨は、躊躇いがちに自分の仮面に触れた。それを外すことはどうしてもできなかったが、それでも心の中の壁を乗り越えて、知奈に寄り添いたかった。

「私の名前は天海星雨、この島であなたの忠実な子分となる者です。朝日奈様には隠さず、伝えておくべきだと思って……」

会ったこともない父は母に天海某だと名乗ったのだという。家は大金持ちで、いつか迎えに来るとも。だから、星雨は天海家の人間だった。そうあるよう、母に命じられた。

「綺麗な名前だわ」

その囁き声に、星雨は脈を速めた。

どぎまぎする星雨をよそに知奈は手元に置いてあった新しいビールの缶を開けて、口を付ける。

「はぁ……話すだけでも、楽になるわね。あなたも飲まない？」

缶を置いて、知奈は小首を傾げた。自分の感情に追い立てられて、星雨は返事した。

「い、いただきます」

そうして反射的に、星雨は知奈の缶ビールを手にとっていた。まだ中身は半分ほど残っていて、結露が手を濡らした。その冷たさで、星雨は落ち着きを取り戻し、危うく缶を取り落としそうになった。

「ああっ……！　すみません、取ってきます！」

シンパシーを感じたからって前のめりになって、馬鹿をやって、どうする。のぼせすぎた自分が情けなくてならなかった。慌てふためく星雨に、しかし知奈は首を振った。

「いいわよ？　そのままグ～っと呑《や》って？」

「しかしですね」

「いいからいいから！」

もう断ることはできなくて、星雨は残ったビールを飲み干した。たった半分だけでも、くらくらした。

「もしよければ、私の家族の話も聞いてくれませんか？　あなただけに秘密を晒させるなんて、できませんから」

酒気の籠もった息を吐いて、星雨は知奈に切り出す。それは本音と建前のカクテル。知奈の大きすぎるほどの信頼に応えるには、自分の話をするしかない。本心からそう思っている。その一方で、何年間もやり場がないまま持て余しているものを知奈に受け止めてほしいと期待してしまっているのも、間違いなく星雨の本心だった。

「なぁに？　わたしにだけ教えて、星雨……」

名前を呼ぶ声は蕩けそうなほど優しく、既に星雨は屈服していた。

「私は家族から捨てられたんです。産まれる前に父さんから、それからガキの頃、母さんにも。父さんのことは、私のせいじゃなかったんです。でも母さんは……」

そして、星雨は貧しくて夢見がちな少女が自らの顔と母親を失った物語を知奈に明かした。時折酒を入れたおかげで、話はスムーズに進んだ。

知奈は時折相槌を打ちながら、ただ、聞いてくれた。

知奈は星雨が心を開いた理由を問わなかった。

あの時、スカーフを巻いてくれたから——星雨もまた、きっかけになったのはごく些細なことだった。

「そう。あなたもなくしたのね」

知奈はそう呟いた。

今もまだ、星雨はなくしたものを探している。

ひょっとしたら知奈がソレを持っているのだろうか。

長々と話し終えた星雨は長いため息をついた。覆い隠していた欠損を晒して、まだ照れだとか恥じらいだとかが残っている。

「自業自得ですよ。ヤクザとギャンブル勝負なんてすれば、どうなるのか分かってたはずなのに、それしかないと思ってた。馬鹿なガキだったんです」

照れ隠しで口走った星雨の言葉に、知奈は首を振った。

「だけど、あなたはお母さんのために精一杯やったんでしょう？」

ぎこちなく微笑んだ知奈に、星雨は——

「今夜は、色々とお世話になりました。私はあなたのために働くと、あらためて誓いましょう。もしも危険が迫ったのなら……盾にだってなるつもりです」

——一気に酒を煽って、誤魔化した。あのまま黙っていたら、どうにかなってしまいそうだった。

「そんなの駄目よ！　危ない時は一緒に逃げましょ？」

真剣な顔をする知奈に星雨は笑って頷いた。

そして、時間を忘れて二人は語り合った。

失った者同士の確かな繋がりを、星雨は感じた。たとえそれが錯覚だとしても構わなかった。運命を信じるような馬鹿なガキに戻りたかった。半生を共にした暁雲には分からないものを、知奈とは分かり合えた。ストリートチルドレンだった暁雲は自らの力でゼロから家族を勝ち取っている。だからこそ、彼女は理解できないだろう。確かに存在していたはずの家族が、代えがたい安らぎが、まやかしのように霧散する絶望を。

（明日も話せたらいいのになぁ……）

知奈の立場も忘れて、星雨は望みを抱いてしまっていた。

「星雨、ちゃんと飲んでる？」

「ええ、まぁ……」

先ほどの空気を払拭するように知奈は酒の量を増やしていた。買い込んでいた分がなくなると、ルームサービスまで利用するほどだ。二晩連続で飲んでいるのに、彼女はほんのりと頬を染めた程度だった。

一方で、星雨はペースを急激に抑えていた。昨日のような無様は晒せない。それとなく部屋の時計に目をやると、すでに日付が変わっている。明日のことを考えると、いい加減眠るべきだろうか。

「朝日奈様、そろそろ……」

「ああ？　もうこんな時間？　ん……そうね、寝ないとねぇ」

グラスを置いた知奈は勢いよくベッドに飛び込んだ。見た目では分からなくても、やはり酔っている。

「それではおやすみなさいませ」

きちんとシーツを掛けようとしたところで、腕を掴まれる。知奈に見据えられて、星雨は目を逸らしたくなる。

「あなた、寝ている時にうなされてるでしょう」

「どうして……」

否定するべきだったと後悔する。これでは『はい、そうです』と言っているようなものだ。

「潰れてた時も、酷かったわ。放っておけないぐらい。……毎晩そうなの？」

「もう慣れました、いつものことです」

「慣れてたって、辛いことには変らないでしょう？」

星雨が口ごもると、知奈は勝ち誇ったように両手を広げた。

「おいで。昨夜のあなたは、素直に抱かれてくれたわよ？　とっても可愛かった！」

それは、同衾の誘いだった。

「朝日奈様……昨晩、介抱してくださった時とは、状況が違います。今回そういうのはナシにしませんか？」

「子分の面倒を見るのも親分の仕事よ。ああ、それとも、お願いすればいい？　一緒に寝なさい、星雨」

「しかしですね」

「大丈夫よ、あなただって変なことをしたいわけじゃないでしょ？」

知奈は声色を変えた。

「それとも……したい？」

乱暴に飛び込んだせいで、知奈の部屋着はめくれ、そこから白いお腹が露わになっている。無駄な肉のないお腹は滑らかで、おへそまでいかがわしいものに見えてくる。よく観察してみると、赤色の下着も少し見えてしまっている。胸元はゆっくりと上下していて、彼女が余裕たっぷりで、リラックスしているのだと知れる。本来ならボタンで上まで留めるべき首元は全開になっていて、首筋と鎖骨が覗いていた。


星雨には女性の恋人がいた時期もあった。

やはり関係は長続きはしなかったが、彼女との夜には満足感が――

「何もしませんが……お言葉に甘えさせていただきます」

朝帰りはしない――暁雲への誓いが最後の警告をしてくる。

（ここはもう！　いくしかないだろ！）

鬼の形相をした姉を押しのける。

もう星雨は止まれなかった。

未だに星雨は愚かなギャンブラーで、ゆえにどんな結果になろうと、この流れで勝負しない《いかない》なんてありえなかった。

もちろん勝てる保証なんてない。もしかすると、行く末にはどうしようもない破滅的な敗北が待っているのかもしれない。

そんな理屈、星雨には通用しなかった。

「し、失礼、します……」

ぎくしゃくと知奈のベッドに入る。獲物を捕らえた蜘蛛のように、すぐさま知奈が抱きしめてくる。星雨は石鹸の残り香に混じった、知奈の肌の香りを嗅ぎとった。人肌の柔らかさや温かさは余計な考えを溶解させ、意識をふわふわとさせる。

「うふふふっ、ねんねんころりよ……」

これは、子守唄か。知奈がそれを口ずさむのには重い意味がある気がした。星雨は恐る恐る宙に浮かせていた手を、知奈の身体に添わせた。彼女が側にいるだけで、こんなにも安らぐのはなぜだろう。

「ねえ、星雨。もう一度だけお願いするわ。私は明日、東京帰らなきゃいけないけれど……あなたにも、一緒に来てほしい」

星雨は無言で知奈の腕を掴んだ。

知奈には沢山のものを与えられた。まだ何も返していない。これからも彼女と共に在って、尽くすことで、大恩も返せるだろうか。

星雨は暁雲を思い浮かべた。裏社会からの足抜けは難しい。マフィアとの繋がりが続いたとしても、知奈を諦めたくない。

「どう？　どんな形でもいいの。わたしとあなたで、家族にならない？」

知奈に返事を聞かれて、星雨の頭に過ぎるのは自らの過去だった。

(私の顔を剥いだのは、ユウなのか？)

ならば、どうすべきだろうか。萬邦興業を率いて、平気で他者を害する相手と戦うぐらいなら、穏やかな未来を知奈と目指すべきではないだろうか。

「あなたが家族をよく思ってないのは、分かってる。でも、わたし達ならやり直せるかもしれないって、そう思うの……」

すでに星雨は知奈の言葉をあまり聞いていなかった。

「いいかも……しれません」

酒の勢い。その場の空気に流された。ちょっとした気の迷い。冒険をして気が大きくなってた。

言い訳ならいくらでも用意できる。

今はただ、安寧に溺れていたい。

星雨は知奈を抱きしめた。彼女も星雨の髪に顔を埋め、背中や腕を撫でてくれる。ここには究極の赦しがあった。

知奈もまた、生まれなかった我が子を抱くように星雨を受け止めていた。

知奈の側なら、どんな不安も乗り越えられる気がした。知奈にとっての自分もそのようにありたかった。

抱き合い、一つになったまま、二人は眠りに落ちていった。

希望に満ちた、新しい明日を目指して。

9

知奈に抱かれて落ちていく眠りは安らぎに満ちていて、どこまでも深かった。

自然と目が覚めるまで、ユウとその手下に寝顔を観察されていると、気がつかないほどに。

「いよーぅ！　目ェ醒めたか？」

「は？　え？　あぁあ？」

起きた瞬間、目が合った。

眠気は飛び、脳がフル稼働を開始する。星雨はまだ夢を見ているのだと思った。しかし仮面の下が猛烈に痛み、自分が現実にいるのだと警報を鳴らす。星雨は飛び起きて、辺りを見回した。

すでに知奈は起きていて、ユウ達と相対している。ユウが爆笑しながら、椅子にどっかりと腰掛ける。

ベッドの周りではユウの手下であろう若者が数名、こちらを見下ろし、ユウの命令一つで襲いかかろうとしていた。

「腐ってやがる《ポッガイ》……」

星雨は拳を握りしめた。この女は昨晩に得たものをまとめてかっ攫おうとしている。

「甲斐性なしだな、あんた。義母ちゃんより早起きして、コーヒーでも淹れてやれよ」

「どうして……あなたがここに」

哄笑するユウに臆せず、知奈は問いかけた。

「お迎え。爺ィがあんたを連れ戻したがってる。また逃げられちゃ困るから、お部屋で待たせていただいたわけ」

白々しいことを語りながら、ユウはテーブルの片隅に置かれていたマニキュアを手にとった。星雨は飛び出しかけたが、すんでの所で自制する。下手に刺激するのはまずい。

「おいおいおいおい〜。こりゃなんだ？　こういうプレゼント的なやつってさぁ、浮気の証拠になるんじゃねえのか？　隠滅しといてやるな？」

「おい……！」

星雨が動こうとする前に、ユウはマニキュアを足元に落とし、勢いよく踏みつけにした。べきりと音がして、それから、乾く前のマニキュアの匂いが漂う。

「最低……」

知奈の震える声で、星雨は怒りをぶちまけずに済んだ。冷静になる必要があった。迂闊なことをすれば、真っ先に傷つくのは彼女なのだから。

「おお怖。口にマ[redacted]毛がついたままだぜ、義母ちゃん」

ユウに合わせて、手下達も二人を嘲笑する。ユウの汚言を、知奈は無視した。

「あの人とあなたの関係は知っているわ……。あなたがわざわざわたしの迎えに来るわけがない」

「よぉ、お利口さんだなぁ？　精液……いやマ[redacted]汁臭え口は閉じてろ。お前は黙ってあたしの言うとおりにしとけ。これ以上手間取らせんな！」

「ボス……あまり大声を出しては」

手下に諌められて、ユウは彼の額をぴしゃりと叩いた。

「アホたれ！　分かってるよ。……んで、状況は分かったよな？　さっさと起きろ。黙って三歩下がってついてこいよ」

ユウが、知奈に迫る。

（あいつら、知奈さんを攫うつもりかよ！）

知奈の横で、星雨はそっと彼女の手を握った。ユウの暴力性は身にしみて理解している。それでも星雨は戦うことに賭けた。

「この……腐れクズが！」

怒号と共にシーツを翻し、ユウに被せる。そのまま星雨は枕を掴んで、一番外に近い手下の男に投げつける。他の手下は星雨と知奈、どちらに対応するのかでわずかに反応が遅れていた。

「逃げてッ！」

手下の男は余裕で枕を躱していたが、体を動かしたことで、わずかに出口への道が開けていた。星雨はベッドから飛び出して、男に取り付く。知奈のことを目で追う余裕はなかった。

（知奈さんが助けを呼べば……！）

あるかどうかもわからない可能性に星雨は賭ける。

男が星雨を振り払おうと、頭を滅多打ちにしてくる。またしても仮面が吹き飛ぶが、もうそんなことはどうでもよかった。知奈の無事が、星雨のすべてだった。身体を盾にしてでも守ると誓ったばかりではないか。

「あぁぁっ！　うぅぅぅ……！」

しかし、可能性なんてありはしなかった。

知奈が苦悶の呻き声を上げるのと、星雨が殴り倒されるのは同時だった。

「知奈さんに手を出すなッ！」

「待て待て……。ベッドに戻してやれ」

星雨を袋叩きにしようと殺到する手下を、ユウが制する。星雨は力づくで起こされて、ベッドに突き飛ばされた。そこでは知奈を羽交い締めにしたユウが笑っていた。

「よくも……！」

またユウに向かおうとして、星雨は手下に取り押さえられた。

「こうなったのは、あんたがヒーローになろうとしたからだぜ？　あたしは武器《どうぐ》なんて使いたくなかったのによ」

ユウは星雨の目の前で血の滴る凶器を見せつける。

それは短刀やナイフではなく、ラジオペンチだった。単なる工具ではなく、先端が研がれていて、異様に鋭い。漂う鉄臭さは、ペンチにべっとりと付いた血のためか、錆のためか。

「やめてッ！　星雨にはなにもしないで！」

こんな状況でも、知奈は目を瞑っていた。それが自分の傷跡を見ないためだと気づいて、星雨は歯ぎしりした。

「ご近所迷惑だろ。義母ちゃんが出ていくなら、こいつは『人体模型』になってもらう」

星雨は首を振った。とにかく、時間が経ち、騒ぎが大きくなればなるほど、助かる確率は上がる。自分なんかのために、判断を間違えないでほしかった。

「……分かったわ。言うとおりにするから、彼女は助けてあげて……」

星雨の願いとは裏腹に、知奈はユウの脅しに屈してしまう。いっそ殺されておくべきだったかと思う。これでは、自分のせいで知奈が。

「昨日の報復《カエシ》がしたいなら私だけにしろッ！」

ユウの狙いが昨日の騒ぎの報復ならば、知奈が傷つけられるのは筋が通らない。星雨はなりふり構わず、ユウを説得しようとする。

ユウはそんな星雨をせせら笑った。

「イキってくれたのに悪いけど、義母ちゃんに用があるんだわ。オヤジのモノは残らずかっ攫う、義母ちゃんはあたしのモノなんだよ」

星雨がその言葉の意味を理解する前に、ユウは手下に手を振った。

手下が三人がかりで知奈を掴み、両腕を背後で拘束する。

「口塞げ」

ユウの命令のままに、手下は星雨と知奈に細い布を巻き付け、猿ぐつわを噛ませる。声を奪ったところで、ユウはペンチを弄びながら、ベッドに腰掛けた。

「つーか、あんた……昔会ったな？」

(やっぱりお前が！)

星雨は唸る。

「そう、その失敗面……昔、福健で引っ剥がしてやったガキだ……！　あいつ、ヤブ医者じゃん！　感染症で死ぬって話だったのによ～」

星雨はユウに飛びかかろうとして、手下に腕を捻られる。自分の人生を狂わせたことなんて、ユウにとってはこれまで忘れていたぐらい取るに足らない出来事なのだ。

「大掃除で小学生のころのお絵かき帳でも見つけたみてえだよ。そうかそうか、引っ剥がした面が治るとこんな不細工になるんだなぁ」

しみじみとしながらユウは星雨の髪を掴み、自らの眼前に引き寄せた。

「ぐぅぅう！」

星雨は吼える。それしかできないから。

「折角だ、残り半分も引っ剥がしちまうか？」

かち、かち。ユウは勿体つけてペンチを鳴らした。覚悟を決める暇もなく、星雨の下顎あたりにペンチが抉り込まれ、肉を引き毟った。奪われたのはごく僅かな肉片でも、その痛みは絶大だった。

「――！ ――ッ、――！」

言葉にならない叫びを上げて、星雨は暴れる。顔から出るあらゆる汁で、シーツが汚れる。

「目ェ閉じんな。ちゃんと見とけ」

知奈が星雨のすぐ近くで抑えつけられ、閉じようとしていた目を力づくで開かされる。

「がぁ、あぁぁ……」

見ないでと、許してほしいと、星雨は叫んだ。この醜い素顔を知奈は直視させられている。こんな筈では、なかったのに。

「うう！ ぅうぅぅ！」

嘘つき、と責めるように知奈はユウを凝視する。

「便器《あんた》と何か約束したか？ 注射器を捨てるなとか？ こいつの顔を全部剥がせねえと、落とし前を付けたって証になんねー」

ユウが再び二人の前にペンチをかざす。来たるべき激痛と屈辱に、星雨は息を吸い込む。

しかし、いくら待ってもそれは訪れなかった。依然として動けないが、出し抜けに頭の拘束が緩む。折れそうなくらい首を捻って、星雨は頭上の様子をうかがう。

「ボス、……が動き始めました」

手下の一人がユウに耳打ちしていた。手に握ったスマホから、仲間から連絡があったらしい。

「はー……おもんな」

ペンチを懐にしまい、ユウはベッドから降りた。

星雨は苦痛から解放されたことに安堵し、そんな自分が情けなくなる。状況はひたすら最悪を更新し続けている。知奈がどんな目に遭うのか、想像すると吐き気がする
「親子らしく仲良く帰ろうや。なぁ、義母ちゃん？」

大袈裟な仕草でユウが知奈の猿ぐつわを解く。知奈は項垂れていて、今にも倒れそうだった。そんな彼女を労るように、ユウの手下達がその身体を支え、彼らは部屋から去っていく。

「こいつは縛っとけ」

ユウがペンチをスーツの懐に収め、手を振った。手下は速やかに結束バンドで星雨の手足を固定し、部屋から引き払う。

「夜のことをオカズにでもしといてくれよ、失敗面」

最後にユウが手を振って、部屋から出て行く。開けっ放しのままにされたドアがのろのろと動き、鈍い音を立てて閉めきられる。

「知奈さん！　知奈さぁぁん……っ！」

一人残された星雨は、虫のように這って、ベッドから落ちた。顔面を打って、身もだえする。星雨はドアへと向かおうとする。それでも星雨はドアへと向かおうとする。敗北を認められず、何もできないと分かっていても。知奈とユウを追って。

×××

ホテルに打ち棄てられた星雨は数時間に渡って結束バンドと格闘した。

すべては萬邦興業の裏切りを知らせるため。全身の痛みに耐えながらなんとか結束バンドを切り、星雨はようやくホテルに帰還していた。なにがなんでも知奈を救わなくては——訳の分からない使命感に星雨は取り付かれていた。

「ね、姐さん……？」

手当もそこそこに通された暁雲の執務室は、荒れていた。

さっきまで緊急の会議をしていたのだろうか、傍ら

のローテーブルには煙草が何本も突っ込まれた灰皿や、飲みかけのペットボトルと紙コップが放置されている。部屋の主である暁雲も、いつもはきっちり着込んでいるスーツのジャケットを椅子に掛け、シャツの袖を捲り上げていた。

姿勢を正して立っている星雨の前で、暁雲は黙々とハンバーガーを食べていた。ホテル一階のファストフード店で買ったであろう、貧相なバンズに薄い肉を挟んだ粗食。乱れた髪型のまま、据わった目で食事する彼女は、星雨に凄まじい殺気を放っていた。

「食い終わるまで待て、明け方に起きてから何も食ってないもんでな」

(やっぱ萬邦興業の件か……?)

顎に貼られた絆創膏をさすりながら、星雨は懸命に考える。知奈が攫われたのは今朝のことだが、それより前から萬邦興業で不穏な動きがあったのかもしれない。

(なんにせよ、蒼月幇は神永組の客分だ。組長の愛人が危険に晒されているのなら、救出するべく動き出すはず……だよな?)

星雨としてはすぐにでも知奈のために行動を起こしたかったが、暁雲は星雨に一切口を挟ませようとしていなかった。

「お前も食っておけ」

机にはまだ一つ、ハンバーガーの包みがあり、暁雲はそれを星雨に押しやる。それどころじゃない、と言いたくなるのを堪えて星雨もハンバーガーを手にとる。

粘土でも食べているような気分だった。

「朝日奈知奈が攫われたそうだが」

包み紙を綺麗に折り畳み、紙ナプキンで悠然と口を拭ってから、暁雲は包み紙をくしゃくしゃに丸めていた星雨に問いかけた。

「ああ! 一刻も早く助けないと……」

「お前の話を、私にもう一度聞かせてみろ」

(ここに来るまで散々話しただろうがよ!)

星雨は前のめりになった。

「萬邦ユウがいきなり現れて、知奈さんを連れ去ったんだ! あいつら、神永組を裏切ったんだよ! 放っておけないだろ!」

「お前は何をしていた？」

「あの人を守ろうとしたさ！　だけど……っ、何もできなくて……」

平静を保とうとしても、心が乱れる。

暁雲は知奈の安否なんて、微塵も興味がなさそうだった。

「もっと前の部分だ。お前は、朝日奈知奈の頼みで彼女をホテルから連れ出した。そうだよな」

「ああ、その通りだよ。なぁ姐さん、のんびりお喋りしてる場合じゃないだろ！」

気持ちを抑えきれず、星雨は暁雲のテーブルに手をついた。彼女は感情を覗かせることなく、ただ星雨を見据えていた。

「証明できるか？」

「え？」

「お前が顧客の要望で、神永組の監視から逃れ、守るべき顧客を無防備にしたと証明できるのか？」

星雨は自分の心臓の音が大きくなるのを感じた。

「お前は随分と入れこんでいたが、出会って数日程度の女だ。神永組に喧嘩を売るような真似をしてまで、女をホテルから連れ出したなんて話を誰が信じる？　萬邦興業の命令があったたって考えた方が納得できる」

「知奈さんは……私にスカーフを巻いてくれたんだ。側にいると安心して眠れたんだ……」

星雨の浮ついた返事に、暁雲は舌打ちした。

「我々はお前が萬邦興業と通じ、朝日奈知奈を奴等に引き渡したと考えている」

内臓が縮み上がり、頭の中に嫌な痺れが走る。星雨は思いきりテーブルを叩いた。

「ふざけんなよ……私があの痴線の思い通りになるわけないだろ！　こんなことしてる場合じゃないんだッ！　あの人を守れなかった責任ならいくらでも取るさ！　だから、今は……」

ホテルに着いてからずっと訴えているというのに、暁雲は頑なに知奈の処遇を口にしようとしない。それが恐ろしくて、星雨はひたすら喋り続ける。

「私が萬邦にやられたのを姐さんだって見たじゃないか！　そんな奴のために、裏切ろうと思うか？」

「あの女は何をするか分からないからな。脅迫されたって線もある。お前の潔白を証明はできない」

「違うッ！」

裏切り者の汚名以上に、知奈を売ったと思われることが星雨には耐えがたかった。

「それからお前はあの女に気前よく貸しているな。そちらについてもきっちり説明してもらおうか」

「もちろん説明するさ。だけど、今は知奈さんを奪い返さないと姐さんだってヤバいだろ？」

そちらに関しては釈明しようがない。だが、今はお互いにそれどころではないはずだった。神永組長の愛人の拉致に部下も関与している疑いがあるとなれば、暁雲の立場も危うい。彼女だって、知奈を救いだす必要があるはずだった。

「……もう、事態はそういう段階ではない。戦争が起きてるんだよ、ファントム」

「は？」

ようやく、氷像のようだった暁雲が感情を覗かせる。彼女は苦々しく、星雨のことを見据えていた。

「この一晩で神永組の幹部が次々と襲撃や警察の手入れに遭っている。萬邦興業の奇襲だ」

「マジかよ……」

（そんな時に私は知奈さんと遊び歩いて、寝こけてたわけか？）

義母ちゃんもあたしのモノなんだよ——ユウの言葉の意味を星雨は理解した。ユウは神永組を乗っ取り、一家の長の座に座るつもりでいる。組長の財宝を奪うつもりで、彼女は知奈を攫ったのだ。

「誰が敵で、誰が味方なのか、神永組はすべてを疑っている。無論、我々もな。既に朝から数名の部下と連絡が取れん。寝返ったか、襲われたか……」

暁雲の言葉はすべて星雨を素通りしていった。

「時間が惜しい。知っていることをすべて話せ」

「わ、私は何も知らないッ！」

暁雲は大きくため息をついた。そして彼女は手のかかる妹を懸命に諭す。

「無関係そうなことも、全部話せ。手遅れになるぞ」

「手遅れだって？」

「さっきのハンバーガーには毒が仕込んである。全身に回ると悲惨だぞ」

星雨は咄嗟に喉へ指を突っ込もうとした。

「おい。そんな真似したら、自分のゲロで溺死させてやるからな」

暁雲は本気だった。

「解毒剤は私が持っている。情報を出せば、ひとまずは助けてやる」

混乱していた星雨も、ようやく状況を理解する。

裏切り者の疑いがある構成員を庇うメリットは皆無だ。速やかにケジメを取らせる必要がある。一人のために、家族全員を犠牲にはできない。

（姐さんは……本当に解毒剤なんて持ってるのか？）

裏切り者を助命するなんて有り得ない。星雨は現在の状況を理解してしまっていた。

「知らないんだよ！　寝起きに襲われて攫われたんだ。あいつら、どこへ行くのかも言ってなかった！　私が組織を……！　いや！　姐さんを裏切るかよぉ！」

目前に迫る破滅を回避しようと、星雨は叫ぶ。

土壇場で星雨が縋ったのは、義姉妹の情だった。

暁雲《あね》は星雨《いもうと》を殺したくない――と星雨は思いたかった。

これまで、二人は姉妹だった。星雨は他の誰よりも暁雲のことを理解している。それは相手も同じはずだ。

二人の間だけにある、あやふやな感情に、星雨は賭ける。

奇跡は起きる。知奈が証明してくれた。

一瞬だけ、暁雲は目を伏せ、それからまっすぐ星雨を見つめた。

「……私はお前から情報を引き出す義務がある。こちらとしても、楽な方法で終わらせてやりたいんだがな」

暁雲は家族思いだ。もはや救えない家族は、責任を持って自ら処断する。

構成員の繋がりも契約による神秘主義も薄れた黒社会で、それは彼女なりの優しさなのだろう。

「蒼月幇は神永組と盃も交わしちゃいない余所者《かぞくじゃない》だ。こうしなきゃ向こうも収まらん。最後に姉を助けようとは思わないか？」

毒が回ってきたのか、なんだかさっきから体の具合がおかしい気がする。死に瀕しながらも星雨は考える。

自分はやっていないと訴えたところで、この場ではなんの意味もない。暁雲に処断を思いとどまらせ、知奈を救い出す。そんな魔法の言葉が必要だった。死ない方法を死ぬまで考え続ける必要があった。

「姐さんっ！」

星雨は姉を呼ぶ。

暁雲は何も反応しない。

「姐さぁん！」

それでも、もう一度星雨は姉を呼んだ。

この期に及んで、奇跡だの魔法だのがあるわけなかった。

星雨は既に詰んでいた。この場で暁雲が彼女を見逃す確率はゼロで、最善の結末は暁雲に即死させてもらうことだった。もう助からないのだと思うと足が震えて、星雨は土下座するように床へ崩れ落ちた。そのまま必死に姉を呼ぶが、彼女は何も言わず、じっと妹を見つめていた。

しかし、暁雲は星雨から目を離した。ポケットのスマホが鳴ったからだ。

暁雲は液晶を確認して、呼び出しに応じる。会話を聞かせたくないのか、暁雲は背を向け、星雨から離れる。

星雨は脂汗を流しながら、彼女を見守った。これは死が数十秒延びただけなのか、それとも。

「ファントム」

スマホをしまった暁雲は、複雑な顔をしていた。星雨は唾を飲みこむ。

「ケジメは延期だ。立て」

「げ、解毒剤……！」

「この私がメシにそんな真似するか。思い込みで死にかけてんじゃあないッ」

暁雲に蹴り上げられそうになり、星雨はあたふたと起き上がった。

「さっきの電話は？」

期待を込めて、聞いてみる。

「神永組長からご指名だ。大阪に向かう」

星雨は返事できなかった。

どうやら組長直々にケジメを取らせるつもりらしい。

身体に触れていた死は遠ざかり、そして更に無残な形になって星雨の眼前に聳え立っていた。

10

萬邦興業は熔けゆく組織だ。萬邦ユウはヤクザ特有の疑似家族関係を完全に捨てて、より半グレ的な表裏曖昧な集まりを作ろうとしている。神永組の若衆だった南雲健から見ても、萬邦興業には勢いがあった。渋い顔の兄貴達には決して言わなかったが、上下関係や不文律を無視して、彼女らが裏社会で好き勝手に振る舞う姿に痛快なものを感じていた。

だがそれ以上に南雲は萬邦組に、屋上の柵に乗って遊ぶ子どものような、見ていられない危うさを感じていた。

「あんたら、神永組につけられちゃいないだろうな？」

人々の中心で萬邦ユウが笑う。

大阪郊外の倉庫に集められたのは萬邦興業の構成員と、それから先日神永組を裏切った南雲だ。長い間放置されていたのか、倉庫の内部は埃っぽかった。窓は残らず目張りされ、外には見張りも控えている。扇風機も無しに閉めきっているせいで、かなり蒸し暑い。背中や胸あたりがべとついている。これから、ここでなにが起ころうと外には知られることがない。倉庫の中央には簡易的なステージが作られていて、そこでユウがこちらを見下ろしていた。神永組という言葉でユウの視線を意識してしまい、南雲はマスクを押さえる。今、目が合った気がする。

「南雲ぉ！　大丈夫だよな？」

（名前、覚えられてんのか……）

場の視線が一斉に襲いかかってくる。南雲は怯えを悟られないよう無言で頷く。口の中の傷が開いた。あの日、口に含んだガラスの破片がまだ頬や歯茎に埋まっている気がする。自分の存在は明らかに浮いていた。倉庫には、意外なことにユウが乗っ取る前から萬邦興業の幹部だった構成員も参加している。スパイ疑惑で公開処刑されるのかも、という不安は拭えない。

「こいつぁ、神永組からウチに鞍替えした。向こうがカスだってことに気付いたんだ。任侠なんて看板《モン》を未だに掲げてる老人ホームじゃ先がないって気付いたんだな」

ユウの言い草でささやかな笑いが沸き起こり、そしてユウの隣にいるスペシャルゲストが蠢いた。

椅子に縛りつけられた、スーツの男。頭には黒い袋が被せられていて、シャツの首元が血で汚れている。その手は青白く、節くれ立っていて、彼が老人であると察せられる。ゲストに関して分かるのはそれだけだった。南雲が倉庫を訪れた瞬間から、それは当たり前のように配置されていて、誰も疑問を挟むことはなかった。

「なぁ……あんたら、なんで反社《アウトロー》になった？」

南雲は大先輩なんて呼ばれている、地元の暴走族のリーダーを思い浮かべた。大先輩は四十過ぎになっても騒音と共に公道を走り、警察には負けないなどと自慢していた。昼間は両親の弁当屋の手伝いをしているくせに。

地元でけちな悪事を続けて満足するぐらいなら、

もっと大きなことを成し遂げたかった。大先輩の姿を見て、南雲はより大きな組織――神永組の一員になると決めた。

南雲はずっと半端者だった。勉強、水泳、ゲーム、友達関係に至るまで、彼は物心ついた時から、何一つ長続きしなかった。義務教育はほぼドロップアウトで、高校も半年で通わなくなった。なんとなく仲間入りした暴走族も粋がっている先輩達がダサく感じられて、逃げ出してしまった。

ヤクザとして今度こそ、一人前になる――彼なりの大志が失望に変わるのは、それほど長くかからなかった。

「クソみたいな地元を捨てたかった？　堅気でセコく稼ぐなんてまっぴらだった？　あたし達は誰よりもイイ思いがしたかったたからこっち側に来たはずだ！」

大きな身振りと共に声を張り上げるユウは恐ろしかったが、注目を集める何かを放っていた。南雲は息を止めて、演説を聴く。

「でもどうだ！　こっち側も堅気と変わらねえ。年寄りやら先輩やらのご機嫌を取らされて、無駄金をしゃぶられる。我慢したって先もねえ。半グレだって大差ねぇ！　今から一旗揚げようとしても、警察が難癖付けて、おまけに日サロ通いの先輩共《オッサン》が上から抑えつけてくる！　半笑いの配信者にまでナメられる」

「ああ……」

南雲にはその実感があった。きっと、周囲も同じだろう。結局のところ、表が行き詰まったら裏だって同じ運命を辿る。どこでなにをしようが、イイ思いなんて味わえるはずがない。自分の高が知れているのに気付かないふりして、生きている。

「結局、上にいるあいつらはあいつらのためだけにルールを作ってる。テメェのケツの穴と口を繋いで、奴等の中だけで甘い汁をぐるぐるぐるぐる回してやがる！　あたし達にはなんにも無しだ」

「そうだ！　その通りだ！」

誰かが、声を上げた。それが呼び水となり、やがて別の誰かが声を上げる。怒りが波のように広がっていく。

「あたしたちは、最初っから終わってるんだ！」

ユウはゲストが座っている椅子の脚を蹴った。ゲストは哀れにも跳ねて、首を振る。

「もう先のねえ時代の、これより下のねえ場所にいるのがあんたらだ！　あたし達だ！　他の連中を終わらせなきゃあ、始まんねえ！」

「終わらせろ！　あいつらのことを終わらせろ！」

「奴等を潰せ！　引きずり下ろせ！」

ユウの声に応じて、皆が叫ぶ。どこまでも噴き上がっていく場に困惑しながら、南雲はユウを見つめる。

「ビビんな！　声出せ！　こいつは正当防衛、大義ある報復なんだよ！　先に奪ったのはあいつらだからな。そうだろ？」

南雲の周りでは、誰もが自らの怒りを肯定していた。許すことを許さないという意識が形となり吼え猛っていた。南雲は自分が猛獣の檻にいるのだと、心底実感した。

「あたしらは偽物か？　暴力じゃ何も変えられないって言い訳するインテリ野郎か？　ムカつく奴を知らんぷりして勝ったことにするオナニー野郎か？」

「俺達は本物だ！　萬邦興業は本物だ！」

「おれらはどうすればいいか分かってる！」

これまでに萬邦興業がしてきたことを、南雲は知っている。罠に嵌めるにせよ、力尽くで殺すにせよ、萬邦興業は敵対するものを徹底的に潰してきた。そのことで更に敵を増やすことになっても、彼女達は決して止まらなかった。

「こっから先は遠慮するな！　最後まで行け！　あたしらはルール《アウトロー》無用だ！　どんな手を使おうが、ここから勝ち続けてやろうぜ！」

「おおぉ！」

会場はひとつになっていた。周囲に混じって、南雲もついに声を上げていた。傷が開き、血が吹き出る。

「のし上がるのに要るのはな！　どいつに媚びればいいのか考える脳味噌だとか、その場しのぎのおべんちゃらを吐く口じゃねえ！　邪魔する奴をさっさとブチ殺す度胸と気合だ！」

「殺せ！　殺せッ！」

いまだ余所者の南雲さえ、心が躍っていた。ユウについていけば厚い壁の向こうにあるものをつかめるのではないかと思えてくる。彼女が他人に硝子を喰わせ、気に障ることがあれば躊躇いなく人を殺す兇悪な女だとしても、賭けてみたくなってくる。直系とはいえ、頭が変わったばかりで不安定な組が親分に挑む。そんな絶望的な戦いだというのに、期待してしまう。

「いいぞ！　あたし達がスタートラインに立つために、まずはこいつをゴールさせようぜ！」

ユウが袋を剥ぎ取った。

「おいおい……これは……！」

ゲストの正体を知って、南雲はおののいた。

椅子に座っているのは、神永組の本部長《ナンバースリー》だった。元神永組の南雲にとっては雲の上の存在だ。拉致されたなんて話は聞いていなかったのだが。

「抗争中だったのに、裏風俗で遊んでやがった。政治家先生かよ！　他人のカネで遊べるんだから最高ですよねえ本部長！」

萬邦興業の幹部数名がスマホを取り出し、周りに画像を見せる。南雲も覗きこんでみると、そこには弛んだ腹を丸出しにして、牝馬に腰を振っている本部長の姿があった。

こいつは、こんな悪趣味のために——

「俺達の……上納金を……？」

南雲は拳を握りしめた。

「抗争で若いのが血ィ流してるのに暢気なもんですね！　組の金で馬主までやってるんだから、若い衆は泣いてますぜ？」

「フェイクだ！　フェイク！　俺は知らん！」

「ぎゃはッ！　他に言うことがあるでしょうが！」

ユウは本部長の椅子を蹴り倒した。そのまま彼を縛るロープを切り落とし、ステージに上がってきた部下に取り押さえるよう指示する。

「今夜はこいつに席を空けてもらう。これまでやってきた中で一番の大物だぁ、刺激的にやらねえとな！」

構成員達がステージに迫る。本部長は青ざめ、目を泳がせている。

経緯を知らなければ、南雲だって老人を寄ってたかって痛めつけるような真似は心が痛む。

しかし、この老人は——

「気[redacted]いが……やめろおぉ……！」

魚でも捌くようにユウはナイフを走らせ、本部長のスーツとパンツを裂いた。服の残骸を左右に押しのけ、彼女はまた笑う。本部長が何をされるのか誰もが期待して見守っている。

「ハッ！　馬頭観音ね……中々洒落てんじゃねえの？」

本部長の刺青を眺めてから、ユウは顎をしゃくった。構成員が倉庫の隅に走り、そして鉄柵に使うような長い鉄パイプと大きなハンマーを持ってくる。

「こいつは馬並みだぜ、本部長！」

パイプが、本部長の尻に宛がわれる。本部長が濁った叫びを上げる。一切の慣らしをせず、パイプがみちみちと穴を拡げて、数センチほど内部へ侵入する。これから起きることを理解して、南雲は尻を押さえた。中世のころは串刺し刑なんてものがあったらしい。これから本部長はカエルの丸焼きのようにされるのだ。

「南雲ォ、お前からやれ」

壇上から声を掛けられて、南雲は硬直した。

「え？」

「全員でちょっとずつ押しこんでいくと思ってたのか？　どんな焦らしプレイだよ。だから名誉ある代表者がやるわけ。あんたが最初だ」

周囲の構成員が囃し立てながら南雲を押し、ステージへと上がらせる。そしてユウから大型のハンマーを握らされ、彼は本部長を見下ろす。鼻の奥がツンとした。滑り止めのゴムグリップが汗でぬめる。神永組の本部長を手に掛けたとなれば、もう後戻りはできない。この集会はそのために開かれたのだ。

「本部長……俺が誰か、分かりますか」

ハンマーでステージの床を擦り、本部長の前に立つ。

杭打ちの前に一言だけ質問する。

神永組は皆家族なのだという。ならばこの男は自分を知っていなくてはいけない。少なくとも、組長と若頭は『南雲健』の名前と顔を知っていた。

本部長の背中をじっと見つめる。見事な馬頭観音の刺青だ。しかしそれ《キャンバス》を背負う本人がいけない。快適な室内ですごしてきた肌はなよなよしい白色で、おまけに染みまで浮いている。南雲はその体に何も彫っていない。

今は刺青なんて足枷にしかならない時代だ。

なにより、刺青はとても高い。

「あ？　何様のつもりだ！　知るわけねえだろ、ドチンピラが！　テメエら全員嬲り殺しだぞ！」

殺そう。

ハンマーを担ぎ、背後に回る。

南雲は息を吸い込んだ。

「おぉおおぉぉッ！」

三度目の絶叫。今度はうまく、腹の底から声を出せたように思う。

萬邦興業が、自分たちが、神永組を終わらせてやると決意する。

そして、これまで奪われた分を返してもらうのだ。

南雲はハンマーを振り上げた。

11

「ヤクザって……終わりかけの組織じゃねえのかよ」

暁雲に睨みつけられて、星雨は自分の口を塞いだ。

東大阪市にある神永傑の邸宅は立派な門構えの和風建築だった。出迎えのヤクザ全員が殺意を向けている気がした。暁雲は平静を装っていたが、彼女も落ち着いていないのか、なんどかポケットの飴玉を探そうとしていた。

「よぉ、直接会うのはこれが初めてかい」

暁雲と星雨が通されたのは、八畳ほどの和室だった。組織のトップの私室にしては質素で神永組側の人間は、神永組長だけだった。神永組長は胡座をかいて、鷹揚に異邦の二人を出迎えていた。

「座りな。楽にしていいぜ」

神永組長の言葉に反して暁雲は正座し、星雨もそれに倣う。慣れていないとこの姿勢自体が拷問のようなものだ。

「お招きいただき感謝します、神永組長」

暁雲に合わせて星雨も頭を下げる。恐れる一方で、こんなことに意味があるのかと捨て鉢になっている自分がいる。どれだけお行儀よく振る舞っても、次の瞬間には頭を撃ち抜かれていてもおかしくない。何せ自分は裏切り者なのだから。

「こいつが例の裏切り者なわけだ」

神永組長の言葉でその場の空気が冷える。星雨の心臓が激しく鳴り始める。這いつくばって許しを乞うか。彼は、そのような相手を躊躇いなく処断してきた極道者なのだろうけれど。

「俺の愛人を娘に売った女か……どいつもこいつも思い通りに動いてくれねぇ」

暁雲も星雨も返事せず、次の言葉を待つ。

「ユウに度胸があるってことは俺だって分かってた。だから、それなりの立場を与えてやったし、これまでのヤンチャも見逃してやったんだ。はみ出し者でも面倒見てやるのが家族ってもんだろ？　組長、父親《オヤジ》として、やんちゃさせてやったんだ。なのに、女ってのは仁義を理解しねぇ……まだガキの頃に、殴ってでも堅気と結婚させておけば良かったぜ……」

この状況では裏切り者相手に愚痴の一つも言いたくなるか。神永組長は頭を掻き、そして星雨を睨めつける。

「知奈はこいつを買っていたようだからよ、俺の目で直接値踏みしてやろうかと思ったが……こりゃ単なる雑魚、チンピラだな」

「この大馬鹿は組長の大切な方を萬邦興業の手に渡しました。そちらの望むように処分いたします。無論、この私もケジメをつけさせていただきますが」

「いいよ、劉はウチの客だからな。腹切らせんのはこいつ一人で充分だ」

つつがなく迫る死に、星雨は青ざめる。打つ手が思いつかない。だが、もはや利口に振る舞っている場合ではなかった。何でもいいから、行動する必要があった。

「く、組長！」

それで、思わず声が出た。

暁雲の鬼のような視線も気にせず、星雨は平伏した。

「わっ……私が！　知奈さん……あぁいや……朝日奈様のことをお助けします！　絶ッ対！　絶対に助けます！」

畳に額を擦りつけ、叫ぶ。相手の顔を見なくて済む格好なのはありがたかった。こんな話を神永組長はどんな顔で聞いているだろう。

「何言ってんだ？　お前さん」

神永組長の声には笑いが混じっていた。

「自分のケツは自分で拭うってんですよ！」

「アホ抜かせ、チンピラに何ができる。大体な、ユウに攫われた時点でアレは……終わってんだよ。女の敵は女ってか？　ユウは随分とアレを嫌ってた……」

彼は愛人の死を当たり前のように受け止めていた。余所者に感情を隠しているだけなのか、あるいは惜しいと思っても代わりなんて幾らでも用意できるからなのか。その態度がかつて星雨の奥に隠れていて、今は剥き出しになりつつあるものを刺激した。

「つまり、また見捨てるのか？　テメェは！」

突破口だと感じたわけじゃなかった。保身なんて無意味だから、組長に噛みつくのも怖くなかっただけ。こんな男になぜ知奈は――そんな怒りさえ湧いてくる。

「なんだよ、おい……」

神永組長の声から笑いが消えた。

星雨は膝立ちになって、彼を見下ろした。

「女を盾にして命拾っておいて、いざって時にはその身体張らせた女を見殺しにするのがこの国の男かって聞いてんですよ、組長！」

言い切った瞬間、頭に強烈な衝撃があった。星雨は横倒しになり、畳の上で潰れる。撃たれたのかと思い、星雨は自分の取るに足らない人生を悔やんだ。しかし、彼女が受けたのは銃弾ではなく、暁雲の拳だった。

「狂ったか？　申し訳ありません、組長。こいつにはこの場でケジメを取らせます」

仁王立ちになった暁雲の表情は冷たかった。まだ起き上がれない星雨に拳を振り上げ、今すぐに振り下ろしそうだった。彼女は素手で人を殺せる。ユウの振る舞う、悪意に満ちた娯楽としての暴力と違い、暁雲の暴力は殺人の効率化を目的としている。神永組長が許せば、彼女は即座に首をへし折るだろう。

今更、その程度のことに臆するものか。

星雨は渾身の力で起き上がり、再び神永組長を見据える。

「待てや、劉。このドチンピラ、俺のことをなんでも笑って聞いてくれるやさしいおじいちゃまとでも思ってるらしい。かっかっかっ……」

暁雲を制止して、神永組長は歯を剥き出しにして笑った。身を乗り出したことで和服の胸元から刺青が覗いた。右胸辺りの龍の眼光が星雨を貫く。

「どこで聞いたか知らねえが、この神永傑にアヤつけてんだ。フィリピンの赤子牧場でも紹介してやろうか？」

おぞましい名前には聞き覚えがあった。裏社会の住民でも眉をひそめるシノギの中には、売買用の赤子のため、掃除用具入れ程度のスペースで死ぬまで子どもを生み続ける女達を管理するというものがあるらしい。

子どもを大切にしない、この男らしい脅しだと思った。それにしても、やはり彼は鈍い。

脅しに屈するのは、先がある人間だけだ。

「知奈さんから全部聞いてるんですよ！　神永傑がどれだけ下らねえ男なのか！」

星雨は足を踏みならした。

「テメェは大物ぶってるだけの小心者だ！　家族にしかデカい顔できない、DVチキンおじいちゃまが！」

本当は、暁雲に殴られた時点で死んでいて、今の自分は幽霊なのではないかと星雨は恐ろしくなった。それほどまでに周囲の反応は一切無かった。外にまで聞こえているはずなのに、誰も室内に入ってこない。自分が生きている証拠は、暁雲と神永組長の刺すような視線。二人とも遺言を伝え終えたら、すぐに殺すと言いたげだった。

「今だってこの部屋で涼んでるだけで、知奈さんも若い衆も萬邦興業から守らねえ！　自分で組織を引っぱっている萬邦ユウの方がよっぽど頭をやってるよ……！」

手のひらの汗がひどい。心臓だけが猛烈に鳴っている。暁雲に殴られた痛みさえ、薄れている。星雨はもう何も考えていなかった。死に物狂いでやるしかなかった。

「自分が助かるんなら、この組織だって捨てるんだろ？　このまま家がボロボロになろうと、寿命まで逃げ切ればいいんだから！」

ペース配分なんて考えもしなかったせいで、星雨は息が切れかけていた。このまま黙れば死ぬという予感は確信に変わっていた。この無様な一人芝居の締めくくりに向けて、星雨は最後の一暴れを披露する。

「……それで？　引きこもりの寝たきりで天寿を全うして、息子になんて言うつもりだよ？　聖の分まで、パパは生き抜いたよ～ってか？　ははははは……っ」

最後に息子の名前を持ちだしたのは単なる偶然だった。自棄になって星雨は笑い、撃たれたように座りこむ。

大喝采を期待していたわけではない。それでも、啖呵がただ滑りに終わり、冷え切った場の空気で星雨は身の破滅を実感した。汗ばんだ肌が冷房で急激に冷たくなる。氷風呂に入れられた気分だった。だが、星雨の破れかぶれの啖呵を聞いて、神永組長は顔を歪めていた。

「聖……」

生まれることのなかった息子の名前を呟き、彼は目を瞑った。

「なんで、お前が……」

やがて神永組長は座布団に座りなおし、憮然とした表情で腕を組んだ。迸っていた怒りは収まり、急に老け込んだように思える。知奈が喪った人の名前は咄嗟に出てきたものだったが、その名は組長にとって、未だ痛む古傷になっているようだった。

「知奈を助けるんだな？」

組長にすぐ反応できず、星雨は暁雲に肘打ちされてようやく返事した。

「な、な、何があろうと！　命に代えても！」

「三日やる。それまで手がかりを俺に持って来りゃ、人間牧場行きは考えてやるよ」

話が予想外の方向に転がりつつあるのを感じ、星雨は息を吐いた。自棄になった末の蛮行だったが、ツキが回ってきた。借金で埋められそうになっていた時に、知奈と出会ったのを思い出す。やっぱりあの人こそが、幸運の女神なのだ。勇気と闘志が湧いてきて、星雨は堂々と返事する。

「許せと……？」

そこに割りこんできたのが、暁雲だった。星雨の頭を抑えつけ、彼女は組長に訴えかける。

「我々の世界には命を以て償うべき失態があります。こいつを自由にしては、示しがつきません」

(妹を助けるつもりがないのかよ！　姐さん！)

組長が心変わりしないことを祈りながら、星雨は組長の様子を伺う。すでに彼は毒気を抜かれていて、星雨を見下ろしながら、手を払った。

「こんな雑魚を捌くのはいつだってできる。俺に啖呵を切ったんだ……腹ァ括れよ、チンピラ」

星雨はただ黙って、頷く。たとえ命を拾ったとしても、知奈を救えなければ自分は永遠に負け犬となるだろう。人以下の家畜にされるのも似たようなものだ。

そんな星雨に神永組長は鼻を鳴らし、手を払った。

「もういい、これから萬邦をどう潰すか考えなくちゃならん。とっとと失せな」

「機会を下さったことに感謝します、組長」

首根っこを掴むように暁雲は星雨を立たせた。

「聖って名前は、俺が決めたんだ。全部終わっちまった後にな」

暁雲に引きずられて退出する間際、星雨は神永組長の言葉を聞いた。彼は星雨達に目を向けず、どこか遠くを見つめていた。

「そこらでペラペラ話すんじゃねえぞ」

「はっ、はいッ！」

もっと何か言うべきかと迷っていると、星雨はまた暁雲に引っ張られて部屋から出された。屋敷に詰めている組員達は相変わらず敵意や疑念を隠そうとせず、組織の車に乗りこんだところで、星雨はようやく一息ついた。自分がまだ生きているのは途方もない収穫だった。期限付きとはいえ、為す術もなく悶死することだけは避けられた。まだ手足が繋がっていることに感謝しなくては。

「できることなら、この場でお前を殺してやりたいよ」

運転手が車を発進させた瞬間、暁雲はポケットから飴玉を取り出し、噛み砕いた。狭い車内の中で、星雨はできるかぎり隣の彼女と距離を取る。

「次から次へと厄介ごとを……。お前の暴走で家族全体がリスクを追う羽目になっちまった……！」

暁雲の言うとおりだ。これで星雨がしくじればその影響は組織全体に及ぶようになってしまった。そんなの、あの場では考えもしなかったが。

「悪かったよ、姐さん」

星雨がとりあえず謝ると、暁雲は憮然としたまま、座席に深く座り直した。

「何を考えて生きてるんだ、お前は？」

「それは……その……」

神永組長に噛みついたのは、滅茶苦茶にしないと殺されるだけだったからだ。啖呵だって何も考えずに口を動かしていた。だがそれとは別に、星雨はずっと怒っていた。知奈の家族になると誓い、それから悪夢のような朝を迎え、今に至るまで星雨は強い意思に突き動かされていた。

（なんで、私は知奈さんにここまで？）

星雨はようやくゆっくりと考える時間を与えられていた。暁雲の険しい表情に怯えながらも、星雨は沈思する。

（腐れ脳味噌《ポッガイ》がよ……！）

素面の頭で考えても、甘ったれた答えしかだせない。

（知奈さんと一緒にいた時だけは……なんだか私も、まともな人間のような気がしたんだ……）

短い付き合いでも、酒の勢いで接近していても、結局のところはそれだけ。

知奈の口にした『家族』だけが、自分の欠落にぴったりとはまってしまった。

流れ、勢い、サイン、好機、刻——誰にだって、どれほど堅実に生きてこようと、それが来たことはあるはずだ。

ここで勝負《いか》しなくては、自分が自分でいられなくなると確信する瞬間が。

そして星雨は賭けに出て、まだ勝負の最中にある。

もう抜けられない。最後まで、行けるところまで行くしかなかった。

「はぁ……。だんまりなら、それでも構わん。理由を聞いたらまた手が出そうだ」

長いため息の後で暁雲はそう言った。彼女は天井を見上げた。

「だが……組長相手の啖呵は悪くなかった。日本の連中も、私達が軟弱なチンピラじゃないと理解しただろうさ」

暁雲は視線を天井に向けたまま、言葉を継いだ。

星雨は反応に困ってしまった。

「女を助けるというが、アテはあるんだろうな？まさか何の手も考えず、女を助けるつもりか」

「ちゃんと考えてるって」

知奈がカジノリゾートにやってきたのは偶然ではないはずだ。組長側からの監視が不十分になるように、彼女はあの島へおびき寄せられたのではないか。

星雨は知奈と出会ったきっかけを思い出す。彼女とのめくるめく思い出の、初っ端に存在する肥満体の男。出来の悪い、ジャンケットの同僚。フルネームは久保田秀雪だったか。

あの時、久保田の紹介を受けたから、星雨は知奈を担当することになった。

久保田は萬邦興業と接点を持っている可能性がある。すでに姿を消していたとしても、彼の動向なら探りやすいはずだ。

「いいだろう。話は飯の席で聞いてやる。出荷される前にせいぜい娑婆の飯を味わえ」

「この状況で昼飯なんて……」

「大勢で作戦会議できるほど情報があるのか？」

「分かったよ。行こう、姐さん」

星雨が返事する前から、車はカジノ島ではなく、別の目的地を目指していた。周囲の景色は初めて見るものばかりだった。自分の行動範囲はカジノリゾート周辺ばかりで、大阪本土にまったく縁が無いことに星雨は気づく。

この異界のどこに、知奈はいるのだろうか。

窓の外はのっぺりとしていて、同じ景色が永遠に続いているように思えた。

×××

知奈が連れてこられたのは、殺風景なコンクリートの独房だった。街中の地下室やビルの一室を改造したのだろうか、外界に繋がる鉄製ドアには覗き窓がついていて、数分おきに萬邦興業の組員が監視してくる。

最悪だった。

内部は濃い体臭と生ごみの臭いがブレンドされていて、動物園の檻の中で深呼吸している気分になる。当然シャワーもない。いや、監視されている中で使えるわけもないけれど。ベッド代わりのマットレスには人型の黄色い染みができていて、よく観察すると小さい虫達が元気いっぱいにしていたので、部屋の隅にどかした。むき出しの便器には色々と飛び散り、こびりついていていて、これまでの利用者に公共心というものを教えたくなる。

状況は絶望的だったが、それでも知奈は冷たい床にうずくまって考える。大人しく待つなんてありえない。ここから、脱出しなくては。

萬邦興業の車に押しこまれてすぐ、手足を縛られるのはもちろん、ヘッドホンと目隠しまでされていたせいで、監禁場所がどこなのかは分からない。しかし逃げ出すことさえできれば、助けを求められるはずだ。

だがそのためには分厚いドアを抜け、さらに監視役を振り切る必要があった。

「ううん……」

知奈は唸る。現実的に考えて、脱出は不可能に近い。監視役にドアを開けさせ、さらにどうにかしてその監視役を無力化しても、独房の外には萬邦興業の組員が控えている。監視役が覗き窓を開けた時、知奈は遠くからの笑い声や会話の切れ端を聞いていた。独房は組員の詰め所のような場所に併設されているらしい。

それでも知奈は考えることをやめなかった。自分の身の安全以上に、星雨が心配だった。萬邦興業の手に落ちることはなかったと思いたいが、どちらにせよ自分が攫われた責任を彼女は取らされる。

あの子はただ自分を想ってくれただけで、何の非もないというのに。

「星雨……」

あの夜教えてもらった名前を知奈はつぶやく。

聖を喪ってから、知奈の世界には光がなかった。

幼い頃、知奈の夢は幸せなお嫁さんだった。大人になれば素敵な誰かと出会い、子どもを授かって、楽しく暮らすのだと無邪気に信じていた。両親は自分の理想だった。家族旅行の帰りに事故で両親を喪ってからも、その夢は消えず、胸の奥深くに沈んだだけだった。いつしか夜の街で働き始め、神永傑に惹かれたのは、彼に父親の面影を見たからなのかもしれない。交際の中で子どもができたことを知って、知奈はかつての夢がまた浮かび上がってくるのを感じていた。

そしてその夢がまたしても奪われた時、知奈はもう二度と、自分が本気で何かを望んだり求めたりすることはできないのだとぼんやり思った。

(カジノ……楽しかったな)

愛情ではなく罪悪感と後悔で繋がった相手から干渉され、望まぬ護衛に囲まれながら職場と家を往復するだけの日々。そんな時、客の連れ合いだった久保田から聞かされたカジノの世界は煌びやかで楽しげだった。喪ったものを傷むだけの日々から束の間でも逃れたくて、知奈は誘いに乗った。

そして、女の子にアテンドされたいとわがままを言って、久保田に紹介されたのが星雨だった。

ファントムという恐ろしげな名前と、その名に恥じぬ仮面を見た瞬間から、自分が歌劇の登場人物になったように感じられて胸が躍った。実際に会ってみると、あの子は見かけによらず表情豊かだった。表向きは冷静で仕事ができそうな振る舞いをしているのが、一層愛らしかった。あの子が誰よりも真剣に、勝負の結果に一喜一憂していたからこそ、思う存分ゲームを突き詰めることができたのだ。東京に誘ったのだって本気だった。彼女がいれば、毎日が明るくなる気がした。

なにより、酔い潰れた星雨のうわごとが、知奈の気持ちの繋がりを確固たるものにしていた。星雨はうなされながらずっと、捨てられた子どものように母親を呼んでいた。彼女もまた家族を喪い、傷を負っていたのだと知った瞬間、知奈は星雨に寄り添うことを願った。

（やっぱり、アレしかないの？）

星雨を助けるために、知奈は一刻も早くユウの支配下から抜け出さなくてはならなかった。

考えることだけは自由だったから、すでに知奈は独房から抜け出す一つの方法を思いついていた。星雨ならきっと止める賭け。しかし今の知奈には時間も手段も残されていなかった。

また覗き窓が開く。知奈は意を決して、その覗き窓から相手の顔を確かめた。

「あら……もしかして、久保田さん？」

相手がぎょっとしたように目を見開く。

（カジノに誘われたのも、罠だったってことね……）

驚きながらも、知奈は冷静に顔見知りの男を見つめていた。波が来たと思った。ここから大連勝が始まる、最初の一勝。それがこの偶然だ。

「なんで、こんなところに？」

「それはその……」

話しかけると、久保田は返事をした。監視役を刺激しないために、相手のことは探らないようにしていたが、彼が相手なら大丈夫だろう。

「ねえ……退屈でおかしくなりそうなの。せめて話し相手になってくれないかしら？」

星雨《あのこ》のために。

別れ際に、星雨は自分の名前を叫んでいた。その悲痛さを思い出し、知奈は勝負を始める。

12

久保田秀雪が手がかりを持っているかもしれない。

そんな希望を見出しても、そう易々と事態は好転しない。昨日、ファミレスで聞いた星雨の作戦はあまりにも勝算が薄く、そして事実、今に至るまで結果を出していなかった。

「残り二日だな」

暁雲の言葉で、スマホとパソコンにかじりついていた星雨はびくりと震えた。暁雲に向き直ろうとして、机の上のカフェイン飲料をひっくり返す。三分の一ほど残っていた中身がぶちまけられて、星雨は悲鳴を上げた。咄嗟に電子機器を持ち上げて避難させるが、隣の机まで浸食していた久保田の資料やら、新聞やら、そういった雑然としたものがドリンクの不健康なオレンジ色になる。不安で頭が占領されて、ろくに整理できないままだったのが仇となった。見かねた同僚が掃除を手伝ってくれる。暁雲が深々とため息をつく。

神永組長に知奈の奪還を誓ってから、暁雲とその部下、そして星雨は心斎橋の外れにあるアジトに身を置いていた。そこは神永組の用意した事務所で、彼らの監視下にある。神永組に従うことで蒼月幇が裏切り者ではないと証明するためだ。

「久保田の行方はどうだ」

「いや……昨日から進展ナシだよ。これから久保田の元妻と娘んとこに行ってみようかと思ってるけど……」

星雨は首を振った。明日の夜には、人間牧場行きだ。久保田の消息は、星雨と知奈がホテルを抜け出した直後から分からなくなっている。やはり彼も組織を裏切り、萬邦興業と通じているのだ。

「家族を使っての脅しか、悪くない」

香港に渡り、ジャンケットになる前、久保田は結婚していた。ギャンブル癖で関係が破綻し、親権も母親のものになったらしい。同僚にしょっちゅう愚痴っていたせいで、彼が娘に会うことを渇望しているのは周知の事実だった。

「おいおい姐さん。そういうのは……久保田にコンタクトが取れないと意味がないし、かえって相手が頑なになるかもしれないだろ？　聞き込みに行くだけだよ」

「あのなぁ……手段を選んでいる場合か？」

暁雲はかつての会話を思い出した。この期に及んで、星雨は手段を選ぼうとしている。神永組長に立ち向かった時は気合いが入ったかと思ったのだが、あれは土壇場で訳が分からなくなっただけだったらしい。あの日、幽霊のようだった星雨と出会った時から彼女は変わっていない。考えの足りない、甘ったれたガキのままだ。

「覚悟を決めろ」

星雨の責は暁雲にも及ぶ。だから暁雲も自分の情報網はすべて活用していたが、萬邦興業は中々尻尾を見せなかった。末端の構成員は情報をほとんど与えられておらず、立場のある者はきっちり身を隠している。神永組と比べて規模が小さく、若い構成員も多いというのに萬邦興業の統率力は高かった。

「姐御、失礼します」

さっきまで、カジノ島に残っていた仲間と連絡を取っていた部下が暁雲の元にやってくる。深刻な顔つきからして、向こうで動きがあったらしい。

「なんだ」

盗聴を警戒して、部下は暁雲に広東語で耳打ちする。

「萬邦興業の使いが本部に接触してきました。姐貴と話がしたいとのことです」

その申し出に、暁雲はしばし考える。相手が先行してくるのは、予想できた。対応は相手の話を聞いてからだ。

「内容は？」

「姐貴一人で指定された場所まで来いとのことです。余計な小細工もするな、と……舐めてますね」

この状況でのこのこ萬邦興業の元に行って、無事に帰れるはずがない。そこでどのようなやりとりがあるにせよ、萬邦興業との接触は神永組からの離反を疑われるリスクもある。

「無視すべきです」

「いや……誘いに乗る。どこが目的地だ」

それでも暁雲は賭けに出た。星雨が時限爆弾を抱えている以上、待つことはできない。そうでなくても、暁雲は萬邦興業の話を聞かねばならない理由があった。

「しかし……」

「姉が信じられんか？　任せておけ」

姉弟関係を持ち出すと、部下は観念したように場所を伝えた。大阪市内のナイトクラブで、ここからそう遠くない。どんなものが飛び出してくるか、見物だった。

「行くぞ、車を回せ」

今は状況を動かすことが重要だ。同じところに留まっていても、死ぬだけなのだから。

「姐さん？　どうしたんだよ、どこへ行くつもりだよ」

暁雲が席を立つと、星雨が心配そうに問いかけてきた。思考が顔に出すぎている。爪を噛んでいないのは、これみよがしに塗られたマニキュアのせいか。家族の中でも彼女は特に手のかかる問題児だった。これまで生きているのは運が良かっただけだ。星雨のためだけに萬邦興業の誘いに乗ったわけではない。だが、この一手で、行き詰まりつつある星雨の運命も変わるか。

（いつまでも手間の掛かる……）

もし星雨が死なねばならない状況に陥ったら、暁雲は妹を助けないと決めている。一人のために他の家族を危険にさらすわけにはいかないからだ。しかし、進退窮まるまでは手を尽くすつもりだった。それが、家族を率いる者としてあるべき姿だ。

「仕事だ。お前も引き続き働け」

備え付けの冷蔵庫で冷やしたコーラを一瓶飲み干して、暁雲は敵地の真っ只中へと進んでいった。

×　×　×

ナイトクラブに到着した暁雲はボディチェックの後、目隠しをされて裏口から車に乗せられた。遠くに運ばれることに恐怖はなかった。始末するつもりなら、もっと早くにやっている。

そしてようやく目隠しを外された時、暁雲は見知らぬスナックビルの店先に立っていた。周囲は萬邦興業の構成員に囲まれていて、目の前の扉には薄汚れたスナックの看板が掛けられている。白熱球の照明は薄暗く、看板の書体は古めかしい。内装も客層も昭和の吹き溜まりといった雰囲気だ。でかでかと貼られた臨時休業中の張り紙を無視して、暁雲は入店する。ベルの気の抜けた音が場違いに鳴った。

「一人で来るとは根性あるじゃねーか」

店主が夜逃げしたまま放置されていたのだろうか、店内は廃墟同然だった。カレンダーは三年前で止まっていて、壁のビールポスターは、女優の顔にびっしりと画鋲が刺してあった。そして、萬邦ユウが分厚く埃の積もったバーカウンターに腰掛けていた。相変わらずのジャージ姿で、暁雲を睨めつけている。奥のボックス席には構成員が屯していて、手に持った角材やバットを隠そうともしない。後から暁雲を囲んでいた構成員も入店してきて、彼女は包囲される。

「二、三人は取り巻きを連れてこられるように交渉してくるかと思ったんだが……」

「用件は？」

埃まみれのバーチェアに目をやって、暁雲は立ったままでいることにした。

「気が早えーよ、一杯やってけ」

毒は無いとでもいいたいのか、ユウはウィスキーをグラスで飲んでから、空のグラスを暁雲の側まで滑らせた。

「酒は飲めん。特にお前から勧められるのはな」

「高い酒だぜ？」

「だがお前の酒だ」

ユウはわざわざ暁雲に近付いてまで、酒瓶を相手に突き出したが、暁雲は不動だった。やがて諦めたのか、ユウは乱暴に酒瓶をカウンターに置いて、元の場所まで戻る。

「つっまんねー女！　んじゃ、お望み通り本題だ。あんたらも、あたしに付け」

「論外だな」

「儲かる話だぜ。ちょいとあたしらの手伝いをするだけで、たっぷり礼はくれてやる。カジノも好きにやれ。萬邦興業は、神永組の老害共みてえに上納金をせびったりもしねえ。ああ、それと女が開けた穴も埋めといてやるよ。オマケだ」

ユウの提示した条件は悪くないものだった。神永組を切り捨て、萬邦興業に味方すれば大きな見返りが手に入る。元より、暁雲は最終的に神永組と萬邦興業、どちらの味方になるか考える必要があった。勝ち馬に乗らなければ、戦後、残った組織から確実に潰される。暁雲達は澳門の上部組織から半ば見捨てられている。暁雲達がどのような運命を辿ったとしても、澳門は関知しないだろう。

「戦争にはならねーよ。老害共にちょっとだけ早く退場してもらうだけだ」

神永組と萬邦興業の力関係はある程度拮抗している。蒼月幇のような小さい組織でも、萬邦興業に加担すればゲームの天秤が傾くことは大いにあり得る。

「あんただって、澳門の老害共に睨まれたせいで日本に来たんじゃねえのか。あたしらも同じなんだよ。イキのいい若い奴を邪魔することが生きがいの連中に邪魔されてる」

（小賢しい……）

ユウは暁雲達の事情も把握しているようだった。利益を提示するだけでなく、情にまで訴えてくるとは。言葉にして毒を吐かなかったのは、その言葉に共鳴してしまっているからだ。表向き礼を尽くしているものの、暁雲は神永組を腐った組織だと感じていた。上層部は凝り固まり、中間層は保身に汲々として、下層部は士気と希望を失っている。

「もう終わってんだよ、神永組は。あんたにも分かるだろ？」

「私がお前の立場でも、似たようなことを考えるだろう」

その返事に気をよくしたのか、ユウは微笑んだ。

「ただ、お前んとこの失敗面だけはよこせよ。身体も剥いで人体模型だ……」

しかしもはや、ユウの言葉は暁雲に届いていなかった。

萬邦興業のことを理解した上で、暁雲の心は決まっていた。

時と場合が違えば萬邦興業と組むこともあっただろう。

だが、萬邦興業は、暁雲の家族に手を出している。

「その上で、返事させてもらう。お断りだ」

暁雲は傍らの瓶を手にとり、酒を床に流した。

小便のように、吐瀉物のように、ユウの酒が床にびちゃびちゃと捨てられて、暁雲の靴先を汚す。

「あ？」

「あらゆる勝負は始まる前から結果が決まっている。準備を整えた者が、勝つからだ。しかしお前達は準備不足のまま、やむを得ず戦争を起こした……。うかうかしていると神永組に潰されるからな。目立ちすぎていたんだよ、お前は」

おそらく、本来なら萬邦興業はもっと念入りに根回しをした上で反旗を翻すつもりだったのだろう。極道社会で親に逆らうのは許されないし、他の地方の組織だって均衡の破壊を嫌がる。反乱を起こすのなら一瞬で、トップの首をすげ替えるのが最善だ。

（ま、この女にそんな準備をしてる暇は無かったんだろうがな）

戦争の前から、夫を殺して組織を乗っ取ったと噂されるような女だ。当然、周囲から警戒されている。

「神永組を駆逐したとしても、それから先がお前達にあるのか？　本気で戦争を起こすつもりなら、日本の女らしく旦那の三歩後ろから機会を伺うべきだったな」

奥の席で構成員が席を立った。背後の連中も、距離を詰めてくる。ユウからは笑顔が消えている。そんな状況を気にせず、暁雲は続ける。

「なにより……お前のような虎狼と家族になれるものかよ」

顔をつきあわせて、改めて確信した。

この女は自分以外のすべてを駒としか思っていない。

そんな相手と、同じ食卓につけるものか。

「話は終わりだ、帰らせてもらう」

「家族家族！　オヤジと同じ人種か」

「わざわざ話を聞きに来た客を囲んで棒で叩くのが日本の流儀か？　私は余所者なんでな、教えてくれよ」

すぐ右隣にいた構成員が掴みかかろうとした瞬間、

暁雲は動いた。その男の喉に貫手を入れて、後ろの構成員を巻き込みつつ引き倒す。左側の構成員がナイフで斬りつけてくるが、その刃はスーツの袖を滑る。分厚いスーツは、防刃防弾素材だった。暁雲が真夏でもスーツを着込んでいるのは、こうした場合に備えてのことだ。

カウンターに置きっぱなしの酒瓶を掴み、顔を刺そうとしていた構成員の側頭部目掛けて振り抜く。鈍い音がして、瓶の汚れたラベルに血が飛ぶ。そのまま背後で起き上がろうとしていた相手の頭部を全力で踏みつけ、暁雲はユウの方に向き直った。

「ンの野郎ッ！」

ユウを庇うようにして、奥に控えていた三人も殺到してくる。暁雲は逃げず、前進した。先頭の男の顔面に酒瓶を投げつけると、そこでようやく瓶が割れた。ガラスがきらめきながら床に散っていく。ユウもカウンターから降りて、こちらに向かってくる。

よろめいている先頭の男の股ぐらを蹴り、抱え上げる。その身体を盾に、突っ込む。進行方向にいたユウは、咄嗟にカウンターを飛び越えて突撃を躱す。ユウをカバーするように、二人目の男がバットを振り上げる。

「ぐ……！」

二人目の男が振り下ろしたバットを肩に喰らい、暁雲は顔を歪める。だが、彼女は足を止めず追撃しようとしていた二人目の男を体当たりで突き倒し、追撃で肉盾を投げ落とす。そして、暁雲は及び腰になっていた最後の一人に突っ込んだ。まだ見た目の幼い最後の一人は、バットを振り下ろす時に目を閉じていた。可能な限り相手の手元で、速度が乗る前に額で受ける。脳は揺れたが、暁雲は怯まずに、脛を折るつもりで蹴りを浴びせる。そのまま体勢を崩した若者の頭を掴み、バーカウンターの角に叩きつける。

暁雲がユウを探すと、彼女は無言でカウンターから飛び出して、暁雲の背後を取っていた。足音でそれに気付いた暁雲は寸でのところで、ラジオペンチによる突きを避ける。ユウは慣れた手つきで鋭い突きを繰り出し、暁雲に掴む隙を与えない。ペンチが頬や手首を掠り、暁雲は舌打ちする。

「素直にナイフを使え」

傷を負いながらも、暁雲はユウの腕を受け流し、そのまま彼女の顎を打つ。倒れ込む勢いで床に転がって距離を取った彼女に、暁雲は大股で近づこうとする。

「それじゃ、歯を抜けねえ、タマを潰せねえだろぉ！」

打ち倒された程度でユウの殺意は萎えなかった。彼女の怒号は外にも届いたようで新手の構成員が廃スナックに駆けこんでくる。足音が聞こえた段階で、暁雲は扉を正面に捉えられる位置に移動していた。

「うげ……」

暁雲に叩きのめされた仲間を見て、増援の一人が後ずさる。倒された者は皆、呻き、痙攣し、猛烈な暴力の痕跡を色濃く残していた。

「これからお前もそうなる」

暁雲の言葉で、さらに一歩、彼は後ずさった。

そんな様子を見て、ユウが舌打ちする。

「ビビってんじゃねえよ、南雲ぉ！」

その一喝で若い構成員――南雲は地雷原を進むような速度で元の位置に戻る。

「あんたの家族に何を送りゃいい？　指か？　頭ん皮かぁ？」

ユウはすでに闘志を滾らせ、暁雲に再びペンチを突き出していた。

動じることなく、暁雲は言う。

「今ならお互い物別れで済むぞ。私を殺して、終わりだと思うか？　私が戻らなければ、家族も全力でお前らを狙う。それにな……先に首がぐるっと回って死ぬのはお前だよ。その次は……ここに居る連中全員だ」

増援は動けなかった。暁雲は本気だった。彼女は目の前のユウを殺せる距離にいる。誰かが動いた瞬間に取り返しのつかない状況が始まってしまいそうだった。

「ぼ、ボス……！　どうします……」

南雲の焦燥した声を聞いて、ユウはペンチを下ろした。

暁雲も構えを解き、額に垂れてきた血を拭う。さっき殴られたせいで頭の皮が裂けていた。

「やっぱ、家族の見てる前でやってやるわ」

「お前の泡吹いた面が見られなくて残念だ」

ユウが首を振ると、構成員達も困惑しながら暁雲を通した。

その背後を狙おうとする度胸は彼らになかった。

「それからな、妹はやらん。家族を他人に渡せるか」

暁雲の捨て台詞に返事はなかった。

ゆっくりとビルの階段を降りて、暁雲は外に出る。連れてこられたビルは、すでに廃墟だったようで、出入りを塞ぐフェンスを動かした跡があった。ビルの壁やフェンスにはスプレーで意味のない落書きがされている。周囲にも活気はなく、寂れた路地だった。破れたゴミ袋に集っている烏を、酒屋の自転車が蹴散らす。萬邦興業の構成員らしき者はいない。相手もこの状況だと少人数で動かざるを得ないのだろう。

「クソ……どこだよ、ここは……」

多分、大阪のどこかのはずだ。

口にまで垂れてきた血を吐き捨て、代わりに飴玉を口に放り込んで、暁雲は家族の待つアジトへ戻る。昼飯は着替えた後の方が良さそうだ。

13

久保田秀雪はあくびをかみ殺した。スマホで時間を潰すのもそろそろ限界だ。朝からずっと、パイプ椅子に座らされている。食事を持ってくると言っていた仲間は、十八時を過ぎても現われない。自分で買いに行っても問題ない気はしたが、手を抜いている時に限ってお偉方が気まぐれにやって来るものだ。

これまでの人生はずっとそうだった。人より真面目にやっているのに評価されず、ほんの一度や二度のミスばかり咎められる。とにかく、タイミングが悪い。義母の入院費用を下ろした時に限って置き引きに遭い、パチンコに使ったのだと責められる。半年ぶりに、千円だけ賭けようと競馬場へ行った時に限って駅で元妻と出くわし、ギャンブル中毒者と詰られる。そんなことの繰り返しで、ここまで落ちてきてしまった。中毒者だなんてとんでもない。ギャンブルなんて、ちょっとした息抜きだ。少なくとも最初はそのつもりだった。

今や、久保田は萬邦興業の奴隷だ。借金という名の鎖に繋がれて、この戦争が起きるまで、彼は密偵のまねごとまでさせられていた。裏切りの露見に怯えながらの生活は、久保田をますますギャンブルにのめり込ませ、己の鎖を一層太く長くさせていた。

「痛っ……」

久保田は頬を抑えた。ガラスを頬張らされたせいで、口の中はひどいことになっている。おかげであれからゼリーしか食べられなくなってしまった。この怪我だって、あの女――知奈が逃げ出したせいで捜索に駆り出された挙げ句、彼女を見失った罰として負わされたものだ。

「大丈夫……?」

のぞき窓から声がして、久保田は窓を塞いでいる細い引戸を開けた。籠の鳥となった知奈が心配そうにこちらを見つめていて、彼はどきりとした。ここに充満している洗ってない犬のような臭いで曲がった鼻が、知奈の纏っている匂いで浄化される。知奈だって、自分が差し入れたウェットティッシュで最低限身を清めた程度のはずなのに、それでも彼女の周りだけ空気が違う。それにこんな中年男を純粋に思いやるその表情はあたたかで、心を安らかにするものがあり――

（あかん！　目の毒やわ……）

慌てて久保田は両頬を軽く叩き、また痛みに顔をしかめる。知奈はボスのモノであるというお達しが出ているし、なにより娘が悲しんでしまう。他の女に気を取られる度、頭の中で娘が――陽子が悲しそうな顔をする。

――オトンは、もうオカンと一緒になりたくないん？

去年の面会で、泣きそうな顔をした陽子にそう訊かれた久保田は、何度も首を振った。

元妻とはバナナで釘が打てるぐらい冷めてはいるが、元妻とやり直さなければ娘とも一緒になれない。他の女のことを考えて、元妻を忘れ去れば、そのまま微かに繋がっている娘との絆も消え失せてしまう気がした。

「な、なんともあらへんよ」

知奈相手には口調が軽くなってしまう。彼女は明るく、疑うことを知らなかった。そのせいで、つい油断してしまう。もう二度と気を抜かないようにしなくては。

ユウの命令で知奈をカジノ島へと誘導するまではとても簡単だった。顧客の一人が知奈の店の常連だったから、口八丁で同伴して、カジノの面白さを伝えるだけで事は済んだ。

カジノ島で彼女をアテンドし、萬邦興業に引き渡せば、借金は帳消しになるはずだった。ほころびは、女の子にアテンドされたいという知奈の我が儘。彼女の心変わりを恐れて同僚《ファントム》さえ紹介しなければ、こんなことになっていなかっただろうか。久保田は後悔が癖になっていた。安易に一番人気を軸にしなければ、元妻をビンタしなければ、うまく知奈を言いくるめておけば――久保田の頭脳は常に、たられば に使われている。

「でも、さっきからずっと痛そうにしてるわ。病院に行った方が……」

「あかんあかん、朝日奈さんをちゃんと見とかな、怖いお兄さん方にどやされるわ」

囚人の身なのに本気で看守を心配しているのだから参ってしまう。こんないい人がヤクザの抗争に巻きこまれてしまうのだから、世の中は不条理だ。

「ひどい人たちよね、久保田さんってば朝からここで頑張ってるでしょ？　交代してくれる人、いないの？」

知奈が悲しげに窓を覗きこんでくる。久保田は笑って誤魔化す。

「交代するはずやった若い衆が怪我して来られんようになったみたいで……まぁそういうこともあるわ」

詳しい事情は教えてもらえなかったが、厳つい女に脚を折られ、頭蓋骨にもひびが入るような怪我を負わされたらしい。女子プロレスラーに喧嘩でも売ったのだろうか。そんな目に遭うぐらいなら、ガラスを喰わされ、単調な仕事を何時間も押しつけられる方がマシではある。

「怪我……抗争のせいかしら？　こんなこと、はやく終わればいいのに」

「せやね」

この抗争が終われば、知奈はユウの所有物になる。玩具、生け贄と言い換えてもいい。

彼女の行く末を思い、久保田は暗澹たる気持ちになった。娘の顔がちらつく。

(女子供には手を出さないのが仁義やろ……)

ユウを思い浮かべて、久保田は萎縮した。

「誰にだって心配してくれる人がいるはずなのにね」

久保田は無性に娘の家に行きたくなった。萬邦興業は半グレに近い組織だ。極道社会と違って上下関係が緩く、様々な人間を取りこんできたからこそ、急激に拡大したのだ。彼らはこの世界の常識を知らず、ヤクザでも躊躇うようなことを平気でやってのける。

「あなたにも娘さんがいたでしょう……?」

クラブでのなにげない雑談を知奈はしっかり覚えていた。彼女に話を振られて、久保田は背後が気になってきた。この隠れ家にはあと二人、構成員が控えている。ユウの命令でいつでも動けるように待機している遊撃隊だ。待機命令を理由に単調な監視役はやらないくせに、久保田の働きぶりをチェックしてくる。連中に監禁している相手と仲良くおしゃべりしているところを見られたら、絶対に絡まれる。詰め所に通じるドアは開く気配がなく、なにやら笑い声まで聞こえてくる。向こうは、気楽なものだ。久保田は舌打ちした。

「お、おお。よう覚えとんな。まだ別居中なんやけどさ、こないだも参観の時の写真見せてくれて……」

久保田はもう少しだけ知奈との雑談を楽しむことにした。これまでもちょくちょく会話していたが、見回りにくる様子はない。無力かつ無抵抗の女を監視し続ける仕事にはもううんざりだった。

スマホを取り出し、ロック画面を見せる。友達と朗らかに笑う陽子がそこにはいる。娘につられるように知奈は微笑んだ。

「わ、可愛い！　陽子ちゃんだっけ?」

「せや。もうおねえさんやから、小さい子の面倒も見なアカンとか言うて。まだ十歳のくせに……へへへ……」

萬邦興業に家族の話題なんてできない。久保田は上機嫌で他の写真も知奈に披露する。

「大事にしてるのね。こんなに写真が……」

和気あいあいと話しているところで、ぐぅ、と大きな音がした。知奈が恥ずかしそうにお腹を撫でる。

「……聞こえたわよね」

「しゃあないて、朝からなんも食べとらんし」

「その、お食事は……？」

空腹なのは久保田も同じだった。やはり、向こうの部屋の連中は仲間ではない。ここでも自分が仕事しているんだから、食事くらい用意しておくべきだろう。

「なんか用意させるわ。リクエストあるか？　フルコースとかは無理やけどさぁ」

「フライドチキン、とか。好物なの。カジノのホテルでも食べたのよね……」

自由な頃を懐かしむように知奈は語る。

揚げたてのチキンを考えると、口の中に唾が湧いてきて、久保田の口中はまた痛んだ。同じ空腹を抱えた仲間を助けてやりたいと気持ちが湧いてきて、久保田は彼女に手を振った。

「任せとき。なんとかしたるわ」

「ありがとう。ビールもあったら最高なんだけど……ふふふ……っ」

「ふへっ！　そりゃアカンて！」

気は重かったが、久保田の気持ちは知奈に傾いていた。一応覗き窓を閉めて、部屋の外に向かう。彼女がユウの所有物となる予定なら、食事の自由ぐらいは許されるはずだ。美女に感謝されるという役得がなければ、こんな仕事はやってられない。

×××

「……それでね、ファントムってばオールインすると毎回慌てるの。平気そうなふりしてるのが逆に面白くって！」

チキンを齧りながら知奈は語る。努めて明るい声を出すようにしているが、そのおかげで久保田も浮かれた雰囲気を漂わせていた。会話は扉越しで、一本ずつチキンを手渡されることに我慢すればそれなりに楽しい夕食だった。立ち食いで手もべとべとなのは見逃してほしい。

「ほぉ、あいつがなぁ……」

「意外かしら？　あの子、普段はどんな感じなの？」

「愛想悪い、怪体《ケッタイ》な奴やってんけどな……」

ちびちびとコーラを飲みながら久保田が答える。口の傷が痛むからと、彼はチキンに手を付けていなかった。自分だけ食べるのに申し訳なさを感じながらも、知奈は目一杯食べておく。いつ、チャンスが来てもいいように備えておく必要があった。

「アンタ、骨ごとかい。ワイルドやなぁ」

チキンの骨まで噛み砕く知奈を見て、久保田は困惑しているようだった。ファントムも似た反応だったのを知奈は思い出した。

「癖になってて……」

「お、おお。気ぃつけて食べぇ」

「もちろんよ！」

そう言いながら、三本目を食べ始める。今食べているのはモモ肉で、取っ手のようになった形のおかげで食べやすい。骨まで食べる時はコツがある。尖った先端を丁寧に歯で潰すようにすれば、怖くないのだ。三分の二ほどになった骨をまた噛み砕こうとしたところで、知奈は手を止めた。

「……余計お腹が減ってきたわ！　まだある？」

「くそ、おれも怪我してへんかったらな……。アンタが羨ましいわ」

久保田が次のチキンを差しだそうと、覗き窓から目を離す。その隙に、知奈は齧りかけの骨を窓の真下に転がした。そこは彼の視界から死角になっているはずだった。

「なんや動物園の飼育員みたいや」

「わたしってアシカとかペンギンとおんなじ？」

「せめて手は拭いとき、ほら……」

雑談を続けながら、知奈はチキンと紙ナプキンを受け取る。久保田は骨がまだ残っていることに気づいていない。そちらに視線がいかないよう、必死に自然体を装う。

（これなら……いけるかも）

はじめは食器を使おうかと思っていた。しかし食事自体がまともに与えられず、そもそも食器を隠せば当然怪しまれることに気付き、その案はやめた。チャンスが訪れたのは、流れが来ているということだ。

「飲み物はどうしよ……紙カップやと零れるな」

「ストローだけ出してくださらない？」

「やっぱ飼育員やん。あ、悪いけど酒とちゃうからな」

久保田は油断しきっていた。彼は、良い人だった。そしてこの世界で、良い人は食い物《カモ》にされる運命にある。これからやろうとしていることで、久保田が責任を負わされることに知奈の胸は痛んだ。それでも彼女は星雨のために覚悟を決めていた。

行かなくてはならない。たとえ誰かを犠牲にしようとも。

14

約束の時まで、あと僅か。

知奈の手がかりは未だに掴めていない。

星雨は爪を噛む代わりに、仮面の表面をひっかく。

この三日間、方々に手を尽くしたが、久保田の行方さえ分からないままだ。神永組長に啖呵を切っておいて、なんという無様。星雨は焦燥で胃が熔けそうだった。時計を確認すると、もうすぐ夕方だった。地獄まであと数時間だ。いいや、ひょっとしたら焦れた暁雲が早めに迎えを寄越すかもしれない。そう考えると公園で遊ぶ子どもやその保護者さえ暁雲の監視役に思えた。

「来い来い来い……ッ！」

カジノで負け続けているかのように、星雨はある一点を凝視する。今、星雨は久保田の元妻と娘のアパートを張り込んでいた。ちょうど外から玄関口を伺える公園を見つけてから、星雨は半日ほどそこのベンチに留まっていた。仮面のせいで不審者と思われて警察を呼ばれたこともあったが、それも誤魔化して彼女はアパートの二階を見上げている。今時珍しい、築五十年は経っていそうな建物だ。錆びた鉄柵や、一階の玄関前に転がっている壊れかけの三輪車を見ていると、故郷のことを思い出して陰鬱な気分になる。これまでここで頑張っていて観測できたのは、ランドセルと黄色い帽子を身につけて元気よく集団登校する娘の姿だけ。これまで彼が出入りしそうなところはすべて回ったが、どれも空振りだった。後はもう、ここに賭けるしかない。

絶望的な状況だったが、それでも星雨は逃げようとしなかった。自分はまだなにも取り返していない。この傷を抱えたまま、どこか遠くでめそめそと隠れ潜んで生きるなんて死ぬより惨めだ。

だから、星雨は念じる。強い祈りが久保田を引き寄せると信じる。

結局また、運頼みだった。

(もう、待ってられるか!)

しかし五分もしないうちに、星雨は最後の手段を選んだ。元妻と娘のところに押しかけて、久保田の行方を探るのだ。

ベンチから立ったところで、星雨は見覚えのある黄色い帽子を見かけた。

この時間まで居残っていたのか、久保田の娘が一人で下校している。

迷う暇はなかった。星雨はもう一度祈り、それから娘に駆け寄る。見た目からして完全なる不審者だが、どうだっていい。こうした方が、家に押しかけるよりもう少しだけ勝算がある。

「おおい、陽子ちゃん!」

娘の名前は調べてある。娘は振り向き、不審げに星雨を見つめている。

「え……? お姉さん、誰? そのお面、どしたん?」

「私は久保田さん……お父さんの同僚だよ。同じ会社ではたらいてんの」

「おとんの！」

娘の表情が急に明るくなる。意外なことに久保田は良いお父さんだったらしい。

「ああ、お父さんと仕事で近くまで来たんでね。顔を出していこうってことになったんだけど」

「わ、おとん来るんや……！」

娘はとても嬉しそうに呟き、そわそわし始める。子どもを騙すのは落ち着かない気分になる。浮き足立つ少女に、星雨はさらにもう一押しする。

「でもはぐれちまってさ。悪いけどスマホ、持ってないかな？　お父さんに電話したいんだけど……こっちのスマホ、電池切れちゃって」

　このお願いが星雨の本命だった。当然ながら久保田はこちらからの電話に反応しない。しかし、娘からの電話なら飛びついてくるはずだ。

「ええよ……でも電話するのな、ホンマはおかんに止められてるから、あとでちゃんと説明してな？」

「ん、もちろん」

　星雨の言葉を信じて、娘はスマホを出した。すでに久保田との通話画面が開かれている。周囲を見渡しても、まだ警察や住民はいない。星雨は娘に背を向け、スマホに耳をあてた。

「ようこぉ？　めずらしなぁ、どうしたん」

久保田の脳天気な声に、星雨は舌打ちした。

「元気かよ、久保田」

声を潜めて返事すると、向こうで悲鳴が聞こえた。

「ファントム？　い、生きとったんか？」

「切るなよ？　陽子ちゃんが泣いちゃうぞ？」

「やめろや！　ブ、ブチ殺したるぞ！」

後ろを向くと陽子は期待に満ちた目で待っていた。

そんな彼女に手を振って、星雨は続ける。

「私に会ってくれれば、何もしない。色々と聞きたいことがある」

かなり長い間、沈黙があった。

「……サシなら、構へん。場所は……そうやな、谷九に[redacted]って古いパチ屋があるんやけど……」

「こんな時までギャンブルかよ！　お前、知奈さんのことは知ってるか？」

　すでに星雨の気持ちは目的地に飛んでいた。スマホを返して走り出したい気持ちをこらえて、一番知りたいことを尋ねる。

「朝日奈さんは……生きてる……と思う」

久保田の言葉で星雨は一気に噴き上がった。

「テメェこそ、あの人になにをしたッ！」

娘が聞いていることも忘れて、星雨は声を荒げる。

後ずさった娘に、星雨はぎこちなく笑いかけた。そろそろ限界だ。ここに来て警察のご厄介なんて冗談ではない。

「それも向こうで話すわ……」

「もう時間が無い！　私のスマホにかけ直せ」

「わ、分かったから、陽子に代わってくれや」

星雨はぎくしゃくと娘にスマホを返した。ライオンの餌やりでもやっているように、スマホを受け取った娘はすぐさま星雨から離れた。

「おとん？　うん、うん……そうなんや……。ウチにはいつ来るん？　ええっ！　はぁ……」

通話を終えた娘は恨みがましい目つきで星雨を見た。

「急な仕事で来れんくなったって」

「あー……そりゃ残念だ。うん、きっとまたすぐに来てくれるさ」

娘はさらに星雨から距離を取った。やはり、ものすごく怪しまれている。言い訳するつもりはないし、その時間も無い。

「仕事ならしょうがない。私も職場に戻るわ。スマホ貸してくれて、ありがとな」

久保田からの折り返しの電話が掛かってきて、星雨は娘を適当にあしらう。

「待って！」

電話に出ようとして、星雨は娘に呼びかけられた。呼び出し音が星雨をせき立てるが、それでも彼女は娘の言葉を待つ。娘はもじもじと俯いていたが、やがて泣きそうな顔で星雨を見つめた。

「あの、おとんにひどいこと……しゃんでください。おねがいしますっ、借金取りのお姉ちゃん……」

星雨は渋い顔をした。久保田の身の上を考えれば、家にまで借金取りが押しかけることもあっただろう。娘も子どもなりに不自然さを感じ取っているわけだ。

「大丈夫だよ、陽子ちゃん」

心にもない約束が一番堪えた。今度こそ星雨は久保田との通話を開始する。いくら振り返っても、娘は星雨のことを見つめていた。

×××

それは、娘からの電話の前日だった。

久保田の眠りは浅い。不安なことが多すぎるからだ。特にその夜は独房の前で寝袋に入っていたから、まともな睡眠ではなかった。眠くなるまで知奈と雑談しているのが楽しくて、結局、彼は独房の前に留まっていた。交代要員はついにやってこなかった。

（何や……）

目覚めた理由は異音がしたからだ。がり、がりという何かを削っているような音。気のせいかと思い、もう一度寝ようとしたところで、その音が扉の向こうからしていることに気づく。

（壁でも掘ってるんか？）

だとすれば気長なことだ。とにかく様子を確かめようと、久保田はそっと立ち上がり、覗き窓を開けた。

知奈が床にうずくまり、一心不乱に手を動かしていた。暗いせいで手元はよく見えなかったが、よからぬことをしているのは間違いなかった。

（えらいこっちゃ！）

久保田が起き抜けで鈍い頭を回転させているうちに、視線を感じたのか、知奈は顔を上げた。

二人の目が合う。

「こ、来ないでッ！」

知奈が怯えたように大声を出した。向こうの控え室でも人が動く気配がして、さっきまで消えていた電灯が点く。どたどたと待機していた構成員が独房の前の通路に駆けこんでくる。

「おい、どうした」

「なんや朝日奈が……」

「近づかないで！」

知奈が再び叫ぶ。久保田はのぞき窓に顔を押しつけた。知奈は奥の壁に張り付き、こちらに尖った鉛筆のようなものを突きつけていた。

「チキンの骨……！」

夕食のことを久保田は思い出す。知奈がチキンの骨まで食べていたのは、そのうち何本かを隠しておくためだったのか。己の迂闊さを彼は呪ったが、すぐに気を取り直す。ささやかながら凶器を用意したところで、無駄なことだ。彼女は監禁されているのだから。

「なんだぁ？　あの女……」

窓を覗いた構成員も呆れている。まさかあんな骨一本で床を掘り抜くつもりだったのか。ストレスでおかしくなったのかもしれない。気の毒ではあったが、久保田にはどうしようもなかった。

「朝日奈さん、何してんねん……アホなことはやめぇ。もうちょいで、もっとましなとこにいけるはずやから……知らんけど」

久保田はひとまず知奈を落ち着かせることにした。もしかしたら、ここから連れ出す瞬間に尖った骨で自分たちを襲うつもりだったのかも。早めに気づいたのは運が良かった。何か起こった後だったら、ガラスを食わされるだけでは済まなかっただろう。

「やめてっ！　入ってこないで！」

知奈の手は震えていた。彼女は暴力に慣れていなくて、自分たちをどうにかできるとは思えなかった。

「取り押さえるぞ。一晩中騒がれても面倒だ……」

「へ、へえ。お願いしますわ」

面倒そうに構成員がため息をつき、ポケットから鍵を取り出す。久保田は及び腰で独房が開くのを待つ。覗き窓から、知奈が目を瞑ったのが見えた。観念してくれたのなら、ありがたかった。

硬く目を瞑ったまま知奈は骨を振り上げた。投げつけるのかと身構えた久保田の目の前で、知奈は自らの首の側面を刺した。

「あぁあああ……！」

それは誰の悲鳴だったのか、久保田は思い出せない。もしかすると全員が叫んでいたのかもしれない。構成員が鍵を開け、ドアを蹴る。その間に知奈はもう二、三度首を差し、思い切りそこを抉った。水鉄砲のように血が飛んで、壁と床を汚す。血の臭いがむっと立ちこめる。部屋に駆けこんだ久保田と構成員が知奈に近づいた時、彼女はすでに虚ろな表情をしていた。久保田は末期癌だった義母を思い出した。

「きゅっ、救急車！　救急車！」

「馬鹿！　こんなとこに呼べるか！　運ぶぞ」

「どこへ！」

「いいから！」

動揺する暇も無く、二人は知奈の首を脱いだシャツで押さえて独房から運び出す。あっという間にシャツが真っ赤に湿っていく。

ユウの所有物をこのまま死なせるわけにはいかない。

知奈が骨を削ったのは、こちらと戦うためではなく、一瞬で確実に大怪我をするためだったのだと久保田はようやく理解する。そうすれば独房から出してもらえるからだ。

「頭おかしいんちゃうか、こいつ……！」

久保田が考えるのは知奈の安否ではなく、己の安全だった。こうなった以上、騒ぎの責任は確実に自分が取らされる。これで二度目の、二連続のミスだ。ユウに何をされるのか考えるだけで、久保田も首を切り裂きたくなってきた。

久保田にとっても、今だけがチャンスだった。この混乱のうちに、生き延びる手段を考えなくてはならなかった。

胸を張って娘に再会するためなら、久保田はどんな手でも使う覚悟があった。

×××

指定されたパチンコ屋は今にも潰れそうな、昭和の店舗だった。内装も遥か昔の開店時からずっと変わっていないのだろう、格安台《いちえんパチンコ》の爆音の中で老人達がまばらに打っている。どいつもこいつも虚ろな目で、周囲のことなんてどうでもよさそうだ。彼らはギャンブラーじゃない。有り余った人生の虚無をやり過ごしたいだけ。星雨もろくに台なんて見ずに、隣の久保田に話しかけていた。

「……それで、知奈さんは？」

「朝日奈さんが担ぎ込まれた闇医者の場所……知りたいやろ」

久保田はサングラスに野球帽というかえって目立ちそうな変装をしていた。喋りながらも、きっちり台に注意を向けているのは中毒者の性か。台が垂れ流す爆音のせいで彼の声がよく聞こえない。平場のカジノのことを星雨は思い出す。ほんの数日前までいつも身を置いていたのに、懐かしく感じる。

「当たり前だろうが」

掴みかかりたくなるのを我慢して、星雨は頷く。ここに着くまでに、知奈が自傷したことは聞いている。逃げ出すためとはいえ、なんて無茶なことをするのか。叶うものなら、彼女の元へ今すぐ飛んでいきたい。

「代わりにおれを匿ってくれんか？　朝日奈さんを怪我させせたんはおれのせいや……萬邦に殺されてまう……。じ、実はな、朝日奈さんを届けてから、そのままトイレの窓から逃げ出してきたんや……今頃萬邦興業のマトにかけられとる……」

「お前もギリギリってわけだ……」

組織を裏切った挙句、また萬邦興業を裏切ってこちらに戻ってくる。久保田はそんな図々しさで借金を重ねてきたのだろう。

「姐さんに話はつけといてやる」

久保田が無事に出戻りできるとは到底思えなかったが、星雨は安請け合いする。お互い、あれこれと腹を探っている時間はない。手短に済ませたかった。

「ホンマか！　地図見せぇ……どこか教えたる」

「間抜けか？　今ここで伝えて、案内しな」

出鱈目な場所を教えられて、そのまま逃げられてはたまらない。星雨の剣幕に久保田はのけぞる。後ろの席の老人がこちらをちらりと見て、また台に目を戻す。無関心が身に染みついているらしい。

「しゃ、しゃあないな……闇医者は心斎橋の五十嵐鍼灸院っちゅうとこや。ちゃんと案内するから後は頼むで？」

心の中で星雨は快哉を上げていた。これで首が繋がった。後は暁雲にこの情報を知らせ、大勢で襲撃を掛ければ片がつく。

「よし！　行くぞ！」

星雨が腕を掴むと、久保田は自分の台に張り付こうとした。

「ちょ……今、確変中……！」

「ふざけんな、立てよッ」

急に着信音が鳴ったのは、久保田を席から引きずり下ろそうとしていた時だった。星雨は格闘を止め、ポケットに手を突っ込んだ。星雨を追うようにして、久保田のスマホも鳴り始める。同時に着信が来たことで、二人は顔を見合わせ、再び着席する。

電話は暁雲からだった。

正直、出たくなかった。

きっとこの電話は、ようやくこちらに傾いてきた流れを変えてしまう。

それでも星雨は応答する。音を避けようと、スピーカーと耳の周りを手で覆う。

「緊急事態だ」

その言葉に胸がざわつく。横目で久保田の様子を伺うと彼も挙動不審になっている。この連絡の内容が、両者共に同じなのではないかと星雨は疑う。

「神永組長が撃たれた。やったのは、蒼月幇ってことになってる」

急にパチンコの爆音も、暁雲の声も聞こえなくなった。


その報せが何をもたらそうとしているのか、星雨には分からなかった。

15

郊外の霊園は夕暮れ時になっても蒸し暑く、蝉の鳴き声が遠くから聞こえた。夏の夕暮れはまだ明るく、しかしそれでも日は沈みつつあった。

神永傑はあちこちから漂う線香と、胸に抱えた供花の香りを嗅ぎ、かつての記憶を振り返った。知奈とのかりそめの平穏は既に壊れ、永遠に喪われた。なのに何年経っても、未だ感傷に浸ってしまうのは何故。極道者にまともな幸せなんて許されない——そんな矜持は所詮、堅気に成り損なった者の自己陶酔でしかなかったらしい。

厳かに並ぶ墓はどれもよく掃除されていて、瑞々しい花が供えられている。どこかの家族連れが墓参りに来たのか、誰かの墓前に猫のキーホルダーが落ちている。

(次は聖にも玩具を用意してやろう)

彼はそんなことを考えながら、そっと、キーホルダーを近くの墓に置いた。彼が目指す墓、生まれることすらできなかった息子の墓は霊園の端にあった。額の汗を着物の袖で拭う。片手に提げたバケツと柄杓がやけに重く感じる。彼はすでに老いていた。護衛は後ろについているが、彼にこの仕事を任せるわけにはいかない。こんなことをするのは初めてだった。例のチンピラの言葉がどうしても振り払えず、彼はここに引きずり出されていた。知奈も聖も愛している。愛して、いるのだ。

「よぉ」

やっと墓前に辿り着いた神永は、息子に呼びかけ、それから花を供える。横で周囲を警戒する護衛を尻目に、彼はすっかり熱を持った墓石に水を掛け、バケツの縁に引っかけてあった手ぬぐいで丁寧に拭いてやる。涼風が頬を撫で、供花が揺れた。

そして神永は拝んで、祈る。

生きていれば、四つになるはずだった。やっと恵まれた男の子だった。

「聖……」

息子の名前を呟く。そしてまた三日前のチンピラのことを思い浮かべる。さて、なんという名前だったか。妙な仮面を付けた女で、知奈のお気に入りで、組長に噛みつく大馬鹿だったことは覚えているが。

許してやる気持ちになったのは、彼女が知奈の怒りを代弁していたように感じたからだ。単なる裏切り者なら、攫われた知奈にあれほどの肩入れはしないだろう。知奈に関することの一点のみに限れば、彼女は信用できた。しかしそれも見当違いだったらしい。すでに刻限は間近に迫っている。彼女が女一人守れない自分と同類であるならば、その命に価値はない。奈落で生き腐れるのが似合いだ。

「組長、そろそろ……」

「おう、帰ェるぞ」

護衛に促され、神永は立ち上がった。こんなことをしている場合ではないと組長としての自分は理解している。だが男としての自分が、チンピラに負けるのを許さないから、ここに来た。


これからまた忙しくなる。直に始まる萬邦興業との抗争に備えなくてはならない。

最初に派手な襲撃を仕掛けてから、萬邦興業は密かに神永組の首を狙っていた。既に数名の幹部が、突然消息不明になっている。本部長は悪趣味なオブジェになって、自宅に送られてきた。評判の悪い男だったとはいえ、あんな風に殺されては、こちらもそれなりの報復を考えなくてはならない。

負けなければ良い萬邦興業と違って、神永組は筋を通した上で勝つ必要がある。神永はそれをやり遂げる自信と見通しがあった。萬邦興業の在り方はあまりに急進的で、極道社会の保ってきたバランスを崩す。連中は他の組織と警察、どちらにとっても邪魔だし、萬邦興業の味方が少なくなるように、彼は政治をやってきた。

娘の軍団は最低限の節度すら持たない無法者の群れだ。極道が衰退しつつあるのが事実でも、あのようなものにむざむざ席を譲るわけにはいかない。近い未来に——あるいはすでに、日本の裏社会から掟が失われているとしても、彼らには矜持があった。

護衛と共に車へ戻ろうとする途中で、神永の眼前に親子連れが現われる。墓参りに来たのだろうか、制服を着た中学生ぐらいの少年と墓掃除のバケツを持った母親の組み合わせだ。この霊園に堅気が訪れることは何もおかしくない。ただ、その親子連れは一切会話がなく、無表情で神永達に向かって歩いていた。

まさか、なぜ、ここが——神永の全身がこわばり、意識が親子連れに集中する。あの二人には何かがあった。

護衛が露骨に睨みをきかせ、母親と神永の射線を切るように位置取る。

それが、合図となった。

息子を横に突き飛ばし、母親が真っ青な顔をしてバケツの中に手を突っ込む。神永の護衛は雄叫びを上げ、彼女と神永の間に立ち塞がる。護衛もまた、スーツの懐に携行していた二二口径《レンコン》を抜く。

母親がバケツから取り出したのは単なる雑巾だった。そのまま彼女はバケツを取り落とし、護衛の二二口径に撃ち抜かれた。

（囮……！）

護衛と神永がそれに気づいた瞬間、すでに母親役の女の隣にいた少年は学生服から小型の自動拳銃を抜いていた。母親役の女から真横に移動したことで、その銃口は護衛の後ろにいた神永を捉えていた。

神永の中で、時間が急激に圧縮される。

過去と現在の距離がゼロになって、交錯する。

神永がすべきことは、護衛を肉の盾にすることだった。

愛していたはずの知奈に、そうしたように。

刹那、神永は立ち竦んだ。

それだけで、すべては終わった。

「ぐ……」

三発の銃弾が神永の喉と腹、そして心臓を貫いた。

母親役の女を置いて、少年が走り去っていく。

「——！　——、——！　——！」

人様の墓をこれ以上血で汚すまいと、神永は墓石に凭れず、その場に座りこんだ。護衛が何事かを叫んでいたが、もう何も分からなかった。今がいつで、ここがどこかも。

ゆっくりと、横を向く。視線の先には血まみれでうずくまっている女がいた。

（なんてこった。女が、俺の女が撃たれちまった！）

神永はそう思った。

知奈が撃たれた時、神永は必死に彼女を励ましていた。本当は他に言うべきことがあったのに。

手を伸ばす。

手を、伸ばそうとする。

「許してくれ……ゆるして……くれ」

神永の言葉はどこにも届かなかった。

×××

「マジで……ウチがやっちまったのか？」

「馬鹿」

暁雲は淡々としていた。神永組長が撃たれたことで、どのように局面が動くのか。星雨には読み切れなかった。隣の台では久保田もしきりに相手の言葉に相槌を打っている。相手には見えていないのに一々頭を下げているのが哀れだった。

「そもそも我々は神永組の派閥だ。組長を撃つなんて有り得ない……が、連中は余所者のことを信じられないらしい。つい最近、お前が組長にカマしたばかりだしな」

「状況的に萬邦興業がやったに決まっているだろ！」

「なんでもいい、ニュースを見ろ」

会話を中断して、アプリを起動させる。トップニュースは三十分前に起きた、大阪での発砲事件だった。ニュースの本文では、『男性』が『不審者』に撃たれたとだけある。しかしそのコメント欄では香港マフィアが神永組のトップを撃ったのだとまことしやかに噂されていた。無責任な連中の囀り。そんなものに神永組は惑わされるというのか。

「こんなの、馬鹿共のゴシップじゃねえか」

「その感想が出てくるのなら、お前も馬鹿だよ。これは萬邦興業が意図的に流している誤情報《フェイク》だ。他のSNSでも急激に広まっている……組長との関係が悪化した我々が自棄を起こしたって筋書きでな……」

「だけど、私達はやってない」

「『そうかも』と思わせるだけで充分なんだよ。疑わしいなら全員消すだけだ。組長が撃たれた以上、神永組も跡目だの警察の相手だのでゴタつくだろう。取りあえず蒼月幇を斬って、萬邦興業とは休戦……ってセンもあり得る。萬邦興業との抗争はまた後で再開すればいい」

暁雲は淡々と最悪のシナリオを語っていた。星雨は場所が分かったというのに、こんなの反則だ。やっと知奈の居パチンコ台を叩く。こんなの反則だ。やっと知奈の居場所が分かったというのに、ゲーム盤自体がひっくり返されてしまった。

「あと一歩なんだッ！　知奈は心斎橋にいるんだよ！　間違いないんだ！」

「まだそんなことを……いいから身を隠せ。今のお前は萬邦と神永、両方から狙われているんだぞ」

「あの人に会うまで、終われない……！」

既に覚悟は決まっている。それでも勝負は終わってない。神永組と敵対したから、何だ。死の危険が増しただけではないか。星雨は台から立って、鼻息荒く店を出る。目的地は決まっている。今は久保田の情報を信じるしかない。

「戻れ！」

「いやだ！」

即答すると、暁雲の唸り声がスマホから聞こえた。

「もういい。やれるだけやってみろ。手助けはできんぞ」

「分かってるさ。無事でな、姐さん」

「……お前には説教することがたっぷりある。楽しみにしておけ！」

星雨は心の中で姉を拝み、スマホをポケットにしまう。まだ周囲に追っ手らしき者はいなかった。暁雲の

——組織の助けがない中で、どうやって知奈を救出するか、星雨はなんの策もなかった。しかし、星雨の胸では未だに知奈の肖像が燃えていて、彼女を急き立てていた。ぐずぐずしていても何も得られない。動かなければ、死ぬだけだ。

「ま、待ちぃ！」

「あ？」

星雨の中で、すでに久保田は終わった存在だった。もうこの男に関わっている暇は無い。無視しようとして、腕を掴まれる。彼は笑っているような、怒っているような、心をざらつかせる表情をしていた。

「医者んとこまで案内したるわ！　なんやえらいことなっとるし、そっちのがええやろ」

汗が凄い。目が泳いでいる。挙動不審すぎる。

まだ周囲に追っ手らしき者はいない――というのは間違っていた。ここに、目の前に、蒼月幇がお尋ね者だと知る男がいる。

星雨が表情を歪めるのと、久保田が濁った笑みを浮かべるのは同時だった。

「ウぶっ！」

星雨は咄嗟に上皿のパチンコ玉をじゃらりと掴み、久保田の顔に叩きつける。なにやらぬめった感触があった。パチンコ玉が床に落ちて、弾む。よろけた久保田が後ろの老人のドル箱を蹴倒す。ミイラ同然だった老人が生き生きと怒号を上げた。そんな老人めがけて、星雨は久保田を突き飛ばそうとしたが、彼もまた蜘蛛の糸に縋るように星雨の腕を離さず、二人はパチンコ玉が散乱した床に倒れこんだ。身体中にパチンコ玉が食いこみ、とても痛い。ドル箱をひっくり返された老人がまだ何か叫んでいる。これまでスマホにご執心だった店員が駆け寄ってくる。

「裏切って、また裏切るのか！　死に腐れ《ポッガイ》！　塵屑野郎がよ！」

「大人しゅう縛につけや！　おれには娘がおるんやぞ！」

「恥ずかしいオヤジだよ！　テメエは！」

久保田が覆い被さってくる。星雨に暁雲のような暴力の心得はなく、とにかく暴れることしかできなかった。床一面に広がったパチンコ玉のせいで身体が滑り、久保田が星雨の身体の上から転げ落ちる。滑る床で転びそうになりながら、星雨は低い体勢のまま店内を駆け抜ける。起き上がった久保田もよろけながら追ってきていた。ぶち破る勢いでガラスのドアを開け、商店街に出る。全身が生ぬるい空気に包まれる。どこに向かえばいいのか分からないまま、星雨は駆け出した。久保田は既に仲間を呼んでいるかもしれない。一刻も早くこの場から離れる必要があった。

「誰か捕まえぇ！　コソ泥ヤッ！」

背後で久保田が啼く。まばらな通行人が星雨を見つめ、身構える。星雨も振り向いて、鼻息の荒い久保田を指差した。

「騙されんな！　ストーカーだッ！」

どちらが正しいのか決めかねて、通行人はもじもじと二人を見比べる。その間に星雨と久保田は追いかけっこを始めていた。逃げながら、星雨は握りしめていたパチンコ玉を足下に転がす。単純な罠だったが、焦っていた久保田はあっさりとひっかかり、つんのめって転んだ。

「逃がさへんからなぁああ……！　ファントムぅう！」

うずくまったまま叫ぶ久保田に、星雨は手を振ってやった。久保田はよたつきながら立ち上がるが、明らかにスピードが落ちている。

撮られている。怪しまれている。目立ちすぎている。それでも二人は止まるわけにはいかなかった。

16

暁雲のアジトは大騒ぎになっていた。部下達があちこちで荷物をまとめ、情報を処分している。皆の姉貴分である暁雲も働いていた。渋面で飴をなめながらアジトに置いていく荷物——両手足を拘束された神永組の組員を台所の片隅に押しこんでいく。そこには既に、彼に同行していた他の組員が二人、転がされていて、不満げに暁雲を睨み付けていた。

「終わってんぞ、お前ら」

リーダー格の組員が、縛られたまま凄む。暁雲は彼と目線が合うよう、しゃがみこみ。いかにも辛そうに首を振った。こんなことはやりたくなかったが、悩んだ末にやむを得ず決断した——という雰囲気を出せるよう努力する。実際には即断したことだが、なるべく相手の印象をコントロールしておきたかった。

「我々としても不本意だが仕方ないことだ。こちらも神永組を全面的に信じるわけにはいかないんでな」

「ここで逃げるってのは、弾いたんだろうが！」

神永組長が撃たれたという一報からすぐ、神永組の使いがアジトにやってきた。あんたらがやったというのは萬邦興業の虚言であろうが、念のため組長襲撃の容疑者として拘束させてもらう――そのように彼らは告げた。

彼らを台所に押しこめるというのが、暁雲の返事だった。

「いいや、私達はやってない。……が、そっちの首脳陣《うえ》がどう判断するか分からないだろ？」

この世界に一般的な判断なんてありはしない。萬邦興業も蒼月幇も両方潰すなんて結論を下す可能性は捨てきれない。まして、神永組は頭を潰された直後だ。どさくさ紛れに処断されるなんてオチになったら笑えない。

「こっちも神永組には恩があるからな、独自に萬邦興業を追わせてもらう。連絡が無ければ迎えが来るだろ？　それまで我慢してくれ」

リーダー格の組員はそれなりに冷静らしく、不満げに呻いた。

「せめて、組長の女を売ったとかいう仮面の女だけでも、俺達に引き渡したらどうだ？　味方だってんならよ」

暁雲は立ち上がり、組員に背を向けた。

「無理だな……。それをやってしまえば、罪を認めることになる。我々はなにもやってない」

暁雲は飴を噛み砕いた。歯にくっつくのも構わず、こなごなにして、身体に糖分を押しこんでいく。とにかく今は身体に力をいれなくては。

暁雲は次の飴を取り出そうとして、もう一袋使い切ってしまったことに気づく。机からストックを取りに行こうとして、やめた。今はそれどころではない。一秒でも早くこのアジトから引き払わなくては。事務所の狭いキッチンのシンクでは、パソコンから取り出したハードディスクが燃えていて、その不快臭に暁雲は息を止める。

「姐御！　準備できました！」

報告に来た部下に暁雲は頷いた。焼け焦げていくハードディスクと神永組の組員を置いたまま、事務所に戻る。情報になりそうなものを処分した事務所は荒れ果て、暁雲の言葉を待つ部下達の表情は暗い。敵地の真ん中で突如追われる身になれば、修羅場を潜ってきた荒くれ共も恐れを抱くか。

「手短に済ませよう」

暁雲は顔を引き締めて、部下の前に立つ。

「親類や恋人は逃がしたな？　隠れ家の用意はできてるか？　それぞれの行き先は誰にも伝えるなよ、家族を売りたくなければな……」

神永組長が撃たれてから、暁雲は迅速に行動した。情報を集め、潜伏の算段を付け、即座に組織を解散させた。カジノに残った部下も今頃は姿を隠しているだろう。相手に対抗し、事態を膠着させるほどの力が無い以上、暁雲達に打てるのは逃げの一手だけだった。

「銃撃事件で警察も気が立っている。連中も派手にやることはないだろう。だが、気を抜けばいつでも背後から刺されるものだと思え」

神永組が組長暗殺を企てたのは蒼月幇だと本気で信じているのかは微妙なところだ。しかし思慮の浅い組員は確実に萬邦興業の扇動に乗せられているし、そもそも頭を失った獣がどう動くのか予想は難しい。さらには萬邦興業への警戒も続ける必要がある。

暁雲は考える。もうどうにもならないとしても、考え続けなければ、これ以上の最悪が待っているだろう。

「生きていれば必ず連絡を取ると約束する。姉として、お前達を守れないことを恥じるばかりだ」

どうか姐御もご無事で――そんな言葉を残して、部下達は散り散りにアジトから脱出していった。皆、よく働いてくれた者ばかりだ。理不尽なことで命を落とすなんて許されるわけがない。

一人残った暁雲は拳を握る。立場が上になるほど拳で解決できることは少なくなっていく。腕っ節で、家族全員を助けることはできない。既に、暁雲は星雨を見捨てるほかない状況にあった。どれほど引き留めても、星雨は知奈の元へ飛んでいってしまう。火に誘われる蛾のように。家族を率いる者として、星雨一人のために他の家族を犠牲にはできない。

理解していても、飲み込めない。暁雲は飴を噛み砕こうとして、持っていた分を平らげてしまったことを思い出す。

そう遠くないどこかで足掻く妹を想い、暁雲はため息をついた。

（さて……これでいよいよ澳門も私を見放したか……？）

気持ちを切り替えても、組織から見放されているだろうと思うと、苦い気持ちになる。

暁雲はその名前を蒼月幇から与えられた。

彼女は若くして優秀で、表の世界でも窓口として働けるよう、組織が戸籍を用意させたからだ。ストリートチルドレンだった彼女にとって、それは目上の人間に認められた初めての経験だった。そして暁雲が望んだのは、組織に庇護される立場を維持し続けることではなく、自分もまた寄る辺のない誰かを守る立場になることだった。

星雨は、暁雲が自分の元に引き入れた最初の一人だった。身寄りが無く、衝動的で、思慮が浅い――星雨は理想的な使い捨て要員で、だからこそ目を離せない家族でもあった。

「あ、姐御」

デスクにしまっていた飴玉をひとつかみポケットに突っ込み、暁雲もアジトから出ようとする。その入り口で、彼女は戻ってきた部下と鉢合わせになった。忘れ物を取りに来たなんて暢気な理由ではない。彼の後ろにもう一人の女が立っていた。首や肩の異様な分厚さを覗けば田舎の役所でデスクワークでもやってそうな、地味で特徴の無い眼鏡の女だ。見知ってはいるが、ここにいるはずのない相手だった。

「澳門からの使いです。姐御もご存じの相手なんで間違いないかと……」

「分かった。お前は行け」

部下は不安そうに暁雲と使いを見つめながら立ち去った。

澳門からの使者は最高幹部直属のメンバーだった。かつて暁雲達に日本への左遷を告げたのもこの女だった。すでに澳門でも、神永組の変事を察知しているらしい。

「取り込み中だ。それともお前が、身代わりになってくれるのか？」

同じ組織に属してはいるが、彼女と暁雲は別々の幹部の指揮下にあった。家族と呼ぶには、心身の距離が離れすぎている。

「私以上の優先事項がありますか、貴女？」

慇懃な口調に、暁雲は舌打ちした。

「こちらでも事態は把握しています。低価値集団の内輪揉めに巻きこまれたようですね」

「組織というのは膨れてくると外敵より身内の方が厄介だ。よく知ってるだろう？」

暁雲の吐いた毒を、眼鏡の女は無視した。

「日本でもそれなりには稼げるかと思い、あなた方を選抜しましたが……組織は潮時だと判断しました。こうなってはどちらが残ろうと抗争後、警察の介入で解体される……損切りが必要です」

「だから我々を切ると？　島流しされた跳ねっ返りを手助けするつもりなんて初めから無かっただろうがッ」

暁雲は眼鏡の女の胸倉を掴んだ。揺さぶろうとしても彼女の身体は根が張ったように硬く、絶え間ない訓練を感じさせた。最高幹部の下で動く人員は、単なる使い走りではない。場合によっては実力行使に出るだけの力を持っている。

「いいえ、逆ですよ。回収するのです。貴女にはまだまだ価値がある。引き続き働いていただきます」

「……部下は」

女は薄笑いを浮かべた。

「ああ、また補充してください。ここでの仕事は、もう終わりです」

暁雲は手を離した。

眼鏡の女の意図を暁雲は理解する。彼女は平然と乱れた襟を整え、返事を待っていた。

（この状況で家族を見捨て、澳門に戻るようならば私は『まだ使える』というわけだ）

だがこの期に及んで意地を張るようであれば――

「貴女の人員にも活躍してもらいます。貴女の妹はこの騒動に直接関与していますよね？　彼女や他の人員を放出すれば、警察も、組も納得するでしょう。必要なコストですよ」

元より助けるつもりがないのに、眼鏡の女は白々しく道理を説く。返答次第ではすぐさま暁雲を萬邦興業か神永組に売り渡すだろう。ひょっとすると、この場で処分するつもりなのかもしれないが。

暁雲は沈黙する。

家族を捨てて故郷に帰るか。

家族とともに異国で心中するか。

提示された選択肢は二つだけだった。

17

久保田を振り切ってから一時間も経たないうちに、星雨は知奈が搬送されたという鍼灸院に辿り着いていた。そこは人気の無い通りにある二階建ての古いビルで、看板の文字はスプレーで塗り潰されている。地図アプリにも載っておらず、情報が無ければ単なる廃ビルとしか思えない。誰かが一服していたようでカップ麺の容器と缶ビールがシャッターの前に放置されている。シャッターもラクガキとステッカーで無秩序にデコレーションされていて、もう何年も閉めきられたままなのではないかと疑わしくなる。

（どうやって忍びこむ……？）

シャッターには南京錠が掛けられている。二階には窓があるものの、登るのは難しいだろう。一刻を争う状況で、星雨は冴えていた。彼女は確信を持って路地裏に身体を滑りこませ、進んでいく。建物同士の隙間は湿った匂いがして、日中でも薄暗かった。

久保田はトイレから逃げ出したと言っていた。どこかに侵入できそうなところがあるはずだ。

「ありがとな……鴨豚野郎……」

やがて、段ボールで目張りされた窓を見つけて、星雨は久保田に祈った。どうやら彼はトイレの窓を割って這い出したらしい。観察してみると、ガラスの欠片も僅かに地面に散っている。つい最近内側から割られた証拠だ。薄暗い中、迷わず段ボールを剥がすと、思った通り窓のガラスは割られていた。窓枠にガラスの破片が残っていないか調べてから、星雨はそこに手を掛けて、身体を持ち上げる。不法侵入であることや、待ち伏せの可能性なんて考えなかった。知奈がいるかもしれないという情報があれば、星雨は下水道だろうが猛獣の檻だろうが、頭から突っ込んでいく覚悟だった。

渾身の力で窓枠から身を乗り出し、トイレの中に飛び込んでいく。派手な音を立てて、星雨は不法侵入を果たす。頭から落ちたが、幸いにも洋式便座の蓋は閉まっていた。壁に貼られた今月のカレンダーや、タンクの上部に置いてある新品の芳香剤を見る限り、つい最近まで人の出入りがあったのは間違いない。外の様子を伺ってから、星雨は慎重にトイレの扉を開けた。

鍼灸院の内部は静まりかえっていて、人の気配がなかった。照明は消えていて、周囲のことはよく分からないものの、施術スペースはカーテンで仕切られ、そこに大きなベッドや医療機器らしき機械も置かれている。確かにここならば病院のまねごとをしても、隠し通せそうだった。念のため施術スペースを確かめていくが、どこもかしこも無人で、人のいた形跡すらない。これだけ片付いていて、急に逃げ出すとは、考えられなかった。

鍼灸院が無人だった時点で、星雨は抑えがたい不安に潰されていた。

（情報が間違っていた？　それとも……まさか……）

気がつくと、星雨は包帯の巻かれた指先を口元にやっていた。彼女は爪を噛もうとしていた。静けさと暗さ——闇は不安を増幅させるのにこれ以上ない働きをしていた。

残りの施術スペースは二つ。手近な方のカーテンを開ける。外れだ。

実を結ばない努力を続けていると、これまで考えもしなかったことが星雨に忍び寄ってくる。

（もし、知奈さんがユウに従うことを選んでいたら？）

我が身可愛さから、知奈がユウに肩入れしていたら——

ユウの気が変わらないかぎり知奈の安全は、ひとまず保証されるだろう。

それは良い。いや良くはないのだけれど、知奈に危害が及ばないのなら受け入れられる。

だが——

（ひょっとして……またなのか……？）

最後の施術スペースも空振りだった。床が急にぬかるみに変わって、沈んでいくような気がした。知奈がこの場にいないことと、知奈が心変わりしたことに関係なんてないのに、極限状態に晒され続けてきた星雨の思考は不安に侵されていく。


かつて星雨の母は星雨を使って、父親と再会しようとしていた。彼女にとって星雨は若く美しかった《みためだけしかなかった》自分の写し身で、だからこそ大切に育てていた。美しい娘がいると知れば、どこかへ消えた父親が迎えに来ると無邪気に信じていた。

母のために戦った娘がその美貌を辱められた瞬間に、星雨の価値も、母の夢も、砕け散ってしまった。もはや母にとって、星雨は、奴隷でしかなかった。

自責の念と罪の意識で雁字搦めになった星雨は家に留まって、母の憎悪と怨嗟を受け続けることになった。すべてに絶望した母が死ぬまでの間に、星雨は摩耗しきっていた。

「腐ってやがる《ポッガイ》……！」

ベッドに突っ伏して、星雨は呻いた。ここで立ち上がらなければ永遠に立てない予感がするのに、力が入らない。

あの時、本当に苦しかったのは、母を救えず、彼女が壊れてしまったことではない。母に失望されたことだ。見限られ、愛情を取り上げられ、自分が無価値だと思い知らされたことだ。

(私みたいなチンピラを、知奈さんは本当に大事に想ってくれるのか?)

(知奈さんからは色々なものを与えられたのに、私は何一つ報いることができなかったじゃないか)

(あの人だって時間と共に、私にそれほどの価値がないと気づいてしまうんじゃ?)

(私は一人相撲してるだけなのか?)

不安を晴らす前に、星雨は物音を聞いた。

頭上で床板が軋むような音がしている。二階で誰かがゆっくりと歩いているらしい。

それをきっかけに星雨は立ち上がった。今は何も考えず、捜索に没頭したかった。足音からして、相手は一人だけだ。

星雨は震えるほど強く拳を握り、慎重に二階への階段を目指す。もしかしたら、知奈は二階で安静にしているかもしれない。そう信じるしかなかった。

様子を伺っているのか、謎の足音は星雨が階段付近に来たあたりで止まった。相手も階下の様子を伺っているようだ。星雨は意を決して、一気に階段を駆け上がる。

一目、知奈に会いたかった。だけど、その結末は考えたくない。

×　×　×

目覚めた瞬間、知奈は自分が賭けに勝ったことを確信した。汚れた天井は押しこめられていた独房とは違っていた。試しに手のひらを明かりにかざしてみる。自分の手には確かな実体があった。

(やった……！　生きてる！　動ける！　外にいる！)

骨で抉った首には包帯が巻かれていて、首がうまく動かせない。失血のせいか揺れている感覚がある。耳鳴りなのか、ごうごうと周りで音がしている。死なない程度に大怪我をするなんて器用なことはできなかったから、死なずにすむかどうかは運任せだった。まずは生きていることを喜んでおきたい。

早速ベッドから起き上がり、知奈は自分のいる場所を確かめる。彼女がいるのは密閉された空間だった。

掃除されているが、体育会系の古い部室のようにやたらと汗臭い。窓も照明もなく、代わりにＬＥＤのランタンが吊られている。ごうごうという音のせいで怪物の腹の中にいるような気分だった。衣服も粗末なパジャマに着替えさせられていて、左腕から点滴チューブが延びている。意識を失っている間に小さな診療所のような場所へ運ばれたらしい。

「おはよう、義母ちゃん」

「ひっ……！」

反対側からいきなり声を掛けられて、知奈は飛び退き、ベッドから落ちそうになった。

ひどいめまいに耐えながら、声の方に顔を向ける。そこには錆びたパイプ椅子に大股開きで座るユウがいた。不快な愛想の良さで起きたばかりの知奈に手を振っている。

（よりによって……！）

「誰か……！　星雨……っ！」

思わず大声を出すと、ユウが椅子から立って近付いてきた。彼女は唇に手をやり、ファスナーを閉めるような仕草を取った。

「首を切ったばっかだろ。大人しく寝とけ」

素直に聞きいれるわけがない。知奈は近付いてきたユウに掴みかかろうとするが、あっさりと髪を掴まれ、ベッドに押さえつけられる。無我夢中で知奈は拳を振り回すが、しかしそれはどこにも届くことなく、逆に思い切り頬を張られてしまう。痛みと恐怖に臆することなく、知奈はユウを睨みつけた。また頬を張られる。それでも知奈は、相手から視線を逸らさない。

「ぎゃはっ！　やっぱ気合入ってんなぁ、あんた！」

ユウは必死になる知奈を面白がっていた。力の差は歴然としていて、知奈はこの場ではユウに従うしかないと悟る。

（絶対に……諦めないんだから！）

折れそうな心を懸命に奮い立たせて、知奈はユウと対峙する。あの独房に留まっていても先はなかった。少なくとも、ここは人を閉じ込めるための場所じゃないはず。逃げるチャンスはきっとあるはずだ。

「……ここから出たいか？」

ユウは薄笑いを浮かべ、問いかけてくる。彼女の意図が読めず、知奈は返事できなかった。

「あいつに会いたいかぁ？」

問いが重ねられる。それでも知奈は黙っていた。ユウの企みに乗ってやるものか。

神永傑が彼女に近づくことを禁じていた理由が今なら分かる。

ユウには慈しみがない。ユウは自分以外のすべてを見下していて、不幸にも、そんな生き方を徹底できるだけの力を持っていたのだろう。不用意に近付けば、その価値観に引きずり込まれてしまう。

「娘をシカトかよ！　虐待だな！」

「あっ！　うぅあっ！」

知奈はまた髪を掴まれ、部屋のあちこちに顔を突き出される。

「義母ちゃんのために、特別な病室まで用意したんだぜ。ありがとうって言えねえのかな！」

知奈は藻掻き、呻き、そして気付いた。

揺れる感覚は怪我が原因ではない。この空間そのものがゆっくりと動いているのだ。

そしてここには出口が無かった。ユウに振り回されながら、知奈は部屋の奥を見ていた。そこの壁にはまともな扉がなく、のっぺりとした鉄板だけがあった。

なにより、ユウの口ぶりは知奈のいる場所がまともな部屋ではないことを知らせていた。

「……シェルター？」

「惜しい～！」

知奈を嘲り、そしてユウはスマホを見せつけた。

その液晶には貨物船が映し出されていた。

普通なら船室にいるはずだ。しかし、知奈は答えに気付いていた。

「コン……テナ……」

いつだったか、知奈はニュースで見たことがあった。コンテナに人を満載して、密入国を行おうとした船が摘発されたのだと。萬邦興業もそうしたビジネスに関わっていたとしたら――

「嘘でしょ……」

自分が海上にいるのだと知奈は分からされる。ここからあらゆる手を尽くして、萬邦興業の目を欺いても、逃げる場所なんてどこにもないのだ。

（星雨……！）

そして、自分の行方を星雨達が知る由もないことに知奈は震える。もし、知ったとしても海の向こうへと赴く時間が彼女に残されているだろうか。

「すげえだろ？　家族想いだよな」

ユウが手を離し、知奈はそのままベッドにくずおれた。堪えようとしても涙が出てきて、その嗚咽に笑い声が被さってくる。

「んだよ、怖いのか？　あたしは白雪姫じゃないから、義母ちゃんを踊らせたりしないって。今すぐにはなぁ」

ユウは知奈が絶望する姿を間近で楽しむために、わざわざ同じコンテナに籠もっていたようだった。その偏執的な振る舞いが、知奈の反抗心を刺激する。

（こんな人の思いどおりになんて……！）

涙を拭い、知奈はベッドに腰掛け、ユウを見上げる。

「どうしてわたしに拘るの？　わたしなんかに価値はないのに……！」

それでしか戦えないから、知奈は怪物との対話を試みる。

ユウのあらゆる行動は欲望の発露にしか見えなかった。望むままに壊し、奪う。ヤクザにさえ身内のための秩序があるのに、彼女とその手下にそんなものがあるだろうか。

ユウは牙を剥くように笑った。

「オヤジのモノは残らず奪い取るって決めたんだよ。命ぐらいじゃ足りねえ。組も、金も、力も、女《アンタ》も、アイツのものはあたしが継ぐんだ！」

（まさか……傑さんは……もう……）

神永組長の死を知っても、知奈の感情は細波を起こすだけだった。心が麻痺してしまっていた。神永傑がいなくなったことが胸に突き刺さってくるのは、きっともっと後になる。それまで自分が生きていればの話だけど。

「家族の時間なんだ、教えてくれよ。オヤジには何て媚びた？」

「あなたは……」

そして知奈はユウの言葉から、彼女のことをほんの少しだけ理解できた気がした。

「あなたは、あの人に認めてもらえなかったのね」

それは、思ったことが口に出てしまっただけ。同情や憐れみはなかった。そういうことなのかと思っただけだった。彼女もまた、自分から欠落したものを埋めようとしているのだと。

　ユウからの返事は目の前に迫ったペンチだった。振り抜いていたら、どうなっていただろう。漏らしそうになり、知奈は息を止めた。

「まぁ！　可哀想って面だなぁ」

　ユウは瞬時にスイッチを切り替えていた。面白半分で相手をいたぶるのを止めて、手加減抜きの暴力で相手を黙らせようとしていた。

「ま、今まで会ってないんだから誤解もあるよな。もっと話すとしようや」

　ユウはパイプ椅子に座り直した。横柄に足を組む。刺激しなければ暴力を振るわないでやるという態度に知奈は心がざらつくのを感じた。

「どうしてわたしに拘るのかしら。傑さんを殺したのなら、人質としての価値もないでしょう？　ここまでして、連れ回すのは何故？」

　それでも知奈は同じ質問を繰り返した。幼稚な暴力になんて従いたくなかった。

「あんたは所有物だろ？　あたしが相続したのさ」

　ユウは歯を剥き出しにした。

「あんたはオヤジの高級車だ。気に入れば乗り回すし、そうじゃねえなら売っ払う。あたしはスクラップにしてやるつもりだったが……」

　ユウは自分の首に指で線を描いた。自らに骨を突き立て、抉った時の痛みが甦り、知奈は表情を歪めた。全身を濡らした血の臭いまで漂ってくる気がした。

「生き死には五分五分だなんて言われてたが、あたしはツイてるからな、ちゃんと生きてた」

（あなたの運なんて知らない！）

　叫びたくなるのを堪えて、知奈はユウと対峙する。

「あたしは気合の入った奴が好きなんだ。あんたは飾っといてやる。神永組を潰したっていう、生きた証《トロフィー》としてな」

「そんなことのために……！」

　ユウは自分を支配する方法を探りに来たのだと、知奈は悟った。彼女にとって他者は屈服させるか所有するものだ。

「どうすりゃ、思い通りになる？　あの失敗面を目の前でヤってやればいいか？」

「……ファントムをそんな風に呼ばないで」

星雨という本名を口に仕掛けて、知奈はそれを飲みこんだ。教えてやりたくなかった。星雨とユウには因縁があるようだが、これ以上、彼女にはユウに関わってほしくない。

「麗しいねぇ。取り巻き《ペット》も家族同然ってわけだ」

「違うわ……」

知奈にとっても、星雨を大切に感じる理由は理屈で説明できなかった。元々、年下の面倒を見るのは好きだった。仕事でも、店の子はみんな自分を慕ってくれる。

その中で知奈はとりわけ星雨のことは放っておけなかった。

星雨はいつも追い詰められたような雰囲気で、自分より真剣に勝負と向き合い、心から思ってくれる。彼女には幸福でいてほしいと思う。同じ傷を負った者として。

悪戯心と離れがたさから、酔い潰れてしまった星雨と同衾した時、知奈は満たされたものを感じた。いけないことをしているという罪悪感を押し流すほどに強く、知奈は星雨を必要だと確信した。

知奈にとって、星雨は己の半身だった。

星雨を守るために、知奈は命を賭すことができてしまった。

息子を失った瞬間からずっと、知奈は己を惜しめなかった。だから、彼女は進む《いく》ことしか選べない。弾みの付いた勝負がどこへ転がるのか分からなくても。

「あなたは空虚だわ。何にも無いから、他人から奪うことしかできない、満たされることもない……！

誰かを大切にすることの意味も分からないの！」

知奈の反撃を、ユウはせせら笑った。

「満たされないから努力するなんてのは、普通だろ？

義母ちゃんに応援してもらえないなんて悲しいね！

それにあたしは『タイセツ』ってのをよく分かってる。人を粗末にするには、ソイツを奪わないといけねぇ。例えば……もうすぐ生まれる新しい家族……」

『赤ちゃん』を知っているのは、知奈と傑。

そして暗殺を指示した何者かだけ。

知奈は、どす黒いものに塗り潰された。

ユウ以外の全てが消し飛び、彼女だけが知奈の認識を支配する。

「――――――！」

自分が何を言ったのか、知奈には分からなかった。

気がつくと知奈はベッドに頭を押さえつけられて、唸っていた。唇が歯に当たって切れ、血が流れている。

「ぎゃはっ！　いいね！　あんたはそういう面をするんだな」

心ゆくまでユウは笑っていた。その笑い声を聞きながら、知奈は血と涙と涎でシーツに染みを作っていた。

「これから時間をかけて、今までの空白を埋めようや義母ちゃん」

ユウが手を離した瞬間、知奈はなりふり構わずユウに掴みかかろうとして、腹を殴られた。呼吸もできなくなって、知奈は床に倒れ伏す。殴られた衝撃と、床の鉄と潮と体臭の混ざった匂いに胃がひっくりかえりそうになる。

暴力に慣れていない知奈は、一撃でまともに動けなくなっていた。怒りと屈辱で脳が掻き混ぜられ、語彙が消え去り、唸ることしかできない。猿に先祖返りした気分だった。

まだ不快な笑いを引きずりながら、ユウは足取り軽く、コンテナから出ようとする。

「ただ飾るのもつまんねぇな。アンタとあの失敗面は、くっ付けるか！」

自らの眉間から右頬にかけて、ユウは指でジクザクを描いた。彼女が思い描いているであろう惨状に、知奈は憎しみを滾らせる。

ユウが去っていく足音を聞きながら、知奈は胃液で酸っぱくなった息を吐いた。全身が悲鳴を上げ、立ち上がることもできない中で、それでも知奈は希望を探そうとした。

（星雨……生きて……）

まだ星雨がユウの手に落ちていないことだけを、知奈は励みにする。

（あの子だけは、奪わせないんだから……）

もう知奈は失うことに耐えられなかった。

18

階段を上りきった星雨を出迎えたのは、パジャマ姿の痩せこけた老人だった。一服していたのか、右手に煙草を持ったままだ。髭や髪も煙草で燻され続けて薄黄色になっている。侵入者に驚くというより、ただただ迷惑そうにしている。老人の全身に染みこんでいる煙草の臭いが鼻を突き、星雨は顔をしかめた。

「なんだ君は？　また……急患か？　シャッターは下ろしてたのにどっから入りこんだのだね？」

この状況でも老人は落ち着いていていて、彼もまた堅気ではなさそうだった。

「ここに女が運び込まれただろ！」

老人の質問を星雨は跳ね飛ばした。スマホを突きつけ、顧客データにあった知奈の写真を見せる。後ずさる老人を壁際に追い詰め、星雨は返事を強要する。

「はぁ……君らの連絡網はどうなっているんだ？　あの患者なら――」

老人が目を向けた扉を星雨は蹴り開けた。

そこは階下のスペースより広く、一般的な病室とほぼ変わらなかった。

星雨は立ち尽くした。

窓際には空のベッドがあり、綺麗にシーツが整えられていた。

もう、知奈はどこにもいなかった。

「いきなり手当させたかと思えば、またすぐに運び出して……お次は伝達ミスか。付き合わされる身にもなりたまえ」

彼はここの老医師で、星雨を萬邦興業の者だと勘違いしているようだった。それを訂正することなく、星雨は煙草を吸う老医師を揺さぶった。

「どこだッ！　どこに運ばれた！」

「知るわけがなかろう。お仲間に聞いたらどうだね」

星雨の手を振り払い、老医師は神経質に襟を払った。何かを隠しているようには見えなかった。

「あぁあ……ッ！　畜生《ポッガイ》め！」

　星雨は床を蹴った。ここまで来たというのに、道は途絶えていた。希望をちらつかされただけに、その痛手は大きい。もはや手札は尽きていた。追手はすぐ近くまで迫っていて、次の道も見つからない。自分が袋小路に行きあたったことに気づき、星雨はふらふらとベッドに座りこんだ。

「何でもいいんだ。ちょっとした会話の切れっ端だけでも、聞いてないか？」

　さっきよりも声と感情を抑えて、星雨は問いかける。

「儂は君らのような手合いを治すだけだ。他のことには一切関わらん」

　老医師は面倒そうにそんな彼女を手で払った。

　星雨はその場から動けず、項垂れるばかりだった。

「さっさと帰りたまえ！　さもなきゃ君を開腹して、そこを灰皿にしてやるぞ」

　業を煮やした老医師が星雨の腕を掴んだ時、二人は階下でシャッターが上がる音を聞いた。院内へ大勢が駆けこんできて、声を上げているのが分かる。

　星雨はベッドから降りて、病室から飛び出した。階段からは今にも誰かが現われそうで、廊下の反対側に目を向ける。しかし、そこは行き止まりだった。

「今度は何だ……」

　老医師のぼやきに合わせて、階段から久保田が姿を現わした。久保田は息を切らし、誰かと通話していた。そして星雨を認めた瞬間、彼はわっと歓声を上げた。

「おった！　ファントムです！　……おわぁっ！」

　星雨は久保田を突き飛ばし、階段を駆け降りようとしたが、久保田の背後にはすでに萬邦興業の構成員が並んでいた。構成員達も星雨に殺到し、抵抗する暇も与えず、彼女を廊下に押さえつける。思い切り顔面を打って、鼻がつんとした。

「こんボケ、痛いやろが……！　ああいや、なんもないです。とにかく見つけました！　このおれが、ファントムを見つけましたわ！　ユウさん！」

「久保田ぁあッ！」

　暴れ、叫ぶ星雨を見て、久保田は嫌そうな顔をした。

「地べたでわぁわぁすんなや、死にかけの蝉かいな。ちょお、静かにさせてや」

「指図するな、デブのコウモリが！」

星雨を押さえつけたまま、構成員の一人が久保田に怒鳴る。彼はしゅんとしていた。

「お、おれがこいつを見つけたんやぞ」

「接触して来た時点で捕まえとけ。使えねえ！」

「むぅ……」

追手が揉めている間も、星雨は懸命にこの場から助かる方法を考えていた。しかしそれは現実逃避でしかなかった。暁雲に尋問を受けていた時以上に状況は絶望的だった。それでも星雨は諦めることができなかった。このままでは、なぜこんなにも抗ってきたのか、分からない。

「……これでおれは萬邦興業の一員っちゅうことで構へんのですよね？　え？　はっ、はい！」

また話し込んでいた久保田は相手から見えないのに何度もお辞儀して、それから星雨の目の前にスマホを置いた。

「代われやって……」

スマホはスピーカーがオンになっているが、向こうからはなにも聞こえてこない。やがて星雨は躊躇いながらも、口を開いた。

「萬邦……！」

向こうで、あの女が笑っているのが聞こえた。

「まぁた名字か。ま、あんたにゃそれぐらいしかできないんだろうがな！」

どこから通話しているのか、ユウの声にはノイズが混じっていた。

「犬らしくチョロチョロしてたみてぇだが、あんたにも使い途ができた。ウチまで来い。身軽にしてやるから」

（腐れクズが！　チョロチョロ逃げ回ってるのはお前らだ！）

ユウに吐きかけたい言葉を飲みこんで、星雨は努めて平静を装った。こんな女に煽られて心を乱すわけにはいかなかった。

「知奈さん無事なのか……」

ユウから聞き出すべきことはたった一つ。それだけが星雨のすべてだった。

しばしの沈黙の後、ユウが吹き出す。

「あ～あ、義母ちゃんな。会わせてやるけど、あんたのことが分かるかな。手足もなくて、顔の皮もないダルマなんて見たら……バケモノだわ！　って泣いちゃうかもなぁ～？」

両腕が自由なら、星雨はスマホをたたき割っているところだった。

「黙れよ……！」

「昔、顔を引っ剥がした時もサービスで半分残したからな。今回も片腕片脚にしとくか？　揃えるか、互い違いか選ばせてやる」

「……」

ユウは機嫌がよさそうだった。

手掛かりは失われ、身体は拘束され、星雨はどん詰まりだった。だからこそ、彼女は面白半分に差し伸べられたユウの手をほんの一瞬、取ろうかと考えてしまった。だが、星雨は牙を剥く。

「死に腐れ！　知奈さんも、私も、お前の思い通りになるかよッ」

舐められている。

こんなところで、降りるわけがないだろうが。

「よぉ、根性はあるな。『整形』の後も、そのままでいてくれよ？」

通話が切れると同時に、星雨は引き起こされた。久保田はそんな彼女を呆れたように見つめていた。

「突っ張ってどないすんねん……」

「組織《かぞく》を裏切るようなカモブタ野郎にゃ分からねえよ」

「アホ抜かせ、負け犬！」

口喧嘩していると、出し抜けに星雨の拘束が緩んだ。予想外のことに、星雨はつんのめって床に手をつく。横を向くと、星雨を掴んでいた構成員が黒ずくめの男に絞め落とされていた。その場の全員が反応するより早く、階段から複数人が飛びだしてきて、構成員達を迅速に制圧する。抵抗しようとした者も、簡単に打ち伏せられる。そして、黒ずくめの一人が解放された星雨を壁際に押しやり、呆然とする久保田の前に立ち塞がる。その後ろ姿は星雨もよく知っていた。

「ね、姐さん？」

すぐに状況を理解できなかった。黒装束の正体は目立たない服装に着替えた暁雲とその部下だった。

「助けに来てくれたのか……！」

組織は神永組に追われて散り散りになったとばかり思っていた。姉の助けに星雨は涙ぐんでしまった。

「回収しに来ただけだ。あのまま放置していたら、お前が神永組長を撃った下手人だとでっち上げられかねん」

「なんでここに？」

「目的地は分かっていた。それにな……」

暁雲は自分の右頬を指で叩いた。

「お前の仮面に、仕込ませてもらった。泳がせておいて朝日奈や萬邦興業と接触するのを待っていたが……どうやら本当に潔白だったらしいな」

「妹想いだな……！」

いつの間に仕掛けられていたのか、見当もつかない。ひょっとしたらこの騒ぎの前から――星雨の疑念に、暁雲は涼しい顔をしていた。

「信じるために疑ったまでだ、妹よ。……裏切り者は他にいたらしい」

白々しく言い放ち、暁雲は青い顔をした久保田に向き直った。暁雲の技量を知っている彼は立ち尽くしていて、抵抗する気力さえ湧かないようだった。

「どうせ、借金のためだろう？　カネのために家族を裏切るとは……」

「ファントムもお前も、何が家族じゃ！　おれの家族は陽子だけや！」

進退窮まって、ついに久保田は果敢にも拳を振り回した。しかし暁雲はそれを余裕でいなし、そのまま彼の肝臓を殴った。

「うえぇ……」

星雨は思わず脇腹をさすった。あそこを殴られるのは、効く。それに今回の暁雲は本気で久保田に拳を撃ち込んでいた。素手であっても無事では済まないだろう。

「お前の処分は後だ。不実を恥じろ！」

身悶えし、床に吐き戻す久保田に、暁雲は言い放った。

「終わったかね？」

早々に隠れていたのか、老医師がそっと私室から出てくる。こんな騒ぎがあったのに、彼は荒れ放題になった職場をうんざりした顔で眺めていた。

「ここの医者か。余計なことは……」

「話さん、聞かん。金はまけん。いつものようにね」

修羅場には慣れているようで、老医師は人差し指と親指を擦りあわせた。貧相な爺と思っていたが、ここまでくると貫禄を感じてくる。どうするつもりなのかと星雨が暁雲を見つめると、暁雲は素直に老医師へ頷いた。

「いいだろう、金は用意させる」

「手術以上の修羅場なんてないのだよ。それよりここを、誰が片付けるのか聞かせてもらいたい」

「我々は出ていくが……こちらにも連絡役に一人残す。そいつに任せろ」

暁雲の呼びかけで、彼女の部下の一人が歩み出る。その口ぶりで、星雨は彼女がどこかへ移動しようとしているのだと悟った。

「まさか、留まるつもりかね？」

「拠点を捨てたんでな、借りるぞ」

「……野蛮人共め……」

ポケットから煙草を取り出した老医師を暁雲に睨みつけ、飴玉を投げ渡した。老医師はため息をついて、それを口に放り込んだ。暁雲もまた飴玉を口に入れ、まだ床に座っていた星雨に手を伸ばした。

「行くぞ、萬邦興業と片をつける」

伸ばされた手を取って、星雨はようやく立ち上がった。

「どうやって？　いや……そもそも私達は的にかけられてるってのに……」

暁雲に起こされながら、星雨は彼女を見つめる。暁雲は自棄になっておらず、これからすべきことをしっかりと見据えていた。

「澳門の連中も引き上げを命令してきたが、やられっぱなしで逃げ帰れるものか。萬邦を潰してこの抗争を終わらせる。親の仇を討てば神永組も納得だろう」

「そりゃそうだが……」

困惑する星雨に、暁雲は飴玉を噛み砕いた。

「降りたいなら好きにしろ、この国で逃げ惑いながらメソメソ死ね！」

星雨は決意を抱き、返事した。

「行くさ！　知奈さんもたぶんユウんところだ！」

「この期に及んで女の尻を追い回すのか……？」

暁雲の態度にも怯まず、星雨は知奈を想う。自分勝手でも、裏切られても、彼女に会うまで星雨は終わるわけにはいかなかった。

×××

部下が診療所の片付けをしている間、暁雲は星雨に捕まっていた。彼女は状況について行けず、頭の中を整理しようと必死なようだった。

「連中がどこにいるのか分かってるのかよ」

「まず間違いなく日本国外だ。今、探りを入れてる」

もはや萬邦興業に、この国での居場所はない。警察はもちろん、ただでさえ弱っている極道社会にトドメを刺すような騒ぎを起こした彼女達を他の組は決して許さない。表でも裏でも、社会の敵なのだ。

「奴らはお尋ね者だからな。速やかに日本から脱出し、我々と神永組が潰し合って消耗するのを待つ……私ならそうする」

確証はない。しかし確信がある。そもそも、暁雲に選択肢はなかった。ヤマを張らなければ、尻尾を掴むのが間に合わない。

「それに萬邦ユウは口を滑らせてる……」

「え？」

説明する時間が惜しくて、暁雲はその質問に答えなかった。かつて星雨の顔を剥いだことを匂わせる発言や、部下と共に移動していると思わせる発言から、推理しただけだ。

「神永組は密入国ビジネスも手がけてたからな……当時から神永組が蛇頭と組んでいたなら、あの女もコネを持ってる。おそらく、潜伏場所は福健省、お前の故郷の近くだ」

「違ってたら、私達は……」

暁雲は星雨の頭をはたいた。

「戦う前から負けることを考えるな！」

これは命を賭けたギャンブルだった。自分だけではなく、部下達すべての命を暁雲はテーブルに乗せている。

澳門から来た女とのやりとりを思い出して、暁雲は舌打ちした。

×××

「そちらの判断は早計にすぎる。私はまだ、勝負を投げるつもりはない」

「下らないプライドですね。逃げるなんて格好悪いから、ここで死ぬのですか」

暁雲の答えを、使いの女は鼻で笑った。

「違うな。神永組は抗争で消耗し、組長まで失った。後は萬邦興業を片付ければ、神永組の縄張りは空白地帯になる。そこを総取りする」

「カジノ以上の利益を生んでみせると？」

「澳門がもっと兵隊を寄越せば、確実なんだがな」

女は考えこむように眉間を揉んだ。

「不始末を繰り返した挙句、胸を張って援軍を要求するとは……素晴らしい図々しさですね」

「みすみす他の組織に利権をくれてやるのか？　死にかけの国家《くじら》でも、搾ればまだまだ油が取れる……」

抗争の後に暁雲達が利権を握れるかどうかは賭けだった。しかしうまくいけば縄張りが増える、なにより暁雲自身の力が増す。家族もろとも異国に追放し、家族を見捨てれば助けてやると囁くような親と対抗するには力が必要だった。そのためには、ただ生き延びるだけでは足りなかった。

「いいでしょう。あなたへの評価はひとまず保留します。本国にはそう伝えます」

女は嫌らしい薄笑いを貼り付けたままで、一方の暁雲は感情を抑えたままだった。

「ですが、本国の人員は割けません。愛する家族と一緒になんとかしてくださいね」

女は以前から、入団の儀式に拘る暁雲を理解しようとしなかった。

「上等だ……」

暁雲を憐れむように女は笑っていた。

×　×　×

「……痛えなぁ！　手加減してくれよ……！」

涙目になっている星雨の抗議を聞いて、暁雲は改めてこれからのことを考える。

密航は簡単にできるものではない。関西圏で、神永組とその関連組織の息が掛かった港は把握している。萬邦興業に動きがあれば、察知することは可能なはずだ。一点賭けだが、勝算はある。問題は賭けに勝った後も間髪入れず、リスキーな勝負を続けなくてはならないことだ。

「この賭け《こんなもの》に一家の命が掛かっているとはな……！」

飴を噛みしめる。

暁雲は賭けごとが嫌いだ。

自分のものを不確実性に委ねるなんて有り得ない。

しかし、いつしか暁雲も星雨の勝負に巻きこまれていて、これが一世一代の大勝負の時だった。

19

福建省永楽市銀峰鎮――十四年ぶりに訪れた故郷は、あの頃と変わっていなかった。薄汚れた建物とくたびれた人々。のろのろと動く中古の車、営業しているかどうか分からないうらぶれた商店達。汚れた街角。そして、灰色の景色の向こうにある白亜の大豪邸の集落《コロニー》。ここは今も蛇頭が幅をきかす田舎なのだ。

星雨は食堂の客をこっそりと観察する。銀峰鎮に来てすぐ足を踏み入れたこの店には、かつてのように負け犬達が餌を食んでいる。昼時なのに狭苦しい店内はどんよりとしていて、どいつもこいつも囚人のようだ。メニューが書かれた張り紙は十四年前と同じもので、その後ろから虫が這い出していた。食堂の空気は澱んでいる。一時間でも留まれば、十年は老いた気分になる。

（だから、一発逆転を目指すんだよな）

人生の逆転を夢見て、顔を剥がれた後でさえそう思う。

この街でまともに生きようとする者は、蛇頭の豪邸を仰ぎながら朽ち果てていく運命にある。未来永劫変化のない暮らしなんてものは、平穏ではなく腐敗と言うべきだ。その手段が密航であったとしても、魂が床擦れを起こす前に旅立とうとするのを責める気にはなれない。

「それで、手がかりってのは？」

暁雲に問いかけられて、星雨は正面の彼女に向き直った。暁雲はまずい定食をきっちり完食して、悠々としている。少し離れた席に澳門から監視者が座っていることなんて気にも留めていない。大阪の闇病院から出た時、星雨と暁雲を出迎えたのも、この女だった。存在感のない地味な女だが、組織のエリートなのだという。暁雲と彼女の間でどのようなやりとりがあったのか知らないが、大阪から中国までの旅路も彼女はずっと付きまとっていた。彼女は生きた首枷だ。暁雲が組織から離れることを許さず、縛り付けている。頭上でずっと禿鷹が飛んでいるのは、このような気分なのかと思う。

（日本でここの手がかりがつかめていなかったら……）

不吉な想像をして、星雨は首を振った。

暁雲の賭けは実を結んでいた。神永組の人身売買、密輸に関与している組織を洗い出して、暁雲は神永傑が暗殺された直後に出航した貨物船の記録を見つけ出した。ただ、海を渡ったユウの行き先がこの鎮である確証はまだない。

「萬邦と繋がってそうな蛇頭に、心当たりがある……」

客も店員も無気力で、盗み聞きの心配はなさそうだったが、それでも星雨は声を潜めた。

国外に身を隠したであろう萬邦興業を追って、星雨達はこの田舎町を訪れていた。大勢での行動を避けて、他の仲間は周辺で待機している。星雨が偵察に選ばれたのはこの町のことを一番よく知っているからだ。

「ほう?」

「この店で……昔、働いてたんだ。ここの店長は蛇頭にへいこらしててさ、夜になるとヤバそうな客がたむろしてた」

厨房に目を向ける。そこに店主の姿はない。昔と同じだ。どうせ、ネズミの巣となっている厨房でテレビを見ているのだろう。店長は痩せぎすの中年で、片脚を悪くしている。若い頃、片脚と引き換えにみかじめ料をせびってきた蛇頭五人を返り討ちにしたのだと、彼はいつも吹聴していた。

彼の自慢話が大嘘なのを、星雨は知っている。ここは、蛇頭に困窮した少女を売りさばく周旋の場だった。彼は脚を折られ、脅しに屈し、料理ではなく女を振る舞うことで蛇頭の巣を生き延びてきたのだ。それを知ったのは、ここを出てからだったけれど。

「客の中には、平気でビジネスの話をしてる奴等もいた。多分今も……変わってない」

厨房の次は、真ん中のテーブルに目を向ける。かつて木製だったテーブルはスチール製の新しいものになっていて、十四年前の面影はない。それでも星雨はそこにまだ年若いユウと不幸にも彼女の世話係をする羽目になったヤクザ達の姿を見た。

(あの時、もっとうまくやってりゃ……)

あの日の勝負は一挙手一投足、一言一句、アドレナリンがどんな流れで脳を巡ったのかも思い出せる。

星雨の目の前では、小娘だった自分が、店の真ん中で屯していたユウ達に挑む光景が映し出されていた。

何も考えず、勝負を持ちかけたわけではない。元々この店では、夜になると細やかなギャンブルが行われていた。賭け事も店を利用する蛇頭が持ちこんだものだった。時として、勝負は女給の少女を交えたものになり、星雨はここ一番で絶対に負けなかった。勝ったり負けたりの末、ぎりぎり浮く程度に手技《イカサマ》を使っていたからだ。手積みの卓、使い古されたトランプ、磨り減った賽、やろうと思えばいくらでも悪戯できた。そして、これほど練習した技術ならば本職にも通じると信じ、星雨は『神永ユウ』に挑んだ。自分自身を賭けて、彼女に親子での密航の世話を要求したのだ。

ユウが持ちかけたのは、バカラの一発勝負だった。

――お前の根性、見せてみろ!

震えの隠せない星雨にユウは笑った。そして星雨は蛇頭の屋敷、その地下にある遊技室へと連れて行かれた。

「呆けるな！　行くぞ」

暁雲に頭をはたかれて、星雨は現実世界に戻った。

「え？」

「店長を締める」

既に暁雲は席を立っていた。監視者も悠々とそれに続く。星雨は慌てて姉についていった。過去の勝負を思い返している場合ではない。今だって、またしても自分は命をやり取りするような賭けの最中にある。

あの時は、完敗だった。ユウは星雨の手技を見破り、その上で真剣勝負を持ちかけてきた。結局星雨はただ純粋に賭けの女王に運を試し、そして、すべてを失ったのだ。

もう、二度と奪われるつもりはない。

暁雲は躊躇なく厨房へと踏み込んでいく。腐った野菜の臭いが鼻を突く。足元をネズミが走り抜けた。従業員が止めようとしても、彼女は威圧感だけで周囲を黙らせていた。

厨房はかつてより腐っていた。シンクは詰まり、なにやら赤黒い水が溜まっている。調理台には野菜屑や麺の切れ端が端に寄せられていて、変色しつつあった。掃除は水をぶちまけるだけなのだろう。濡れた床は妙にぬるぬるとしている。そして、厨房の奥ではかつてのようにステテコにランニングシャツ一枚の店長が椅子にふんぞり返って、暇そうにテレビを眺めていた。突然現れた三人組に、彼は胡乱な目つきを向けた。彼は昔よりも痩せ衰えて、髪も真っ白になっていた。目が落ちくぼみ、シミが増えたせいで妖怪めいた雰囲気を纏っている。

「んぁ？　面接志望者？　面は悪くないが……」

店長が言い終える前に、暁雲は椅子を蹴倒していた。そのまま派手にひっくり返った店長の胸を、彼女は踏みつける。

「この鎮《まち》に日本人が来たな？」

「何のつもりだコラ！　俺は蛇頭の……」

店長の言葉は途中で途切れた。暁雲の靴先が胸に埋まり、肋骨を軋ませたからだ。

「この鎮に、日本人が、来ただろう？」

言葉を句切り、暁雲が質問を繰り返す。

店長の悲鳴で、従業員や客が厨房を覗きこもうとするが、誰もが暁雲の一瞥でそそくさと外へと逃げていった。

「姐さん、騒ぎを起こすのは……」

「騒ぎを聞きつけて連中が逃げようとするなら好都合だ。できるものなら、蛇頭共の巣に片っ端から火を付けて回りたいよ」

星雨と暁雲のやりとりを聞いて、店長は目を眇め、そして見開いた。

「まさか、星……」

「私の名前を気安く呼ぶな……！」

星雨は舌打ちして、店長の言葉を遮った。

「どの面下げて戻ってきた！　お前にゃ予約がついてたのに……そんな傷物になっちまったせいで取引がパァになっちまったんだぞ！」

「いつの話だよボケがッ！」

薄々気づいてはいたが、やはり自分も売り飛ばされる予定だったらしい。星雨は汚れた調理台を叩く。有望な商品だったからだろう、かつての店長は女給にやたら優しかった。みんなを我が娘と呼んで、家族のようなものだとうそぶいていた。頼れる大人が他にいないこともあって、星雨もまた彼を父親のように感じていた。少なくとも、顔に包帯を巻いて出勤した星雨を、あの男がゴキブリでも見かけたような顔で門前払いするまでは。

「こんなチンピラを雇ってお礼参りに来たのか。おふくろ共々面倒みてやったのに、恩知らずめ……」

「私が恩知らずならそっちは恥知らずだ！　ガキのマ[redacted]汁で生きてるくせによぉ！」

星雨と店長が言い争っている間に暁雲は流しから中華包丁を拾い上げ、店長の真横に叩きつけた。床に突き立った包丁を見て、店長はひゅっと息を吐いた。

「お前には私がこいつに雇われるチンピラに見えるわけだ。役に立たん目玉だな、ええ？」

「やめろ！　や……やめてください」

「そこを動くな。でなきゃ足を切り落とす」

店長に命令した暁雲は足を下ろし、今度は柄の緩んだ鍋を手に取った。後ろに隠れていたネズミが鳴き、走り抜けていく。ここは本当に飲食店なのかと、星雨は口を押さえた。十四年前はもう少しましな環境だった。

「古い拷問にネズミ鍋ってのがある」

暁雲は鍋で軽やかに調理台を走るネズミを掬い上げた。そのまま鍋を返して、店長の腹にかぶせる。閉じ込められたネズミに腹の上を走り回られて、店長が呻いた。

「この状態で鍋に火を付けると、逃げ場を求めたネズミがお前の腹を食い破るわけだ。本当にそうなるか、試してみるか？」

既に暁雲はコンロで菜箸に火を付けていた。燃える菜箸で鍋を鳴らすと、それに答えるようにネズミが鳴く。店長も悲鳴を上げる。

「ペラペラ喋っちゃこんな仕事、やってられねえんだよ！　あんたにだって分かるだろう！」

「だったら職務に忠実なところを見せてくれ。腹ん中を食い荒らされるか、足とお別れするか、どっちがいい」

「そうだっ！　ウチの女を全部くれてやる！　ひとまとめにして紅灯街《ばいしゅんがい》で立ちんぼさせりゃあ高く売れるぜ！　なぁ？」

反射的に星雨は店長の顔を蹴り飛ばしていた。痩せた体が床で一回転して、鍋が吹き飛ぶ。脱出できたネズミが狂ったように床を駆け抜ける。暁雲は無感動に床から包丁を抜いた。

「捨てるのは足か。ネズミの餌やりになるな」

「今のはこの女が……！」

店長が叫ぶ。暁雲が包丁を振り上げる。

そのまま、焦らすことなく、暁雲は包丁を振るった。

星雨は思わず目を閉じた。

「李！　李の野郎の屋敷に……日本から客が来てるって噂を聞いた！」

その言葉を聞いて、包丁は止まる。ただし、すでにその刃は僅かながら彼の肉に食い込んでいて、血の筋が毛深い肌に紅を差している。

「彫刻だらけの白い屋敷だ、行けば分かる……。だけどこりゃ噂だ、もし何もなくても……」

尚も保身に走ろうとする店長の顎を、暁雲の拳が撃ち抜く。調理台に放り捨てられた包丁が無意味に派手な音を立てる。

「場所は分かった。腹ァ括れよ」

「ああ」

そう言いながら、星雨は床で伸びている店長を眺める。単なる、情けない老人だ。追い打ちをかけてやりたかったが、もう彼に関わっている暇はなかった。

ゆっくりとした、怯えを感じさせる足音がして、星雨は振り向く。まだ幼い、従業員の少女が厨房の様子を伺っていた。逃げておけば良いものを、わざわざ戻ってきたらしい。

「待って！　待ってよ！」

少女は暁雲を呼び止めようとしたが、彼女はそれをそっと押しのけて店を出て行った。それに続こうとした星雨は腕を掴まれ、少女と向き合ってしまう。

「あっ、あんた達ってマフィアだよね？　どうして店長をぶちのめしたの？」

その目つきは怖がっていながら、どこか嬉しそうで、星雨は少女から目を逸らした。

「知らない方がいい、帰んな」

星雨の弱気を感じ取ったのか、少女は思いきり詰め寄ってくる。

「あたしも仲間に入れてくんない？　こんなとこで働いてたってさぁ！　良くて蛇頭の愛人、それか売春《ウリ》やるしかなくなる……！　クソ貧乏な家から、出たいの！」

少女の懸命さがかつての自分と重なる。星雨は傷跡を掻きむしりたくなった。少女を突き飛ばし、仮面に触れる。少女は腹立たしいぐらい傷ついた顔をして、しつこく星雨に懇願する。

「いいじゃん！　あたし、なんでもするよ！　あたし、あんたの妹になるよ！」

「無理だ、連れて行けない。勝負したいなら余所で、他の誰かにやってくれ」

「でもさぁ！」

「この鎮で噂になってないか？　蛇頭の仲間にイカサマ仕掛けて、顔を剥がれた女の話……」

十四年前、星雨の喪失はその理由と共に鎮の誰もが知るところとなった。少女にとっては生まれているかどうかも分からない頃の話だが、彼女もその怪談を聞いたことがあるのか、驚いたように星雨の仮面を見つめる。

「本気で人生を変えたいんなら、どうしようもないことになる覚悟も決めろ。……先輩からの忠告だよ」

少なくとも今はまだ、負ければ顔を剥がれるような賭けに出る覚悟はないようで、少女は星雨から手を引っ込めた。どうすべきか迷っている少女を置いて、星雨も思い出のこびりついた店を出て行く。

荒涼とした鎮のメインストリート、その先にある豪邸を見据える。

田舎で死ぬまで貧乏農家をやるか、蛇頭にぶら下がって立ちんぼになるか。

銀峰鎮でまっとうに生きるとは、その二択を選ぶことだ。

行き詰まりから抜け出したくて、星雨は勝負の世界に身を投じた。

その代償で、星雨は勝負から抜け出せなくなった。

だから、どうか、あの子は勝ってほしい。一発で、解放されてほしい。

ほんの一瞬だけ、星雨は目を瞑って少女のために祈り、そして目を開いた。

20

その娘は死体から産まれた。

母は、神永倫子は臨月を迎え、そして首を吊った。神永傑が娘を望んでいないと知っていたからだ。女は堕ろせ――そう言われるだろうと倫子は確信していた。立派な跡継ぎになるような息子がほしい――神永傑は常々そう言っていた。だからこそ彼女はずっと妊娠したことを隠していて、いよいよというところで死を選んだ。ただ重圧から逃げるためだけの、衝動的な行いだった。

それでも、娘は死体から切り離され、生まれ落ちた。

神永傑は自分がそれほどまでに倫子を追い詰めていたことに驚きながら、ひとまず娘に名前を付けることにした。

息子の名前は雄大《ユウダイ》にすると決めていたから、彼は取りあえず、娘の名を女の子っぽい語感の雄《ユウ》と決めた。

娘に雄《オス》と名付けたことなんて、考えもせずに。

七つの時、自らの名の意味を知って、神永雄は名を捨てた。

十四の時、女が仕事に首を突っ込むなと父に言われ、神永ユウは家を捨てた。

それから、組長の娘であるがゆえに纏わりついてくるすべてを、ユウは剥がし削り捨て去った。

彼女に残ったモノは、自らを喰らい尽くした蛸のような底の無い欠乏と不満だった。

「ヨソモノが俺達を嗅ぎ回ってる！　なんでなんだよ！」

ヒステリックな李にユウは舌打ちした。

李の率いる蛇頭と萬邦興業は以前から協力関係にあった。執拗な摘発によって密航ビジネスが下火になった後も、飯の種はいくらでもあった。そもそも李の組織なんて、萬邦興業の助けがなければ容易く他の蛇頭に飲みこまれていただろう。この屋敷は神永組が建ててやったようなものだ。神永傑の関係者として、強引にビジネスに関わっていた時から、李の屋敷はユウの拠点だった。表向き対等の関係となっているが、ユウは李のことを駒としか見ていない。そもそも彼女が対等に接する相手なんて、いないのだけれど。

「そうか、嗅ぎつけてきやがったか……」

「何も面倒はないって話だったよなぁ？　ユウ！　きっと香港の連中だ……！　なんでなんだよ！　あいつらこんなとこまで何しに来やがったんだ……ッ」

「蛇のくせにヒヨコみたいに鳴きやがる」

訛りの強い中国語での抗議に、ユウは普通語で返す。やって来たのが日本人ではないということは、追跡してきたのは蒼月幇か。足取りを掴まれた理由を考えるより、迎撃の準備をするべきだろう。

「ここから消えろよ！　今すぐに！」

李がユウに銃を突きつける。

「あ？」

李の言葉で、屋敷のリビングに殺気が充満する。無節操に高価な調度品が置かれたリビングには、李の部下とユウの手下がそれぞれ控えていて、お互いに身構えている。急ごしらえの詰め所となったことで、むやみに高価なテーブルには雑然と軽食や拳銃が置かれている。萬邦興業の兵隊は十名ほどの幹部と選抜された構成員。李の兵隊もまた同程度の人数だった。

「お前が持ちこんだ厄介事に関わってたまるか」

李の言葉でユウの手下が身構える。

「はぁ……」

ユウはため息を吐いた。そんなことを言って、こちらが出ていくわけがない。邪魔になったのなら、問答無用で手を下せばいい。それができないのが、この軟弱者だ。

「あのな、李。ここで仲間割れして、仲良く潰されてえのか？　あいつら、もうすぐドアをノックしに来るぜ。あたしを家に上げた時点であんたもあたしのお友達だ」

「だっ、だ、騙したな！　なんでなんだよ！」

「あたしは仲間に嘘はつかねえ。あんたにゃ一財産くれてやる。この件に片がついたらな」

神永組はともかく、蒼月幇の現状は正確に把握できていない。それでも、ユウは彼女達が追い詰められていると踏んでいた。

「奴等もこれで終わりのはずだ。ここで始末すりゃ、後の面倒はねえ。保証してやるよ」

蒼月幇も瀬戸際に立たされているからこそ、ここまで来ている。状況が許すのなら、この抗争からさっさと手を引くなり、あるいは日本で待ち伏せするなりすればいい。もはや連中はそうした道を選べないのだ。

「選べ！　殺すか、殺されるか！」

強気な態度を崩さず、ユウは李に迫った。彼が押された方に流れる人間だと、ユウは知っている。先代は優秀だったが、こいつは話にならない。萬邦興業の協力がなければ、とっくに消されていた組織だ。その恩を返してもらう必要がある。

「車がこっちに近付いてます」

外の仲間から連絡を受けた李の部下が、彼に耳打ちする。李は項垂れた。

「ああクソ……あの女を渡すのはどうだ？　奴ら、アレを追ってるんじゃないのか」

「ありゃ単なる飾りだ」

まだ激突を避けようとしている李をユウは鼻で笑っ

た。幽閉した知奈のことをユウは思い浮かべた。脅しても、痛めつけても、彼女はまだ人間でいようとする。やはり、ご執心の女と同じようにしてやるのがいいだろうか。

「とりあえず手ェ組もうや。な?」

「なんでなんだよ! ふざけるなぁっ!」

李は泣きそうな顔で銃を握った手を震わせた。考えるより先に、ユウはその手を制し、ひねり上げた。そのままジャージに挟んでいたリボルバーを抜き、李の無防備な胸と頭を撃つ。

撃たれた勢いで李は後ろにひっくり返り、虫のように震え、やがて動かなくなった。大理石の床にペンキのようにのっぺりと血が広がっていく。

「こいつは敵にビビって、家族を売ろうとしたクズだ! あんたらを売って、自分だけ助かるつもりだったのさ!」

突然のことに動き出せない李の部下にユウは怒鳴る。これまで観察していて、李が部下に慕われていないのは分かっていた。普段、この男は屋敷を独占している。当然部下はこのクソ田舎のボロ屋住まいだ。そんなことをしていれば、いざという時に何が起こるのか李は分かっていなかったらしい。

「これまでのことで分かるだろうが! 宴会の時、呼ばれたか? 立ちんぼの世話でドヤ街を走り回ってる時、こいつは屋敷で何をしてた? でも心配すんな、あたしはちゃんと面倒見てやる!」

その隙に萬邦興業の構成員がユウを囲み、状況は確定する。戸惑いながらも、李の部下はユウに流されていた。

「まずは日本から来た客を片付ける! 話はそっからだ! あいつら、ここにいる全員を拷問するつもりでいやがる。さっさとおもてなしの準備をしねえと全員腹ァ切られんぞ!」

ユウの煽りで誰もが動き始める。国や言葉や組織が違ってても、差し迫った死は人を団結させるのだ。

「ここを越えりゃ、勝ちだ!」

ユウはテーブルの拳銃を手にとり、部下に呼びかけた。皆、迷いなく武器を取って戦いに備える。小細工する時間はもうない。ここからはどう転がるか分からない勝負になる。

「ここをやつらの終点にしてやれ！」

ユウは敗北の可能性を一切考えなかった。拳銃のスライドを引き、自分の胸を叩く。どんな状況でも、ユウは諦めを拒絶する。たとえすべてを失って、敵に取り囲まれたとしても。自分は奪う方なのだ。

21

「もうすぐだ……姐さん」

道はあまり舗装されていない。ワゴン車でスピードを出すと、激しく揺れた。何故かダッシュボードに置かれている猫の人形の首も、さっきからずっともげそうなぐらい震えている。行く手に見える蛇頭の屋敷を見上げて、星雨はハンドルを握りしめた。車の籠もった匂いと揺れで吐き気がする。気取った西洋風の屋敷で、塀の向こうには彫像や噴水まであるはずだ。十四年前、顔を剥がされたのは間違いなくあの屋敷だ。

「門を破らなきゃならん。このまま突っ込め」

助手席の暁雲が門を指さす。見張りらしき者はいないが、こちらの接近には気づいているだろう。二台のワゴン車が並んで走行しているのはかなり目立つ。それに、店長を締め上げたことだって既に漏れているかもしれない。

運転手の星雨を含め、ワゴン車の搭乗者は全員が銃器で武装していた。

暁雲が最低限ながら、人数分の武器を調達していたことで、星雨は彼女がこの鎮に一点賭けしていたのだと察する。最高幹部と繋がっている監視役と交渉したのだろうが、この手際を実現するには、移動を始めた時点で手配しておく必要がある。

ここまでは賭けに勝った。そしてここからも引き続き、ギリギリの勝負が続く。敵の潜伏場所に襲撃を掛けるのだから。

「やっぱそうなるよなぁ……!」

ハンドルが汗で滑ってくる。暁雲の部下として、襲撃に関わった経験自体はあるが、これまではチンピラの喧嘩の延長線上にあるものだった。銃撃戦なんてやったことがない。右腕に視線を向ける。腕にはスカーフが巻かれている。あの日、知奈に与えられたものだ。日本を発つ前に、星雨は大事にしまっておいたスカーフを持ち出していた。自分にとって、これ以上のお守りは存在しないのだから。

そのまま、知奈に塗られた爪も見つめる。

結局、どちらのお返しもできていないままだ。

星雨は幸運の女神の残滓に願を掛ける。

「銃なんて使ったことないんだけど」

「兵士は一人でも多い方がいい。……お前は床と天井以外は狙うな、家族の背中を撃ちかねん」

「腐って《ポッガイ》やがるなぁ……!」

もう、屋敷の門は目の前に迫っている。星雨は門の格子越しに複数の車が停められているのを見た。大勢があの中に詰めているのだ。

「い、行くぞぉ……」

「黙ってろ、舌を噛む」

暁雲から飴の袋が差し出されて、星雨は口を開けた。袋が暁雲の指で押し開けられ、口に飴玉を放り込まれる。横目で見ると、彼女も飴を含んでいた。意識がとんがっていて、味がよく分からない。

星雨は車の運転で思い切りアクセルを踏んだこともなかった。飴を噛み砕き、覚悟を決めて踏み込むと、急加速でシートに身体が押しつけられ、衝撃と共に視界が開ける。

「玄関はバックで行け！」

「はいよ！」

指示の通り、急ハンドルを切って、車体の尻で栓をするように玄関へ押し込む。暁雲の部下の一人が歪んだスライドドアを体当たりでこじ開け、そこから飛び出した部下達が散開していく。

激しく揺さぶられて吐きそうになりながら、星雨も運転席から這い出す。同じような目にあっているのに、暁雲は元気いっぱいだった。二台目のワゴンも庭の芝生を荒らしながら到着し、武装した仲間が降りてきていた。

ワゴンの尻が詰められた玄関口は、派手な騒ぎがあったのに奇妙なほど静まりかえっていた。その向こうで蛇頭と萬邦興業が待ち構えているのは確実だった。

この鎮で蛇頭の屋敷が公然と存在しているのは、警察機関が屋敷の敷地内で起きたことを関知しないからだ。これから起きることも、春節の予行演習で爆竹を使ったとして処理されるのだろう。

「お前達、生き延びろよ。だが逃げたら私が殺してやるからそう思え！」

「無茶言うなぁ……」

「二手に分かれるぞ。別働隊は背後から攻めろ」

暁雲の指揮に、星雨は手を上げた。

「それ、私が行くよ！」

暁雲は渋い顔をしたが、星雨は怯まなかった。

（知奈さんがどこにいるにしても、入り口近くってことはないだろ。裏手から探した方が確実だよな……？）

星雨と他の家族にとって優先事項は違う。暁雲はそれを理解しているはずだったが、それでも彼女は何も言わず、更に二人の部下を選抜した。

「狙うのは萬邦ユウの首だ！　行けッ！」

星雨に念押しするように、暁雲は声を上げ、そして先陣を切った。彼女は横流し品の手榴弾を投げ込んで、玄関とワゴンの隙間に身を投じた。途端に銃声が響き、大騒ぎが始まる。姐貴を守るべく部下達も続く。暁雲を案じながらも、星雨は別動隊と共に進入口を探して庭を走る。

別ルートを選んだからと言って、安全の保証はない。少人数だから、もし会敵すれば全滅させられるだろう。鉛弾はこちらの事情なんて一切考慮してくれない。だが星雨も進むしかなかった。この乱戦で知奈が命を落とすかもしれない。手遅れになる前に、あの人を救い出さなければ。あの人だけは無事に日本へと帰らなくてはならないのだから。

「どこですか！　知奈さん！」

助けに来たことを伝えたくて、走りながら星雨は叫んだ。

×　×　×

襲撃を前にして南雲は二階の寝室にいた。そこに押しこまれた知奈を見張っておくためだった。知奈は大人しくベッドに座っていたが、その表情は懸命に恐れを隠していた。地元の先輩に迫られてた同級生があんな顔をしていた記憶がある。

じろじろ見ているのも憚られて、周囲に視線を移す。屋敷と同じく寝室も成金趣味で、サイドテーブルには高そうな花瓶に高そうな花が飾られている。掃除が行き届いた室内は桃のような香りがした。物騒な来客の予定がなければ、くつろいだ気分になるのだが。握りしめたままの拳銃がやけに重たく感じられる。これまで銃を使った経験はない。

「あなたも神永組を裏切ったのね……」

「黙っててくれ。何も話したくない」

この状況でも会話してこようとする知奈が理解できない。未だ知奈に執着して、キープしておこうとするユウのことも訳が分からない。坊主憎けりゃ袈裟まで憎いし、父親が憎けりゃその愛人も憎いのだろうか。一階が主戦場になるのは間違いないので、とりあえず二階の寝室に留め置かれたわけだけれど、こんなところにいても仕方ない。

「クソ……なんで俺だけ……」

自分ならばユウの所有物を任せてもいいという信頼の証か、元神永組の新入りに前線を任せられないという不信の表れか――知奈の監視を命令された理由はたぶん後者だ。

（こいつを放っておいて、俺も戦いに加わるか……？）

ユウの命令に背くのは恐ろしかったが、それ以上に何もできないまま終わることが南雲には受け入れられなかった。流されるままでは、神永組にいた頃と同じだ。

迷っているところで、いきなりドアが開かれる。もう敵が来たかと銃を構えたが、来客は蛇頭だった。切羽詰まった様子で目をぎらつかせている。一応銃を下げたものの、南雲は警戒を解かない。

《女を寄越せ！　俺は降伏する！　このままじゃ殺されちまう！》

「あ？　なんだって？」

南雲は中国語を知らなかった。相手が焦っていることは分かったが、それは彼も同じだった。胡乱な反応を見て、蛇頭は苛立ったように知奈を指差した。

「オンナ！　コッチ！」

「おいおい……そりゃあ……」

嫌な予感がして、南雲は相手を睨みつけた。階下で怒号や銃声が聞こえる。戦いは始まっているのに、自分たちは何をしているのだろう。

「ワタス！　ハヤク！」

「くそ……ッ！」

頭に銃を突きつけられたことで、南雲は蛇頭の望みを明白に理解した。この状況で抵抗する度胸はなく、南雲は渋々手を上げ、銃を地面に捨てた。

《おい！　お前、なに考えてんだ！　動くな！》

蛇頭が南雲から視線を外し、知奈に銃を突きつける。彼の視線を追って南雲も振り向くと、知奈は窓際まで後ずさりしていた。

「コッチ、クル！」

蛇頭が怒鳴っても、知奈はその場から動こうとしなかった。蛇頭は頭に血が上っていて、いつ暴発してもおかしくないというのに、彼女は従おうとしない。

「やめとけよ、今はこいつの言うことを聞いた方がいいって」

「銃なんかで、わたしを好きにできると思わないで！　そう伝えてよ！」

「こいつらの言葉とかわかんねーし！」

南雲は知奈がやったことを思い出した。知奈は監禁から逃れるために自らの首を裂いたのだという。南雲は彼女に胆力で負けていた。

《何言ってやがる！　テメエら！》

「いいから来いよ……。撃たれちまうぞ」

怒り狂う蛇頭をなだめつつ、南雲は説得を試みる。このままでは知奈が射殺されかねない。いくらなんでも、それだけは避けたかった。

「あなたはこれでいいの？　また命令を裏切るの？」

裏切る——その一言に、南雲は抉られた。萬邦ユウに絶対の忠誠を誓ったわけではない。それでも、彼女に賭けようと思って、神永組を捨てたのだ。ここで脅しに屈し、命令に背けばユウは自分を許さないだろう。

南雲はこれまでも、途中で道を変えてばかりだった。

知奈に煽られているのだと分かっていても、南雲は彼女の言葉を振り払えなかった。

そして獣の唸りのようなエンジンが遠くから聞こえ、あっという間にそれが大きくなり、聞いたこともないような音と共に屋敷が揺れた。

《クズを売ってただけで、ここまでするのかよ！》

蛇頭が怯えたように喚いた。その間に、乱暴な足音と銃声が聞こえ始め、何者かが屋敷の中へ押し入ってくるのが分かった。南雲は胃の辺りが熱くなったり冷たくなったりして、それから、彼は目を見開いた。

（俺がしなきゃいけないことは……萬邦興業の構成員として戦うことだ！）

南雲は腹を括った。まずは目の前の裏切り者を黙らせなくては。

「ボスのオンナに勝手なことしてるんじゃねえッ」

気を取られていた蛇頭の腕を掴んで、捻る。蛇頭が苦悶の声を上げ、銃を取り落とす。しかし相手も必死だった。南雲に腕を取られたまま、蛇頭は彼もろとも壁に向かって突っ込む。

「うげ……っ」

壁にぶつかって、蛇頭への拘束が緩んでしまう。腕の自由を取り戻した蛇頭が銃に飛びつく。南雲は相手を蹴り飛ばした。

《死ね！》

「死ね！」

今だけは、お互いに同じことを言っているのだと分かる。

銃を拾おうとしたところで、南雲の視界は出し抜けに飛んだ。脳が洗濯機に掛けられ、自分の状況が分からなくなる。頭が異様に熱くなり、吐き気がひどい。藻掻きながら、倒れているであろう体を半回転させると割れた花瓶を握りしめた蛇頭と目が合った。振り向きざまに、花瓶で頭を殴られたらしい。

(高い花瓶ってのは……丈夫なんだな……)

ヒビ一つなく、血を滴らせている花瓶を見て、南雲はそんな場違いなことを思った。

蛇頭は花瓶を捨てて知奈に向き直り、そして叫んだ。南雲は渾身の力で知奈に視線を合わせた。彼女は窓を開け、カーテンを掴んで身を乗り出していた。潰し合いの隙をまんまと衝かれたらしい。

「まだ……まだ俺は……なにも……！」

頭が熱い。目が霞む。女が逃げる。

蛇頭が知奈に駆け寄る。

「おれはッ！　半端者じゃねぇぇッ！」

諦めきれず、南雲はよろよろと起き上がった。このまま寝ていれば、最後まで行けないのだと思うと体が動いた。ユウの命令は知奈をここに閉じこめておくこと。何も考えず、執念だけで蛇頭に体当たりする。

「グあァっ！」

不意を打たれた相手は叫び、倒れた勢いで壁に頭を打ちつけていた。

(やったぞ！　俺はやった……！)

倒したと思った瞬間、限界が来た。床に転がった彼は蛇頭と折り重なったまま、やがて目を瞑った。

そして、南雲を取り残したまま、萬邦興業と蒼月幇の勝負は進んでいく。

×××

内部に戦力を集中させているのか、窮屈なほど彫刻を並べた庭は無人だった。侵入できそうな場所を探す仲間達と違って、星雨がアンテナを立てるのは知奈の気配だった。こんなところにいるわけがないと分かっている。それでも彼女の痕跡を逃すまいと星雨はあちこちに視線を移し、耳をそばだてる。彫刻の影、壁際、庭の隅、どこにも知奈はいない。

「よし……ここから攻めるぞ」

屋敷の角に差し掛かったところで、先頭の仲間が片手を上げた。そこから先はテラスになっていて、白木のウッドデッキにはガラスが散らばっていた。星雨が角の向こうをそっと覗きこんでみると、そこは採光のため一面すべてが窓になっていて、そこからリビングの様子が見て取れた。リビングはダイニングから張り出すようにバリケードが敷かれていて、そこで蛇頭と萬邦興業の構成員が暁雲達と交戦していた。確かにここからなら相手の背後を襲えるだろう。リビングには数人の死体が転がっていて、星雨を尻込みさせる。こここからでも血と硝煙の匂いが漂ってくる。死体を見るのは初めてではないが、仲間達は怖くないのだろうか。

先頭の仲間は無線機で内部と連絡を取っていて、銃撃戦の只中に突撃する気満々のようだった。

「姐御とも連絡を取った。我々の攻撃で気を逸らして、一気に押しこむぞ」

隣の男は勇ましく頷いたが、星雨はそこまで覚悟を決められなかった。屋敷の中、硝子の向こうには死が充満している。仲間達が向こう側に行けるのは、使命感か、家族のためか。この鉄火場で星雨だけが未だに弱いままだった。

（戦いが終われば、知奈さんをゆっくり探せるか？）

「三つ数えたら、攻める。ひとつ……ふたつ……」

とにかく当たらないことを祈りながら、星雨は未だにあちこちに意識を向ける。どこかに火が付いているのか、うっすらと焦げ臭さを感じる。

そして――破壊音に混じって、確かに、星雨は聞いた。

テラスを横切った先から、知奈の声を。

「みぃいっつ！」

星雨達は角から飛び出した。

仲間は咆哮して銃を撃ち始めたが、星雨はそのまま窓を横切った。

「おい！　お前！」

仲間の声で、一気に戦況が動き出していることに星雨は気付いた。

リビングは混乱に叩きこまれていた。

そんなの星雨には関係なかった。

テラスの対岸に渡った時、ついに星雨は知奈と再会を果たしていた。

「せ、星雨……？」

「知奈さん！」

ここに辿り着くまでに何があったのか、知奈は二階の窓からカーテンを掴み、ぶら下がっていた。星雨がやって来るのは予想外だったようで、彼女はカーテンがレールの端から外れていくのも気にせず、星雨だけを見つめていた。

「おい！　逃げるな！」

そして星雨は、知奈の背後に蛇頭が迫っていることに気付く。

どういう状況にせよ、星雨のすべきことは決まっていた。

「こっちに！」

二階とはいえ、そのまま落ちれば無事では済まない。星雨は知奈の真下に駆けよった。カーテンは今にもレールから外れそうだった。星雨は精一杯両手を広げる。

「うぁ……っ」

胸元に尻餅を突かれるような形で星雨は知奈のクッションとなり、満足に受け身も取れないまま地面に倒れこんだ。結構な衝撃だったが、それでも星雨は痛みをあまり感じなかった。星雨の上から降りる知奈と目が合う。その一瞬だけで星雨は知奈が、自分を見捨てていなかったのだと感じ取った。

「ありがとう、星雨」

その言葉が心に染み渡る。

「やっと……助けられた……」

十四年前、負けて失ったモノが確かにある。

ここに、ずっと探していたものがある。

星雨はただ、その想いを噛みしめる。

「あなたも、ここまで来たのね……」

知奈は転んだ子を見かけたような表情で、大の字になっていた星雨に手を伸ばした。まだ飛び降りの緊張を引きずっているようで、彼女の手は震えていた。その手を星雨は包み込んだ。

「あなたを放って、どこへいけばいいんですか？」

星雨の返事に知奈は黙って頷き、彼女を助け起こした。

二人は見つめ合った。銃声が二人を現実に戻すのに、それほど時間は掛からなかった。

「ここから離れましょう！」

蒼月幇の一員であるならば、戦場に戻るべきなのは分かっていた。そもそもここで勝負を投げ出すなんて、普通じゃありえない。それでも星雨は知奈を安全地帯に連れていくことを選ぶ。

「逃げるの？　わたしは、最後まで見届けないと……」

しかし何の未練があるのか、知奈は屋敷の方に目を向けていた。

星雨は思わず彼女に頷きそうになってしまい、深呼吸した。

「き、危険すぎます！」

「そんなこと分かってるわ。だけど、あの女は聖を殺したのよ！」

「あいつだったのか……！」

知奈が我が子を失った事件の真相を知って、星雨は愕然とした。

「しかしこの場は――」

星雨が強引に知奈を引っぱろうと、その腕を掴んだ瞬間、轟音と共に屋敷が揺れた。誰かがリビングで、爆弾を使ったらしかった。

「ね、姐さん！　みんな！」

リビングの状況を思い出して、星雨は声を上げた。姉と仲間がどうなったのかを考え、星雨は吐きそうになった。足に力が入らなくなり、崩れ落ちかけたところを彼女は知奈に支えられた。

「行きましょう。家族を……それからユウを放っておけないでしょ？」

知奈は星雨の手を握り、その手を引いた。

知奈の行き先には庭と屋敷を繋ぐガラスの引戸があり、そこから二階へと続く階段が覗いていた。人目につかないよう、客を二階へ上げるための出入口だろう。星雨はこの眺めに見覚えがあった。かつてこの屋敷に連れてこられた時、自分はこの扉を利用したのではなかったか。

「何かあったら、私を置いて逃げてください」

迷った末に、星雨は知奈の手を握った。知奈を戦場に連れていくことには抵抗があったが、結局星雨は家族の安否確認と知奈の案内を選んだ。

星雨は知奈を庇いながら、戸を開ける。その廊下の光景は記憶の片隅に残っていた。

だとすればこの先には――

「ああ……やっぱり……」

「ここを知ってるの？」

知奈の問いかけに、星雨は頷いた。

「大昔に連れてこられたんです」

自分の前後をしっかりと警戒する。階段沿いの廊下を進むにつれて、焦げた匂いが強まる。この先にはリビングに通じる短い廊下と地下の遊戯室へと続く階段があるはずだ。壁紙や床が改装されていても、屋敷の造りは昔のままだった。

「私が先に確認します」

星雨はリビングを覗きこもうと、ゆっくりと廊下の突き当たりへ進んでいく。

そして半ばまで進んだあたりで、リビングから怒鳴り声が聞こえた。

22

もともと萬邦興業と蛇頭など敵ではなかった。暁雲とその家族は組織でも武闘派であり、戦闘訓練も経験している。半グレと田舎者の混成部隊に負けるわけがないと、暁雲は確信していた。事実、暁雲達は一気に屋敷を制圧し、残るはリビングのバリケードに籠城したユウ達だけとなっていた。

そしてユウの抗戦も、別動隊による庭からの奇襲であっさりと崩されていた。

無線でタイミングを合わせて、前後から同時に攻撃した時点で暁雲はこのまま勝負を決めるつもりでいた。

背後を取られてしまえば、どんな集団でも崩壊は避けられない。暁雲達は挟み撃ちに動揺する敵を確実に撃ち殺し、ついにはユウも撃ち倒していた。

「散開しろ。警戒を怠るな」

反撃が止んだのを確認してから、暁雲は家族を率いてリビングに踏みこむ。前髪を貼り付けていた額の汗を拭い、周囲を観察する。豪邸の広々としたリビングも、バリケードが散らばり、あちこちが壊されていては単なる廃墟と変わりない。倒れている敵の中にはまだ息のある者もいたが、だれもこれ以上抗うつもりはないようだった。

家族が生き残るために、萬邦興業を滅ぼすという大勝負は順調に進んでいた。

暁雲にとってただ一つ、気がかりだったのは、奇襲の瞬間、愚妹だけがリビングの敵に銃を撃たず、外のテラスを走り抜けていたことだった。反対側の廊下から、暁雲は星雨が犬のように外を駆けていくのを見た。逃走にしては勇猛果敢で、彼女は確かに何かを見据えていた。こちらに犠牲者が出なかったから良いものの、あんな真似は銃殺されても文句は言えない。

(あの馬鹿……なにをしている……?)

戦闘が収まっても出てこない星雨に舌打ちしつつ、暁雲はバリケードの残骸を蹴破る。

高価なソファや棚をガラクタにして作り出した要塞の中で、ユウがただ一人蹲っていた。左腕は赤黒く染まっていて、右手で口元を押さえている。ユウは苦しげに咳きこみながら、それでも表情に怯えや恐怖を滲ませることなく、強い敵意を絶え間なく放っていた。

「お前の勝負もこれで終わりだ」

暁雲はユウの頭に狙いを定めた。生け捕りなんて考えていない。必要なのは、萬邦興業の頭が間違いなく死んだという証拠だけだ。

「ごほ、ごほ……っ」

暁雲を睨みつけながら、ユウはまた咳きこみ、右手を口から離した。

その口角が上がっていた。

ユウは小型のスイッチを咥えていた。

「伏せろ！　爆薬だ！」

リビングを調べていた部下の一人が叫ぶのと、ユウがスイッチを噛みしめるのは同時だった。

ユウを撃つ前に、暁雲は横から押し寄せてきた熱風と瓦礫に薙ぎ倒された。

×××

揺れているのは自分か、世界か。

断絶の後、暁雲は目覚めた。

視界が暗く、全身が重い。何かの下敷きにされている。しかしまだ生きている。拳を握ることができる。

蛇のように上半身だけを起こす。上に乗っていたソファの残骸が大きな音を立てて転げ落ちた。口の中がやけにざらつき、暁雲は唾を吐いた。煤のような炭のような黒い欠片が、血に混ざって吐き捨てられる。右腕に火傷を負っているが、致命的な負傷はなさそうだった。部下の叫びによって姿勢を下げたおかげで、バリケードの陰に入れたらしい。

爆心地を見渡す。思ったよりもマシというのが最初に思い浮かんだ。部下は誰もが倒れていたが、全滅は免れたようで、暁雲に気付いて動こうとしている者までいた。

「よくも……!」


どこで爆発が起こり、そして誰が犠牲になったのかは一目で分かった。

周囲に被害が少なかったのは、おそらく急拵えだったせいで爆薬の量が不十分だったこと。そして、爆薬を見つけた部下が咄嗟に上から覆い被さったからだ。

家族を守った男はその場で丸まっていた。体の前面が剥げ、爆風の圧力で顔のような部分は潰されている。焼け焦げた肉と熔けた繊維の異臭。立ちこめる黒煙が傷や目に染みる。

内側から湧き出すものすべてを、暁雲は飲みこんだ。

「萬邦……!」

ユウは自爆なんて考えない。自らを囮にして、敵を一網打尽にするつもりだったのだろう。間違いなく彼女は生きている。

そして視界にユウがいないということは——

背後でガラスが踏みしめられるのを、暁雲は聞いた。

半ば倒れこむようにして、暁雲は身を縮めて真横に転がった。

焼け焦げた角材が空を切り、床を打った。

「なぁに生きてんだ！」

手負いのユウが唸る。彼女は煤と血で顔も全身も赤黒く汚れ、額を斜めに走る切り傷だけがやけに鮮やかだった。

「いい加減終わっとけよ！」

ユウは咳き込んで膝を突き、角材を杖に立ち上がった。彼女もぎりぎりの状態のようだった。

「付き合いきれんな」

暁雲は素手のまま構えを取る。火傷を負った右腕は痛みがひどく、頭を打ったのか目もかすむ。それでも彼女はダメージを押し隠し、対峙する。

ユウが角材を振り上げ、向かってくる。それを紙一重で躱し、暁雲はユウの腹に拳を打ちこんだ。踏み込みも振り抜きも不十分な一撃だったが、同じく負傷しているユウは苦しげな声を上げてよろめき、また角材の杖に縋った。

止めを刺すべく大股でユウに駆け寄った暁雲は、再び彼女の兇悪な笑みを見た。彼女は足元の銃を拾い上げようとしていた。幸運か、対峙した時に気付いていたのか、いずれにしても暁雲は既に勢いを殺せず、自ら近付いていく的となっていた。死を間近に感じ、暁雲の意識が引き延ばされる。

（死んでも殺す！）

ユウが銃を構える。片手でも狙いはしっかりと定まっていた。覚悟を決めて、暁雲はさらに姿勢を低くした。

「姐さんッ！」

出し抜けに廊下から、星雨が飛び出してくる。

意識の外側から訪れた相手に、ユウの殺意が逸れる。

暁雲にとっては、その一瞬が勝機だった。

愛する星雨《いもうと》を残して、終われはしない。

銃声をかき消す勢いで叫ぶ。

「ファントムぅぅ！」

それは暁雲の生涯で最も奇跡的な一瞬だった。星雨の乱入によって生じた縺れは、ユウの狙いを僅かに逸れさせた。肩に激痛を感じながらも暁雲は歯を食い縛り、ユウにタックルする。彼女を持ち上げ、勢いのままに廊下の壁にぶち当てる。

「があァッ！」

激突によってユウの体が潰された手応えを、暁雲は己の体でしっかりと感じ取った。

「家族ゴリラがよぉ！」

だが挟み潰されたというのに、それでもユウは力尽きることなく、身をよじり、暁雲の背中を殴った。暁雲がバランスを崩した先にあるのは地下への階段で、二人は取っ組み合ったまま転げ落ちていった。

×××

ユウの声が聞こえた瞬間に、星雨は廊下を走っていた。彼女はユウだけでなく暁雲も生きているのだと直感していた。そしてリビングへと飛び出した瞬間、そこではユウと暁雲が対峙していて、そのまま嵐のように勝負は終わった。星雨の目の前で二人は縺れながら地下の遊戯室へ転げ落ちていった。

「何が起こったの?」

知奈が星雨の元に駆け寄ってくる。星雨は首を振ることしかできなかった。廊下にまで侵入してきた異臭に息を止める。やはりリビングで爆発があったらしい。さっき垣間見たリビングの惨状は当分忘れられない。肉料理が食べられなくなりそうだ。

「姐さんと萬邦がこの先に」

そう言いながら、星雨は階段を降りていた。リビングも気になったが、二人の安否を確認しなくてはならない。再び知奈と手を繋いで、星雨は遊戯室を目指す。その道のりは十四年前のままだった。階段は狭く、薄暗い。そこには血と煤の跡が点々と残っていて、星雨は無意識に知奈の手を強く握っていた。暁雲とユウが争っているような気配は感じられない。階段の先にある遊戯室の扉は半開きになっていた。知奈と顔を見合わせてから、扉を押す。

「……お前か」

星雨と知奈を出迎えたのは、暁雲だった。彼女は遊戯室の真ん中で、椅子にどっかりと腰掛けていた。シャツはぼろ切れになり、あちこちに火傷や打ち身を作っていたが、暁雲は堂々としていた。

「もう、勝負は付いた」

暁雲は脱ぎ捨てたジャケットから飴玉を取り出し、口に放り込んだ。ごりごりと飴を噛み砕きながら、彼女は壁際を顎で差す。

そこでは力尽きたユウが蹲っていた。強かに殴られた顔は片目を塞ぎそうな程に腫れ、他の部分も痣と傷と煤で元の肌が見えなくなっている。ジャージは左袖が破れてなくなり、シュレッダーから無理矢理引き出したようになっていた。

「銃はあるか？　殴り殺してやりたいが……私も、少し疲れた……」

星雨は結局使わずじまいだった銃を暁雲に差しだした。ユウは立てないようで、息を切らしたまま、壁にもたれかかっていた。

星雨から受け取った銃の薬室を確認し、暁雲はユウに銃を向けた。

「待って」

幕が引かれようとしている中、知奈が暁雲を制止する。

「哀れだから助けろとでも言うつもりか？」

暁雲の棘のある言葉に知奈は首を振り、ユウの前に座りこむ。

「よぉ、今更どうした？　義母ちゃん」

「最後に、謝って。もう、私のことはいいの。だけど聖に、星雨に……あなたのせいでどうにかなった人たちに謝ってよ！」

星雨は仮面を押さえた。

暁雲は黙って知奈とユウを眺めていた。

ユウは相手を睨みつけていた。

それが知奈にとっての仇討ちだった。

「はッ」

悪意の滲む笑いがユウの返事だった。

「小学校の先生かよ。次は仲直りの握手か？　でも無理だな、あんたのガキは燃えるゴミに捨てられた」

ユウはすぐに勢いを失い、ぜぇぜぇという喘ぎ声を出した。それでも知奈は見つめたまま、ユウに根比べを挑んでいた。

「今更謝って何になる……」

暁雲の呟きを聞いて、星雨はそっと首を振った。ユウを刺激しないようにゆっくりとした足取りで、星雨は二人の間に割って入る。

「だったら私と勝負して、決めろ」

「おい……お前、何のつもりだ」

「あ？　んだよ失敗面」

凄まれても引き下がることなく、星雨はユウと向き合った。

「私も、あんたとは因縁がある。私がお前とサシで勝負して、決めるんだ。私が勝てば、お前は知奈さんに頭を下げろ。そっちが勝てば、好きにすりゃいいさ。なんだったら、ここから逃がしてやってもいい」

ユウはまだ勝てるつもりでいる。カジノでも、こういう客は山ほどいた。連中への処方箋は、もはや命運は尽きたと突きつけてやることだ。血の気が引く。脳内麻薬で頭がぎらついてくる。身体中がざわついて、震える。とんでもないことを言いだしているって自覚はある。

この場で、ユウに止めを刺せるのは自分だけだと星雨は確信していた。十四年前からユウの中で格付けの終わっている星雨だけが、ユウに挑む権利を持っているのだと。

「ふざけるな！　何を言っている……！」

暁雲は席から立とうとして、激痛に顔をしかめた。すでに彼女はまともに動けないほど疲弊しきっていた。

ユウは牙を剥いて笑った。まるで、既に勝った後のように。

「吐いた唾飲み込むんじゃねえぞ」

凄むユウに、星雨は息を吸い込んだ。負けたらどうなるのかなんて、ギャンブラーは考えない。

「来いよ！　この勝負は私が終わらせなきゃいけないんだッ！」

この瞬間、一番声が大きいのは星雨だった。

(もしも私が自分の運命以上のものを望まなければ、蒼月幇と萬邦興業の抗争も起こらず、知奈さんだってこんな目には遭わなかったんだ)

そんな責任感は大袈裟すぎる。しかしユウが知奈と自分にとっての疫病神なのは間違いなかった。この悪縁を断ち、解放されなくてはいけなかった。このまま暁雲にすべてを終わらせてもらってはならなかった。

「もうお前は終わってんだ。負け犬の失敗面にも勝てないってのを教えてやるよ！　萬邦ユウ！」

星雨はバカラテーブルまで駆け、羅紗を叩いた。ユウはいくしかない。抗争に敗れ、さらに負け犬の失敗面に退いてしまえば、もう彼女は萬邦ユウではなくなるからだ。

星雨を睨み付けたユウは、ゆっくりと壁を支えに立ち上がり、テーブルまでのろのろと歩いて行った。テーブルに手を突き、彼女は顔をあげる。

「上等だよ……あたしが勝つのをよ～く見とけ！」

誰もいない部下へ語るように、ユウは声を張った。すでにユウはぼろぼろだというのに、迫力だけで星雨は弱気になりかけた。十四年前の勝負を思い出す。あの時は小細工を弄し、それから勝負に持ち込まれた。今は、立場が逆だ。ユウが足掻き、そしてこちらが勝負に持ち込んだ。結果だって、逆転するはず。

星雨は羅紗のレイアウトを無視して、ユウの対面に立った。

「今の私は乗ってるんだ。流れが来てる。今度こそ、やっつけてやる！」

ここに至るまでに何度も危ない目に遭ってきたが、なんとかなった。流れはこちらにある。星雨は信じる。根拠や理論抜きに、ただひたすら、信じる。

「勝負は……」

このテーブルに着いた時点で、あるいは十四年前の勝負から、二人の考えは決まっていた。

「バカラだ」

星雨とユウの言葉が重なる。

「勝手なことを……」

ユウに銃を突きつけたまま、暁雲は唸った。いきなり勝負を仕掛けた星雨も、それを受けたユウも、彼女は理解できないようだった。

「まぁ見ててくれよ姐さん。私の完全な勝利ってやつを」

「馬鹿が」

そして暁雲は銃を膝に置き、成り行きを見守る。その目は据わっていて、事の次第によっては星雨もユウも撃ち抜いて終わらせるとでも言いたげだった。

「知奈さん、カードを配ってください。素人のあなたならイカサマはできない……そっちも文句ないよな？」

「机の引き出しに新品がある。正規品だが……チェックしたいなら好きにしろよ」

ユウが頷いたのを見て、星雨は知奈に頭を下げる。

「分かったわ……だけど、その前に」

知奈は星雨に近づき、そして彼女の腕に巻いてあったスカーフを解いた。かつて星雨に与えたそれをしみじみと見つめてから、知奈はかつてと同じように仮面の上から星雨の顔を覆うようにスカーフを結わえた。

「負けないで、星雨」

「はい。勝ちます！」

星雨はスカーフに触れ、目を瞑った。これ以上のお守りは存在しない。幸運の女神はこちらに付いている。

「見ててください……知奈さん」

知奈が取り出したトランプを広げて、最低限の確認を行う。細工はない。あったとしてもどうにもならない。カードを配るのは知奈で、バカラは相手の手札を透かして勝てるゲームではない。

カードを纏めなおした星雨は、デッキを知奈に手渡す。彼女はぎこちなく、しかし丁寧にカードをテーブルの上で掻き混ぜてから、向かい合う星雨とユウに二枚のカードを配った。

「一発勝負だ！」

「そうかよ」

命運を決める勝負だというのに、ユウは造作もなくカードを表にした。

彼女の手つきは自信に満ちていて、自らの勝利を固く信じていた。

ハートの二と六。

ユウが引き寄せたのは八だった。

「捲りな」

あの日と同じ言葉だった。

ユウはふてぶてしく口角を上げ、星雨のカードを指さす。星雨は彼女を無視して、姿勢を低くして、目線を羅紗とカードの境界に近づける。両手をテーブルに置いて、ゆっくりとカードの短辺から捲り上げていく。汗で手はぬめっていて、羅紗が肌に刺さるように感じる。もう震えを隠せなくなっていた。

（ああ……やっぱ私に、奴みたいな覚悟はできないな）

星雨は唾を飲みこみ、それからじりじりとマークを確認できる位置まで捲る。

　まずはマークが一つ——覗き見た未来にはクラブのマークが一つだけ見えた。この時点で数字は二か三に固定される。そのまま星雨はカードを表にした。

「一枚目……!」

　クラブの三。

　ユウに勝つには、六を引き当てる必要がある。

（一組のデッキだけで勝負していて、既にユウも六を引いているわけだから、確率は——）

　細かい計算をやめて、星雨は二枚目に取りかかる。確率なんて何の意味もない。ここにすべてのカードが配られているのだから。

　それでも星雨はカードを捲るのを止められなかった。

　手が震えたせいで何度かカードを摘まみそこねてから、また短辺を確かめる。

　まずはここで足《マークが二つ》がなければ、敗北が確定する。

「よし二本足……!」

　そこにダイヤが二つ並んでいた。つまり、このカードは四から十までのカードだ。

　まだ首は繋がっている。長々と息を吐いて、カードを横に回す。

　何度尻で拭っても、手汗が噴き出してくる。

　ここから更に関門は続く、目指すは側面がスリーサイド《マークが三つ》かつ、中央にマークがなければ星雨の勝ちとなる。

　知奈、暁雲、そしてユウ。全員の視線が手元に注がれているのを感じる。自分自身の、大切な人の命運がかかっているのに、いいや、そういう状況だからこそ脳から妙な汁が出てくる。忌まわしくも素晴らしい極限状態。

　じりじりと、カードのマークが見えそうになってくる。

「くふ……っ」

　星雨は妙な声を漏らした。

「す、スリーサイド」

　ユウが一瞬だけ動揺を見せたのが、対面の星雨にも感じ取れた。星雨もまた脳が熔けていた。

　ここから続けて、星雨は捲る。後は真ん中のマーク次第だ。

マークが付いているか、飛んでいるか。

「飛べ！　飛べ！　飛べぇぇぇ……！」

星雨は腹の底から祈りを絞り出した。

視線はカードにだけ注がれていて、ユウの様子なんて何も分からなかった。それでも彼女が、内心で、あるいはカードに夢中な自分が聞こえていないだけで、『付け！』と叫んでいるのは間違いない。

「あ……」

その声は誰が発したのだろう。

星雨は椅子から滑り落ち、床に尻餅を付いたまま、立てなくなる。

そこにいる全員が確かに見た。

星雨は六を引き当てていた。

「クソ……ッ」

ユウは悪態を吐き、そして、力尽きたようにテーブルに突っ伏した。彼女からはさっきまでの覇気が抜け落ちていて、彼女の魂が負けを受け入れたのだと見て取れた。

「これで負けてたら、お前を撃ち殺してたぞ」

知奈に支えられて、暁雲は星雨のすぐ側に来ていた。言葉と裏腹に暁雲はうっすらと微笑んでいて、さっき受け取ったばかりの銃を再び星雨に返した。

「終わらせるのはお前の役目だ」

星雨の胸に拳を押し当て、暁雲は知奈に助けられて席に戻る。

姉に頷いてから。星雨はこちらに戻ってきた知奈に頭を下げた。

「こいつが謝ったら、上に行ってください。あなたは、見ちゃ駄目だ」

「言ったでしょう？　最後まで、見届けるって」

知奈にもこれから星雨がしなくてはならないことが分かっているようだった。知奈はきっぱりと言い放ち、星雨に寄り添った。

「乳繰りあうんじゃねぇ……！」

「言ってろよ、腐れクズが」

ユウに心を許したり、大切に思う相手がいるとは思えなかった。きっと彼女はそんなものを必要としないし、理解もしない。

「私の勝ちだ。約束を守れ」

星雨はユウに銃を向けた。

ユウも既に終末を受け入れていて、じっと銃口を見つめていた。

「本気であたしが謝ると思ってんのか？」

「ああ、思うね」

その言葉に、星雨は即答できた。

「十四年前だって、もし私が勝っていたらあんたは金を払っていただろう？」

星雨はユウを信じていた。

こんな女でも、賭けの結果だけは素直に受け入れるのだと。

星雨の返事にユウは薄く笑った。

「分かった……認めてやるよ、あたしの負けだ」

ああ、これでやっと――星雨と知奈はそんな気持ちになっていた。

つまりは、ユウを相手にして油断してしまった。

「だけどなぁ！　あたしに詫びることなんて、一つもありゃしねえ！」

重傷を負っているとは思えないほど機敏な動作で、ユウは自分の背に手をやった。

星雨が反応できた頃には、既にユウはその手にリボルバーを握っていた。ずっとジャージのズボンに挟んでいた彼女の切り札だった。

「テメェ！」

それでも星雨の方が早かった。反射的に撃った銃弾はユウの首と右頬を貫き、彼女を後ろに弾き倒した。テーブルに血が飛び散り、羅紗を汚す。

震える手で銃をテーブルに置き、星雨は向こう側を覗きこむ。

ユウは目を見ひらき、最後まで挑みかかった表情で絶命していた。

「知奈さん……申し訳ありません」

星雨は項垂れた。嫌な感覚が身体中にまとわりついている。最後の最後で、またユウに何かを奪われたように感じた。この手で人を殺すのは、これが初めてだった。ユウが素直に頭を下げたとしても、同じことをしただろう。しかし結局、最後の最後までユウに振り回されてしまった。

知奈は星雨の隣で一部始終を見届けていた。ユウが息子と同じようにただの物体に変わっていくのを見つめながら、彼女は星雨の肩を抱いた。

「もういいの。わたし達はあの人に負けを認めさせたのよ。星雨、あなたが勝ったの」

星雨は黙ったまま、知奈の言葉を噛みしめる。

「よくやった。警察も見て見ぬ振りには限界がある。面倒なことになる前に、生き残りと合流して引き上げるぞ」

痛みに呻きながら暁雲は立ち上がり、二人の肩を叩いた。姉に促されて星雨は遊戯室から立ち去ろうとして、歩みを止めた。

ユウの傍らに転がっているリボルバーに違和感を抱いたからだった。

(なんであいつは土壇場まであのリボルバーを使わなかったんだ？)

「どうしたの？」

「すぐ、戻りますから」

知奈と暁雲には先に行ってもらって、星雨はもう動かないユウに駆け寄った。そして、彼女の切り札だったリボルバーを手にとる。

妙に、軽く感じられた。

慣れない手つきで弾倉《シリンダー》を振り出す。火薬の残り香が漂う。

「腐れクズが《ポッガイ》……ッ！」

星雨はユウの死体を睨みつける。

弾倉は撃ち切られていた。

あの瞬間、ユウは気迫だけで星雨を操ったのだ。負けを踏み倒すためのくだらないトリック。見苦しい悪あがき。

しかし——

ユウの勝ち誇った笑い声を、星雨は聞いた。

23

　ここに来てから、どれだけの時間が経っただろう。鶏の糞で斑模様となったトラックにもたれ掛かって、南雲はぼんやりと考える。正確には、ぼんやりとしか考えられない。まともな環境に身を置いていないからだ。鶏の鳴き声が聞こえるのは、幻聴なのか、現実なのか。

　あの抗争を生き残った南雲は蒼月幇に降ることを拒絶して、海外の養鶏業者に売り飛ばされていた。

　海外といってもどこの国か分からない。聞きなれない言葉が飛びかっているから、多分そうだというだけ。ここではまともに言葉が通じないし、そもそも相手は奴隷と会話しようとしない。少しでも反抗的な態度を見せれば、他の奴隷に密告されるか、監視役に闘犬をけしかけられる。

　ユウに忠義立てしたつもりはない。しかしあの日、南雲は自らの限界を悟っていた。精一杯やったが、結局、自分は未来を賭けた組織のために何もできないままだった――南雲の心を折ったのは、自責の念だった。あの日から南雲は自分自身を見限っていた。

　ボス猿に尻を掘られる作業員の呻きをBGMにしながら気絶するように眠り、朝になれば耳を劈くサイレンに叩き起こされて、ろくに食事も与えられず、朝から晩まで素手で鶏を追わされる。それが延々と続いている。現代でも奴隷は存在する。どういう理由であれ、行き場を失った人間は誰かに使い潰されることを甘受するしかない。この搾取工場《スウェートショップ》で育てられた鶏も、また別の貧乏人に消費されることだろう。なんと言っても格安がここの鶏の売りだ。

「くだらねえな……」

　鶏の鳴き声を聞きながら、南雲は日本語で呟く。相手は日本語を理解しようとしないから、好きに独り言を垂れ流せるのだけが救いだ。処刑されなかったのは温情だったのか、悪意だったのか。どちらにしても、このドン底こそが自分には似合いだと南雲は現状を甘受していた。

「お疲れぃ」

「久保田のおっさん……」

はげ頭の中年に声を掛けられて、南雲はうんざりした声を出した。はげ頭に鶏の羽がくっついている。顔には鶏の糞を拭った白いラインが引かれていて、フェイスペイントのようだ。久保田は同期だった。同じタイミングで売られ、こうして働かされている。彼もまた萬邦興業の関係者だったらしい。

「それで、どや。考えてくれたか？」

久保田が声を潜める。南雲は警棒を担いだ監視員を盗み見た。次の飼育場に運ばれるまで、あと数分。それまで監視員も気を抜いて、スマホを弄っている時さえある。奴隷達に逃げ出す気概なんてないと決めてかかっているのだ。事実、奴隷達はすでに心が折れている。久保田を除いては。

「上手くいくはずねえよ……」

南雲は力なく呟いた。

久保田は、養鶏業者からの脱走を目論んでいた。

この仕事では、各地の飼育場を回ってひたすら不潔な鶏の世話をさせられる。久保田は警備の甘い飼育場を見極めたから、協力者がいれば脱出できるのだと吹いていた。たしかに、ここの労働者は室内に軟禁されているわけではない。だが久保田の思いつきは現実味のあるアイデアとは思えなかった。

（前向きっつーか、状況が分かってないんだよな……もうどうにもならねえってのに）

南雲は久保田をずっと憐れんでいたが、彼はずっと、南雲の内心に気付いていないようだった。

「なに言うとんねん！　こんなところで鶏の糞に塗れてくたばるんか！　おれは嫌やぞ」

「俺達はここがどこかも分からないんだ。内情を知られたくない業者だって追ってくる……。そもそも、今更どうしろってんだよ。自由になったって、俺らは終点のままなんだよ、おっさん」

南雲がそう言うと、久保田は、彼の胸ぐらを掴んだ。普段ヘラヘラ笑っている久保田の真顔から、南雲は目を逸らした。

「おれは娘に会うまで死ねん。おれみたいなクズは陽子の側におらん方がええんかもしれん、でもな……ちゃんとお別れもできとらんのに、諦めきれるか」

「おっさん、娘がいたんだ」

「可愛ええ子でなぁ……もうすぐ中学生になる」

久保田には、希望があった。

あるかどうかも分からない。しかしそこに賭けてみたくなるもの。

生きていく、動機になるもの。

鶏の糞が頬に付いた、薄汚い中年男の笑みに、南雲はそれを見出していた。

「俺には家族なんていねえ、父ちゃんが無理心中しちまったからな」

「おぉ……」

「でも地元には……戻ってみたいかも。飛び出してからどう変わったのか気になってよ」

「お！　ほんならカマしたろうやぁ？　兄弟！」

久保田は嬉しそうに笑った。

「兄弟ね……」

どうせ、投げ捨てた命だ。こんなおっさんに賭けたって構わない。


南雲が遠慮がちに手を伸ばすと、久保田は大袈裟なぐらい握手してきた。監視員がはしゃぐ久保田を見咎めて、知らない言葉で怒鳴ってくる。

南雲は早くも先行きが心配になってきたが、それでも、心の中では外の世界を思い描いていた。

この勝負に勝てば、今度こそ人生に風穴が開くのだろうか。

捨てたはずの期待が、南雲の中でまたしても膨らんでくる。

24

「……もう決めたんだな？　撤回はできんぞ」

「分かってるよ、姐さん」

カジノ島で一番流行りの鰻屋にて、星雨と暁雲は昼飯を食べようとしていた。個室のおかげで、耳にじゃらじゃらとピアスを開けた大柄な女と仮面を被った女という妙な取り合わせも目立たないのはありがたい。店内はほどよく冷房が効いていて、外の地獄のような暑さを忘れられる。

食欲をそそるタレの香りとそこに混じった炭の匂いに星雨は腹を鳴らした。今なら、しっかりと味わって食べられる。

あの抗争から一年が経つ。神永組や蒼月幇との関連からカジノ島もスキャンダラスに報じられていたというのに、結局カジノは日本に定着していた。噂では他の地域でも誘致が検討されているという。蒼月幇、もとい暁雲一家は今も日本で暗躍している。

大きな危機を切り抜けたものの、暁雲は本部に借りを作っていた。銀峰鎮での激突は本部の根回しによって闇に葬られた。牢獄行きを免れたとはいえ、その借りは容易に返済できるものではない。暁雲ならば、いずれその鎖を断ちきれるだろうけれど。

暁雲のオフィスには、ひっそりと、抗争で命を落とした家族の写真が飾ってある。

「たとえ足抜けしようと、黒社会はずっとお前につ いて回る。堅気になれるとは思うなよ」

「そのつもりだよ」

星雨は蒼月幇から脱退しようとしていた。

求められるのは大金、それからリスク。上納金のために結局一年足踏みすることになったが、それでもスムーズな方だった。

結局、神永組と萬邦興業は親子で運命を共にした。その空席に座ったのが、蒼月幇だった。おかげで組織はかなり潤っていて、星雨の離脱にも比較的寛容だった。残れば更に儲かるだろうが、その誘惑を星雨は振り切っていた。もっと勝てそうなところで引き上げるのが、勝ち逃げの鉄則だ。

「……何をするのか、決めているのか」

「まぁ、一応は。ジャンケットの仕事で色々と見てきたからさ、ライターをやってみないかって誘われてるんだ……知奈さんが、小さい出版社の編集者と繋いでくれて」

ユウとの決着を付けて、かつて失ったものを取り戻して、星雨は目標を見失っていた。

これから何をすべきか考えた時、星雨の頭に浮かんだのは、人は何故賭けるのか、だった。これまで、大勢のギャンブラーを見送ってきた。運命を変えようとした者がいた。極限のひりつきを味わいたい者がいた。退屈な日常に倦んだ者がいた。みんな、色々な理由で賭博に魅入られていた。自分も同じだった。その理由を、星雨は自分なりに確かめてみたかった。

「女に仕事を世話されて、家族をダシに飯を食うわけだ。妹が立派になって嬉しいよ」

「ね、姐さんの迷惑になるようなことは書かないって。それに知奈さんにも……これ以上頼らないつもり」

必死になる星雨を、暁雲は鼻で笑った。

「まぁ、お前は堅気なわけだからな。責任を取れる範囲で好きにしろ」

頼んでいた鰻丼が運ばれてくる。出来たてで、その温かさが伝わってくる。見た目と匂いだけで、星雨と暁雲は表情をほころばせた。

これを前にして話を続けるのは無粋だったが、それでも暁雲は箸を取らず、星雨に視線を戻していた。

「だがな……あの日、私達は血を分けあった。血の繋がりというのはな……始まりがあっても終わりはない。蒼月幇から離れようが、私達は姉妹なんだ」

結局、最後まで星雨は暁雲に助けられていた。あの抗争はもちろん、足抜けだって暁雲が本部に口利きしている。彼女の立場なら、星雨の足抜けを許さないことだってできる。

「今までありがとう……お姉ちゃん」

姉がいなくては、星雨はここにいない。

「……寂しくなるな、星雨」

姉の弱気な言葉を、妹は初めて聞いた。

返事しようと言葉を探しているうちに、姉は、もう元通りになっていた。

「せっかくのご馳走だってのに話しすぎた。食うぞ。私にはまだ仕事が山ほど残ってる」

「ああ、そうだな……」

姉と二人で食べる鰻丼はとても美味しかった。しっかりと噛みしめて、味わって、星雨は昼食を平らげていく。まだ一日は始まったばかりだった。

25

玄関の前でキーケースを取り出そうとして、やめる。

前髪を整えてから、星雨はインターホンのボタンを押す。小さな電子音が鳴り、インターホンに組み込まれたカメラが起動する。家の中に誰かがいることに、緊張する。

たとえ鍵を持っていてもインターホンを使うよう、星雨はお願いされている。

毎日あなたのことを出迎えたいのだと、知奈は言っていた。

扉のむこうで足音が聞こえる。鍵が回る音も。引っ越してからそろそろ半年になるが、未だに慣れない。

「おかえりなさい、星雨!」

「ただいま、知奈さん」

扉を開けて、花開くように知奈は笑う。彼女は首にスカーフを巻いていない。敢えて見せつけたりはしないが、星雨も知奈の前だけは仮面を外して接することができた。素顔のままでいると、何かに許されている気持ちになれた。

「暑かったでしょう？　さぁ入って！」

星雨はぎこちなく返事した。家に帰る前に後ろを振り向く。カジノ島を一望できる高層マンションからは、煌びやかな建物を好きなだけ眺めることができる。美しい景色だと思う。しかしそこに憧れることは、もう二度と――少なくとも当分はない。

星雨は知奈との同棲を始めていた。あの抗争以来、知奈は仕事を休み、それからしばらくして星雨の元にやって来た。気の許せる相手が側にいてほしいという知奈の望みを、星雨は無碍にできなかった。元の住まいでは色々と手狭で、結局二人はもっと広いマンションに引っ越すことになった。

同僚からも噂されているが、星雨はそれに反応しなかった。

「お姉さんと話してきたのよね？　外は暑かったでしょ？　紅茶はどう？」

「あ、ありがとうございます」

にこやかに畳みかけてくる知奈にどんな顔をすれば良いのか分からなくなる。

抗争の記憶は強烈すぎて、お互いに気持ちを整理する時間が必要だった。ゆえに、こうして暮らすのにも意味はある――そうやって星雨は自分に言い訳を続けていた。明るいリビングに通されて、二人で選んだ椅子に座り、紅茶が用意されているのを待つ。知奈との暮らしは安寧そのものであり、そして永遠に閉ざされている。

「どうぞ、召し上がれ」

たっぷりと紅茶が注がれたグラスを、知奈はテーブルに置いた。八月の日差しを受けて、澄み切った紅茶がテーブルに薄茶の影を落とす。

氷の揺れる涼やかな音。グラスには既に水滴が付いていて、それだけ爽やかな気持ちになる。知奈の振る舞うものはなんでもおいしい。けれど食べれば食べるほどに、罪悪感が募っていく。

「……やっぱり、行ってしまうの？」

星雨がストローを咥えた時、向かい側に座っていた知奈は、そっと問いを投げかけてきた。

一口分の爽やかな匂いと味を楽しんでから、星雨は頷いた。

「はい、そのつもりです。仕事の世話までされて、このままずっと身の回りの世話までされてちゃ情けないにも程がありますから」

星雨はマンションを引き払うつもりだった。その決断を伝えた時、知奈はとびきり残念そうな顔を見せてきたが、それでも星雨の決心は変わらなかった。もうリビングの隅に、荷物を纏めたキャリーバッグだって置いてある。

「だから、この紅茶をいただいたら……私はここから出ていきます。あなたもそろそろ休暇を終わらせるつもりのようですし、ちょうどいいかと」

知奈は目を伏せ、それから訴えかけるように、ねだるように星雨を見つめた。目を逸らしたくなったが、それでも星雨は知奈とがっちり視線を絡ませる。

この半年ほどの同棲は幸せだった。ギャンブルはお遊びにとどめて、カジノ島や本土を観光したり、泊まりに出たり。あるいはなにもせず家に籠もり、ただ二人で映画を観てすごした日もあった。ジャンケットの仕事の後、帰ると知奈が出迎えてくれることに星雨は代えがたい喜びを感じていた。

「そうね。わたしも、東京でお仕事を再開しないと」

知奈はあまり乗り気ではなかったが、彼女は客にもキャストにも帰還を待ち望まれているようだった。彼女にも、戻るべき場所がある。

「だけど最後にもう一度だけ、聞かせて？　どうか、わたしのお仕事を手伝ってくれないかしら」

それはかつて出会って間もない頃に、そしてこの同棲生活で何度も囁かれた誘いだった。

「駄目ですよ、知奈さん。もう決めたんですから」

これまでは返事に迷い、悩み、考えを翻しかけたこともあった。しかし今はもう、揺らがない。

「残念だわ、とても」

返事する知奈は泣いているようにも笑っているようにも見えた。

「……あなたがいらないわけじゃないんです。私は知奈さんのことが大好きです。あなたの隣にいるのが、自分にとって一番ぴったりくることのように思える……」

星雨は更に言葉を続ける。いい歳して面と向かって好きだと伝えることに、甘酸っぱい気持ちになってしまうが、それを誤魔化したりはしない。知奈のことが好きだ。好きだからこそ、彼女と離れることを決めた。

「だけど、こうやって同じ時間を過ごしてよく分かったんです。一緒にいたら私はあなたに寄りかかってしまいます」

「別にいいのよ？　お店じゃ働いてる子のお世話だってしてるんだから」

知奈は難しい顔をした星雨に微笑んだ。

「でしょうね。あなたは、なんでも受けとめるから」

星雨はこれまでのことを思い返した。これまでずっと庇護されていたのに、これから先も殻の中で過ごしたくはない。独り立ちするのが遅すぎたぐらいだ。

もう星雨は勝負の呪縛から解放されていた。だから、最後まで進まず、降りることだってできた。

「だけど、私はあなたと親友でいたいんです。それ以外の何かになったら……」

（私は、知奈さんに取りこまれることになる）

星雨は言葉を切った。ほとんど口を付けていなかった紅茶を飲む。少し薄まっていても、爽やかでおいしかった。きっと、自分ではこんなにうまく作れない。

「お友達からってことね……。ええ、いいと思う」

テーブルに置いていた星雨の手に、知奈は自分の手を重ねた。手と手が触れあう感覚は、マニキュアを塗ってもらった時のことを思い出す。知奈の手はあの時よりも積極的に絡みつき、星雨の指や関節を撫でていた。すべすべとしていて、気持ちが良い。

（親友ってこういう距離感か……？）

よく考えてみると、これまで友と言えるような相手がいなかった。星雨は自分が閉じた世界の中だけにいたことを実感する。色々な種類の人間を見てきたといっても、それは結局カジノの中だけの話だ。外の世界に出て、そこから賭けることの意味を眺めてみたい。

「お互い忙しくなるけれど、たまには会いましょう？

お友達なんだから」

「ええ。面白い話を仕入れたら誘いますよ」

「待ってるわ」

二人は笑い合った。知奈の笑顔を見ていると、星雨は彼女に強く引き寄せられるのを感じた。だから星雨は紅茶を一気に飲み干して、椅子から立った。片付けようとして、知奈に首を振られる。星雨はキャリーバッグを持ち上げ、リビングから廊下へ出る。知奈が、その後ろからついてくる。

星雨の足取りは、少しだけ重たい。

「いってらっしゃい！」

玄関のドアを開けたところで、知奈が元気よく声を上げた。

これまで前ばかり見ていた星雨は、ようやく振り向いて、知奈に手を振った。

「……いってきます」

そして、星雨は外へと踏み出す。キャリーバッグを引いて、エレベーターを下り、エントランスを出る。カジノ島はまだまだ蒸し暑くて、星雨は額に垂れてくる汗を拭う。これからの予定は立ててある。まずは、カジノ島から出るところから。

飛行機の時間を確認しようとスマホを見てみると、新しい仕事相手から連絡が入っていた。カジノについての記事を書くにあたって、打ち合わせがしたいのだという。

最初の仕事は大企業の若社長へのインタビュー。彼は会社のカネを熔かすほど賭けにのめり込み、そして先代に泣きついて窮地を脱した。だというのに、彼はまた賭けをやるつもりなのだという。退職を伝えると、一緒に勝負ができなくて残念だと彼は笑っていた。せいぜい、外野から大逆転を祈らせてもらおう。

仕事仲間に使えるところをアピールすべく、星雨は返信の文面を練り始める。

そうやって、星雨は空港へと歩いていく。

これまでとは違う、新しい勝負の場を目指して。

人間 無骨（にんげん むこつ）

会社員の傍ら、女同士の湿度の高い関係性にフォーカスした百合をメインに創作活動を続け、2020年に『蒼百合館の夜明け』（キルタイムコミュニケーション）で作家デビュー。
以後も、同社にて百合小説を継続して発表している。常に百合の範囲の拡大を試み、血糊の多い映画と死にゲーもこよなく愛している。

TH Literature Series

ヴォンディム（終点）
喪失者の島

著　者　人間《にんげん》 無骨《むこつ》

発行日　2024年10月11日

発行人　鈴木孝
発　行　有限会社アトリエサード
東京都豊島区南大塚1-33-1 〒170-0005
TEL.03-6304-1638 FAX.03-3946-3778
http://www.a-third.com/ th@a-third.com
振替口座／00160-8-728019
発　売　株式会社書苑新社
印　刷　モリモト印刷株式会社
定　価　本体2300円＋税
ISBN 978-4-88375-533-2 C0093 ¥2300E

TH Literature Series（小説）

伊東麻紀

「根の島」

J-15 四六判・カヴァー装・224頁・税別2300円

生物学的な男(メイル)が生まれなくなった近未来。
無生殖能力者(スュード)であるメイルの略奪者・鶫(ツグミ)は、
任務に背いてメイルを解放。そのメイルを連れ、唯一メイルが
生まれる太母市に潜入する。そこで鶫が見たものとは――

性と生殖、人類の存続を問う意欲作!

伊野隆之

「ザイオン・イン・ジ・オクトモーフ ――イシュタルの虜囚、ネルガルの罠 ／〈エクリプス・フェイズ〉シェアード・ワールド」

J-14 四六判・カヴァー装・224頁・税別2300円

「おまえはタコなんだよ」。
なぜかオクトモーフ(タコ型義体)を着装して覚醒したザイオン。
知性化カラスにつつき回されながら、地獄のような金星で成り上がる!
実力派による、コミカルなポストヒューマンSF!

ケン・リュウ他

「再着装(リスリーヴ)の記憶 ――〈エクリプス・フェイズ〉アンソロジー」

四六判・カヴァー装・384頁・税別2700円

血湧き肉躍る大活劇、ファースト・コンタクトの衝撃……
未来における身体性を問う最新のSFが集結!
ケン・リュウら英語圏の超人気SF作家と、さまざまなジャンルで
活躍する日本の作家たちが競演する夢のアンソロジー!

健部伸明

「メイルドメイデン～A gift from Satan」

J-13 四六判・カヴァー装・256頁・税別2250円

「わたし、わたしじゃ、なくなる!」。
架空のゲーム世界で憑依した悪霊〝メイルドメイデン〟が、
現実世界の肉体をも乗っ取ろうとする。
しかし、その正体とは――。

涙なく泣く孤独な魂をめぐる物語。

詳細・通販は、アトリエサード http://www.a-third.com/

ナイトランド叢書（小説）

キム・ニューマン
鍛治靖子 訳

「ドラキュラ紀元一八八八」（完全版）

四六判・カヴァー装・576頁・税別3600円

吸血鬼ドラキュラが君臨する大英帝国に出現した切り裂き魔。

諜報員ボウルガードは、500歳の美少女とともに犯人を追う――。

実在・架空の人物・事件が入り乱れて展開する、壮大な物語!


◉シリーズ好評発売中!「《ドラキュラ紀元一九一八》鮮血の撃墜王」

「《ドラキュラ紀元一九五九》ドラキュラのチャチャチャ」

「《ドラキュラ紀元》われはドラキュラ――ジョニー・アルカード〈上下巻〉」

クラーク・アシュトン・スミス
安田均 編訳／柿沼瑛子・笠井道子・田村美佐子・柘植めぐみ 訳

「魔術師の帝国《3 アヴェロワーニュ篇》」

4-1 四六判・カヴァー装・320頁・税別2400円

スミスはやっぱり〝異境美〟の作家だ――。
跳梁跋扈するさまざまな怪物と、それに対抗する魔法の数々。
中世フランスを模したアヴェロワーニュ地方を舞台にした、
絢爛華美な幻想物語集!

エドワード・ルーカス・ホワイト
遠藤裕子 訳

「ルクンドオ」

3-3 四六判・カヴァー装・336頁・税別2500円

探検家のテントは夜毎にざわめき、ジグソーパズルは
少女の行方を告げ、魔法の剣は流浪の勇者を呼ぶ――。
自らの悪夢を書き綴った比類なき作家ホワイトの
奇想と幻惑の短篇集!

アルジャーノン・ブラックウッド
夏来健次 訳

「いにしえの魔術」

3-2 四六判・カヴァー装・320頁・税別2400円

鼠を狙う猫のように、この町は旅人を見すえている……
旅人を捕えて放さぬ町の神秘を描き、
江戸川乱歩を魅了した「いにしえの魔術」をはじめ、
英国幻想文学の巨匠が異界へ誘う、5つの物語。

詳細・通販は、アトリエサード http://www.a-third.com/

評論・エッセイ

井村君江

「妖精世界へのとびら～新版・妖精学入門」

四六判・カヴァー装・192頁・税別2000円

妖精の誕生・分類・系譜から、
伝説・文学・絵画・演劇などでの描かれ方まで、
その多彩な世界の魅力を、妖精学の第一人者・井村君江が
コンパクトに解説した格好の入門書!
図版多数掲載!

アーサー・コナン・ドイル
井村君江 訳

「妖精の到来～コティングリー村の事件」

ナイトランド叢書4-2 四六判・カヴァー装・192頁・税別2000円

〈シャーロック・ホームズ〉のドイルが、妖精の実在を世に問う!
20世紀初頭、2人の少女が写し世界中を騒がせた〝妖精写真〟の
発端から証拠、反響などをまとめた時代の証言!
妖精学の第一人者・井村君江による解説も収録。

樋口ヒロユキ

「恐怖の美学～なぜ人はゾクゾクしたいのか」

四六判・カヴァー装・320頁・税別2500円

妖怪、UFO、心霊写真、美術、漫画、小説、映画……
多様な書物、文化を縦横に読み解いた〝恐怖のワンダーランド〟!

「恐怖は、人間らしい魅力に満ち溢れ、
私たちの生に未来を与える感覚だ」

東雅夫氏推薦!

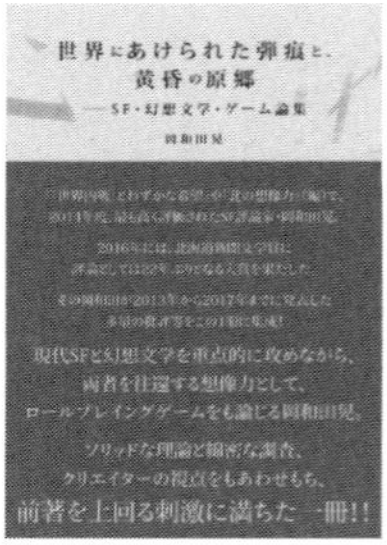

岡和田晃

「世界にあけられた弾痕と、黄昏の原郷～SF・幻想文学・ゲーム論集」

四六判・カヴァー装・384頁・税別2750円

現代SFと幻想文学を重点的に攻めながら、両者を往還する
想像力として、ロールプレイングゲームをも論じる岡和田晃。
ソリッドな理論と綿密な調査、クリエイターの視点をもあわせもち、
前著『「世界内戦」とわずかな希望』を上回る刺激に満ちた一冊!!

★『「世界内戦」とわずかな希望～伊藤計劃・SF・現代文学』電子版好評配信中!

詳細・通販は、アトリエサード http://www.a-third.com/